Der Unhold

Horrorthriller

Über das Buch:

Als Ralf Ritter, erfolgreicher Rechtsanwalt, er-
fährt, dass seine Frau ihn betrügt, beschließt er,
sie zu töten. Nichts ahnend lockt er sie in ein
abgelegenes Haus mitten im Wald, dessen ehe-
maliger Besitzer seit vielen Jahren verschollen ist.
Dort möchte er zuschlagen! Aber als ein schreck-
licher Unfall geschieht, wird alles anders …
Denn Fortan sucht sie etwas Böses heim …

Etwas Grauenhaftes …

Rastlos zieht es seine Kreise um das Haus und
greift jeden an, der es verlässt …

Bibliografische Information der Deutschen Nationalbibliothek:
Die Deutsche Nationalbibliothek verzeichnet diese Publikation in
der Deutschen Nationalbibliografie; detaillierte bibliografische
Daten sind im Internet über http://dnb.dnb.de abrufbar.

Der Unhold ist auch als E-Book auf vielen Plattformen
erhältlich.

Cover: chaela/chaela.de
Korrektorat und Lektorat: anon.

Herstellung und Verlag: BoD – Books on Demand,
Norderstedt

ISBN: 9783754318607

www.alexanderhogrefe.de

"Bestelle dein Haus, denn du wirst sterben."
- Jesaja 38,1

1. Rebeka Ritter

1.

Sie rannte den Gang entlang. Die hölzernen Wände an den Seiten waren alt, beinahe verfallen. Von den ehemals weißen Tapeten hingen Streifen ab, die sich zusammenrollten. Die Luft roch nach Staub und Asche.

Der Gang führte um die Ecke. Sie bremste und hielt sich die Hand vor den Mund. Sie atmete schwer. Ihr Kreislauf schien verrückt zu spielen.

Panisch drehte sie sich um und hörte das Rasen ihres Herzens, das drohte, jeden Moment aus ihr herauszuspringen.

War es noch da?

Ihre Sicht verschwamm. Ruckartig sah sie wieder nach vorne und rannte den Gang entlang. Ihre Gedanken rasten.

Lass nicht zu, dass die Angst dich übermannt!

Ein kratzendes Geräusch.

Keuchend sah sie zurück, dorthin, wo sich die Streifen der abgehenden Tapeten zu kleinen Partikeln auflösten und wie Schneekörner durch die Luft glitten. Von der Decke warfen Lampen glimmendes Licht herab. Einige flackerten … klack, klack, klack …

Rebeka fröstelte. Etwas näherte sich. Ein Schatten. Eine Gestalt.

Es.

Plötzlich erschien dort hinten der Umriss einer Hand, fünf Finger. Lang, spitz. Sie streckten sich nach ihr, wollten sie greifen …

Rebeka klappte der Mund auf. Klack, klack, klack, machten die Lampen. Dann war da eine leise Stimme, die sich wie das Wimmern eines Kindes anhörte. Bedrohlich dicht an ihrem Ohr.

»Komm, Rebeka, ich fang dich ...!«

Aus den hinteren Schatten lösten sich blutrote Umrisse, schwarz verbrannte Hautstellen.

Panisch rannte Rebeka weiter. Ihre Knie taten weh und sie hatte bald keine Kraft mehr.

Gib auf, raunte eine Stimme in ihr.

NEIN!

Niemals durfte es sie erreichen. Dieses Wesen. Niemals, denn sonst ... sonst ...

LINKS!

Sie rannte nach links und rang nach Luft. »BITTE. HILFE! Ich kann nicht mehr!«

Das Licht flackerte. Alles sah so gleich aus. So ... eintönig.

Da vorn – mein Gott ... befand sich eine halb aus den Angeln hängende Tür in der Wand. Und sie stand offen.

Rebeka lief der Schweiß über die Stirn. Ihr Herz schlug ihr bis zum Hals.

War das die Zuflucht?

Der Raum hinter der Tür war rot. Rote Wände, rote Böden, ein rotes Bett. Die Luft war eine rote Nebelwand.

Vor dem Bett stand ein kleiner Junge, der mit einem Finger auf die zerknüllte Matratze zeigte. Das Gesicht des Jungen ... Dieses Gesicht war kein richtiges. Ein mittiger Strudel aus Haut und Blut saugte Teile des Gesichts in sich hinein. Es war eine Art rotes Loch.

Ein Abgrund.

Rebeka schluckte. Der Junge zeigte auf das Bett und dort ... dort lag etwas ... oder jemand. In dem Bett – Neeein ...

Es ...

2.

In dem Bett lag sie. Die Decke bis zum Hals gezogen. Die roten Kissen unter dem geschwollenen Kopf. Das Gesicht weiß, als wäre sie krank, und weiter unten … Da fehlten ihre Arme. Sie waren weg, als hätte man sie ihr aus dem Körper gerissen. Ihre Lippen strahlten rot und das Schrecklichste: In ihren Augen steckten Schläuche, die etwas in sie hineinpumpten. Etwas Weißes, Rotes, Weißes, Rotes.

Die Person schrie.

Rebeka zitterte. Ein krampfender Laut kam aus ihrem Ebenbild heraus, hallte durch die Gegend, durch den Raum, in ihre Richtung.

Schreiend stürmte Rebeka von der Tür weg.

»HILFE!«, rief sie.

Links, hörte sie eine Stimme in ihrem Kopf.

Rebeka bog ab und rannte wieder voran. Plötzlich war da noch eine Tür. Eine stabile Holztür mit einem runden, silbernen Griff. Vor ihr blieb sie stehen, zog.

Die Tür gab nicht nach …

Oh neeein. Und gleich wäre das Monster da.

Sie nahm Anlauf und warf sich mit Wucht gegen die Tür. Sie hielt.

»Komm, Rebeka, lass dich fangen …!«

NIEMALS!

Erneut nahm sie Anlauf, rannte gegen die Tür und … krachte hindurch. Der folgende Raum war mit weißen Federn gefüllt. Sie trieben in alle Richtungen ab, hierhin, dorthin, als würden sie eine Friedlichkeit einfangen, die es nicht gab. Hier war es hell, voller Licht, das scheinbar keine Quelle hatte. Dieser Ort war … magisch.

»Ich komme, Rebeka …!«, zischte das Monster mit der unheimlichen Kinderstimme.

Hastig sah Rebeka sich um. Links ragte eine weiße Tür aus der Wand. Sie war verschlossen. Ein Junge mit dem gleichen schrecklichen Gesicht wie der vorhin bewachte sie. Rebeka stürzte auf ihn zu und warf sich gegen die Tür.

Sie hielt.

Ein Schritt war zu hören. BUM. Dann noch einer. BUM.

Der Raum erzitterte. Die Wände bebten.

Lauf, Rebeka, hörte sie es in ihren Gedanken. Es war wieder diese Stimme, diese …

Unvermittelt wandte sich ihr der Junge zu. Seine trüben Augen an den Rändern des Strudels schienen in alle Richtungen zu sehen, aber dann blickten sie nach innen, in das Loch hinein, das sein Gesicht entstellte.

Rebeka starrte in das Loch.

Darin liegt der Tod, dachte sie, während sie Kälte einhüllte wie ein Mantel. Aber dort hinten … Sie sah zu der Tür, durch die sie gekommen war … Dort war auch nur Tod …

Rebeka packte den Jungen an den Schultern, aber ließ ihn sofort wieder los, als ihre Finger fast zu Eis erstarrten.

Die Augen des Jungen starrten nach innen, in das Loch in seinem Gesicht. Dann auf sie, das Loch, auf sie, das Loch …

Nein, nein, nein.

»HÖR AUF DAMIT!« Wütend schlug sie dem Jungen mit der Faust in das Loch. Ihre Hand verschwand. In diesem Moment knackte es und die Tür ging auf. Mit einem lauten Quietschen schlug sie zurück.

Rasch riss sie ihre Faust aus dem Loch und sah, wie der Junge kraftlos nach hinten kippte und sich auf dem Boden auflöste. *Puff.* Als hätte er nie existiert.

»REBEKA!«, wimmerte es von hinten.

Ihr Atem stockte. Sie sah zurück. Der Puls raste in ihren Ohren. BUM-BUM … BUM-BUM … Dort stand es. Wie eine Ausgeburt der Hölle. Das Monster mit dem Gesicht auf der Zunge.

Es lag im Schatten, als hätten sich die Lampen an der Decke mit der Ankunft des Wesens ausgeschaltet und beschlossen, nie wieder anzugehen. Nur der Kopf war zu sehen, groß, unförmig, rot, mit langen, schwarzen Strähnen über einer krankhaft hohen Stirn. Die Augen glänzten rot und silbrig. Im riesigen Maul lag eine Zunge, so lang wie eine Schlange, und darauf hockte ein kleines rotes Gesicht mit glühenden Augen. Es gab den wahnsinnigen Ton eines lachenden Kindes von sich: »Fang mich, Rebeka. Ich bin gleich bei diiiir!« Dann rückte ein Fuß vor. Kein richtiger Fuß. Da war nur ein langer, roter Stock, dünn, eigentlich zu dünn, aber das Wesen hielt sich aufrecht.

Rebeka stürzte in den neuen Raum und schlug die Tür hinter sich zu. Es knallte. Dann war es still.

3.

Die Wände dieses Raumes waren aus Stein. Es gab drei Fenster, von denen eines offen war. Rechts hing ein Bild an der Wand, auf dem ein älterer Mann zu sehen war. Seine funkelnden Augen waren vorwurfsvoll auf sie gerichtet und als sie einen Schritt nach vorn machte, folgte ihr sein Blick.

Unweit der Tür stand ein leerer, hölzerner Schaukelstuhl, der leicht wippte, obwohl ihn niemand benutzte. Aber ... wie ...

Dann sah sie sie. Eine Gestalt am Fenster. Sie war komplett in Weiß gehüllt und als sie sich herumdrehte, war ihr Gesicht nicht zu sehen. Darüber trug sie einen opaken, weißen Schleier.

Erschrocken wich Rebeka zurück. »Wer bist du?«, fragte sie zitternd.

»Ich habe dir geholfen. Ist das etwa der Dank dafür?«

Eine heiße Welle stieg in Rebeka auf. Würde das Monster gleich kommen und sie zerreißen? Und wer war diese Frau?

»Wer bist du?«

»Ich ... bin hier und da. Gelegentlich tauche ich auf.«

Die weiße Person, die genauso gut ein Mann sein könnte, näherte sich dem Stuhl, auf den sie sich schließlich niederließ.

»I-ich werde verfolgt! Kannst du mir helfen?«

»Das habe ich schon.« Die Stimme der Frau war sanft, angenehm.

Rebeka sah zu der Tür zurück. »I-ich muss hier weg, verstehst du? Etwas verfolgt mich, und -«

»Es verfolgt dich schon sehr lange«, sagte die Frau, »aber ist es nicht so, dass es dich verfolgt, weil du davor wegläufst?«

Was? Sie hielt inne. Ihr Herz begann schneller zu

12

schlagen. Jeden Moment, den sie hier stand und mit dieser Person redete, könnte sie auch mit ihrer Flucht zubringen. Aber sie tat es nicht, denn es gab keine zweite Tür, die aus diesem Raum hinausführte.

»Ich muss weg, schnell! Kannst du mir helfen oder nicht?«

Die Frau wies zu der Tür.

Lautstark donnerte es gegen sie. Rebeka zuckte zusammen.

Neeein, schrie es in ihr. Wie ein Feuer loderte die Angst durch ihre Glieder.

»Das … das ist ...«

»Der Tod?«, fragte die fremde Frau.

Rebeka fuhr herum. »Ich muss hier raus! Bitte … hilf mir doch!«

»Ich habe alles getan, was ich für diesen Moment tun konnte. Mehr geht nicht.«

Noch ein Schlag gegen die Tür. Krachend bildete sich ein Riss auf dem Holz, der sich wie ein Blitz nach oben abspreizte.

Schweiß lief Rebeka über die Stirn.

»Gibt es hier denn keinen anderen Ausgang?!«

»Ich fürchte, nein. Außer du schaffst dir selbst einen, Rebeka.«

Das war doch verrückt.

»I-ich … kann das nicht.«

»Was kannst du nicht?«

»Es wird mich kriegen!«, brüllte sie.

Die Frau lachte. »So wie ich das sehe, hast du zwei Möglichkeiten.«

Rebeka starrte auf die verhüllte Frau.

»Entweder … du schaffst dir selbst einen Ausgang oder … du stellst dich diesem Monster.«

RUMMMM! Ein Stück Holz brach aus der Tür und fiel dumpf auf den Boden.

Es kommt, dachte Rebeka, während sie zurückwich.

Es kommt immer näher. Egal, was diese Person in Weiß sagte, dieses Monster durfte sie nicht kriegen. Unter keinen Umständen.

»Ich kann nicht!«

»Das musst du entscheiden.«

RUUUUMMMMM! Noch ein Stück Holz. Hörbar landete es auf dem Boden.

Rebeka schüttelte den Kopf. Ihr Hals schnürte sich zu. Sie musste hier weg, schnell.

RUUUUMMMM! Die Tür brach auf. Staub, Asche wirbelten wie eine Wolke hinein.

»Hallo«, sagte die Person in Weiß, aber nicht zu Rebeka, sondern zu dem Wesen, als wäre es ein alter Freund.

BUM. Da war es wieder … dieses Stockbein.

»Jetzt habe ich dich!«, rief das Wesen siegessicher. »Iiiich haaabe diiich!«

Keuchend fuhr Rebeka herum und stürzte auf das offenstehende Fenster zu, durch das der blaue Himmel einer funkelnden Nacht zu erkennen war. Vermutlich war das keine gute Idee, aber … Ein Schritt, noch einer. Weiter und weiter …

»Warte auf mich!«, rief das Monster.

Rebeka breitete die Arme aus. Sprang … Aus dem Fenster in die Nacht.

»Wir sehen uns wieder«, hörte sie die Stimme der weißen Frau, die sich im Rauschen des rasenden Windes zerstreute.

Sie fiel. Fiel und fiel und fiel.

Da war kalte Luft und Wolken und der Himmel.

Sie fiel und fiel und fiel.

Die Luft strömte ihr ins Gesicht, pustete gegen ihre Kleider. Der Wind war so kalt. Weiter fiel sie, tiefer hinab. Durch die Schatten der Nacht … weiter … immer weiter … Und dann sah sie etwas Blaues. Etwas Großes – nein, es war nicht nur groß, sondern gewaltig.

Es war Wasser.

Krachend stürzte sie in einen See.

Über ihr schlugen die Fluten zusammen.

4.

Schreiend richtete sich Rebeka in ihrem Bett auf. Ihr Herz raste. Ihr Atem rasselte. Ihr Kopf, die Glieder, der Rücken, alles war so feucht, als wäre sie gerade Baden gegangen. Dabei hatte sie doch nur geschlafen …

Etwas berührte sie am Rücken.

Ruckartig holte sie aus und schlug um sich, bevor sie ihn sah …

Marko.

Er lag neben ihr im Bett und strich ihr über das weiße Nachthemd.

Rebeka nahm den Arm runter.

Dann sank sie in ihre gemütlichen Kissen.

»Schatz, was ist los?«, fragte Marko verwundert, »kannst du wieder nicht schlafen?«

Sie sah ihn an, sein Gesicht, die schönen, blauen Augen, die weichen Wangen, an denen nur wenige Bartstoppeln hingen. Die längeren, in seine Stirn fallenden Haare und die kleinen Ohren an der Seite, die so süß waren. Sein Oberkörper, der halb aus der Decke ragte, mit den geringelten Härchen, in die sie gerne ihre Hände oder ihr Gesicht tauchte. Die muskulösen Arme.

Er sah gut aus, beinahe zu gut, dachte sie. Und sie liebte ihn.

Verdammt nochmal.

Sie atmete durch. Gerade jetzt wollte sie nicht, dass er sie berührte.

»Nimm deine Hand weg, bitte«, sagte sie.

Sanft strich er ihr über den Arm und zog seine Hand zurück. Dabei musterte er sie mit einem milden Ausdruck.

Betrübt schloss sie die Augen.

»Schatz … jetzt rede doch mit mir. Was ist los? Es ist doch besser, wenn du es aussprichst, damit es nicht die ganze Zeit in deinem Kopf herumgeistert.«

Er würde keine Ruhe lassen, dachte Rebeka. Sie öffnete die Augen.

»Es war wieder dieser Traum«, sagte sie.

Er nickte mitfühlend, wollte wohl wieder die Hand nach ihr ausstrecken, ließ es dann aber sein.

Seufzend rückte Rebeka gegen die Holzlehne des Bettes. Dort war es ungemütlicher, aber schlafen konnte sie ohnehin nicht.

»War es wieder so schlimm? Bist du wieder weggelaufen?«

Vielleicht wäre es besser, es ihm nicht zu sagen …

»Ja«, sagte sie, vermutlich zu scharf. »Tut mir leid, Marko, ich …«

»Ist schon gut.« Er tätschelte ihren Arm und diesmal ließ sie es zu. »Du kannst nichts dafür, Rebeka. Man kann nichts für seine Träume.«

»Ich weiß.«

»Vielleicht brauchst du gerade etwas mehr Ruhe? Etwas, das dich entspannt und deine Sorgen verdrängt? Du denkst zu viel nach, das ist dir schon klar, oder?«

Sie sah ihn an, seine Augen, die schönen blauen Augen. Darin lag etwas Erregendes, etwas Herrliches, das ihr von Anfang an gefallen hatte. Damals vor vier Monaten, bei einer ihrer Lesungen als Autorin, als sie sich kennengelernt hatten.

»Ich bin Schriftstellerin, Marko. Nachdenken ist nun mal mein Beruf.«

Er seufzte. Einen Arm schob er sich unter den Kopf. »So meine ich das nicht. Du bist völlig fertig mit den Nerven, Rebeka. Glaubst du, ich merke das nicht?

Dein schlechter Schlaf ist doch nur ein Symptom, nicht die Ursache. Wenn du das Problem lösen willst, musst du es bei der Wurzel packen und es nicht einfach ignorieren.«

»So etwa?« Sie legte ihre Hand auf Markos Decke, etwa auf die Stelle, wo sich sein Penis befinden musste. Er schlief gern nackt.

Marko schob ihre Hand weg. »Das ist nicht lustig.«

»Ich weiß. Das war blöd. Tut mir leid.« Sie nahm ihre Hand zurück. »Aber so einfach ist es auch wieder nicht.«

»Warum nicht?«

»Weil es keine gewöhnlichen Träume sind, Marko. Das ist … etwas anderes. Ich spüre es. Ich laufe die ganze Zeit weg und da ist dieses Monster und es verfolgt mich und … ich kann nicht entkommen.« Jetzt hatte sie es doch ausgesprochen.

»Das hört sich vertraut an, Rebeka.« Er sah sie an.

»Was meinst du?«

»Weißt du, manchmal denke ich, dass ich am Rand einer Klippe stehe und fliegen will, um das Meer von oben zu sehen. Aber jedes Mal, wenn ich springe, fliege ich nicht, sondern falle in die Tiefe. Es ist fürchterlich. Und dann wache ich auf. Einfach so.«

Rebeka unterdrückte ein Grinsen.

»Was?«

»Vielleicht solltest du einfach mal Flügel anziehen? Solche für Kinder?« Sie lachte.

»Hör auf damit.« Er schüttelte den Kopf, den Blick gegen die Decke gerichtet. »Das ist nicht lustig. Immerhin schlage ich hart unten auf, bevor ich aufwache.«

Rebeka hörte auf zu lachen.

»Du hast recht«, sagte sie.

Er nahm ihre Hand. Sie ließ es zu.

»Hör zu, Rebeka. Ich glaube, es könnte auch etwas anderes sein.«

»Hm?« Sie legte den Kopf schräg.

»Glaubst du nicht, dass es etwas mit dir und … ihm zu tun haben könnte?«

Rebeka seufzte. »Worauf willst du hinaus?«

»Na ja …« Mit zwei Fingern strich er ihren Arm hinauf, was sich warm und angenehm anfühlte. »Ich glaube, dass deine Träume etwas mit dem Problem zu tun haben, das du mit ihm hast, verstehst du? Es ist ja noch ungelöst, oder nicht?«

»Das …« Aber könnte es sein?, dachte sie. Immerhin lag ihr diese Sache tatsächlich stark auf der Seele. Andererseits … vielleicht irrte sie sich auch und es war doch etwas anderes.

»Ich glaube, dass es das ist, Rebeka. Hast du ihm denn die Unterlagen gegeben?«

Die Unterlagen … Die verdammten Unterlagen. Sie sah ihn an. Dann wandte sie sich ab und stand vom Bett auf.

»Wo willst du hin?«, fragte er.

»Nirgends. Ich möchte nur kurz aufstehen, das ist alles.«

Sie stemmte die Fäuste in die Taille und senkte den Kopf, während sie die angestaute Luft ausblies. Der Gedanke an ihn war nicht schön, aber er war ein fester Teil ihres Lebens. Rebeka konnte ihn nicht einfach ignorieren.

Ihren Ehemann. Ralf Ritter.

Verdammt.

»Nein, habe ich nicht«, sagte sie.

»Hast was nicht?«

»Die Unterlagen.« Sie machte eine schneidende Handbewegung. »Ich habe ihm die Scheidungspapiere noch nicht gegeben.«

»Warum nicht?«

»Ich weiß nicht ...«

Sie schwiegen.

»Aber das solltest du tun. Und du hast es mir versprochen.«

Sie drehte sich zu ihm. Er lag immer noch da, den Arm unter seinen Kopf geschoben und die andere Hand auf seine muskulöse Brust gelegt.

»Ich weiß«, sagte sie sanfter. »Ich habe es auch mir versprochen, also ... habe ich wohl auch mich enttäuscht.«

»Dann gib sie ihm doch endlich«, mahnte Marko. »Verflucht, das geht jetzt schon Monate so. So geht das doch nicht weiter, Rebeka.«

Sie biss sich auf die Unterlippe. »Ich weiß. Und ich schäme mich dafür.«

»Scham bringt dich da nicht weiter.«

Sie drehte ihm den Rücken zu. »Danke dafür.«

»Rebeka ...« Sie hörte ein Rascheln hinter sich. Ob er jetzt aufstand oder nicht, es wäre ihr egal, wirklich egal. Aber als sie sich umdrehte, lag er auf der Seite, eng in seine Decke gewickelt.

Na toll.

Er sah sie an.

»Was?«, fragte sie.

»Du solltest es machen. Diese Woche noch und uns beiden zuliebe. Beende diesen Spuk, und dann wirst du auch wieder Ruhe haben, was deine Träume angeht.«

Sie holte tief Luft. Vermutlich hatte er recht ... Eine Sache stimmte auf jeden Fall: Sie musste Ralf die

Scheidungspapiere geben, da sie sich schon zu lange damit vertröstete.

Diese Ehe, die sie seit fast fünfzehn Jahren führten und die in den letzten Jahren keine wirkliche Ehe gewesen war, hatte es im Grunde nicht verdient, länger am Leben erhalten zu werden. Oh nein … Ob Ralf das aber auch so sah, war eine gute Frage. Es müsste ihm doch aufgefallen sein, oder nicht?

Das gemeinsame Schlafen.

Das Gute Nacht sagen.

Eine schöne Zeit vor dem Fernseher.

Liebe.

Sex.

Oder auch beides zusammen.

Das alles fehlte.

Besonders viel redeten sie nicht miteinander, aber Anzeichen dafür, dass Ralf fremdging, waren bisher auch keine aufgetaucht.

Es war kompliziert …

»Es ist nicht so einfach, Marko. Ich versuche ja die ganze Zeit, den richtigen Moment zu finden, aber …«

»Soll ich dir was sagen?«

»Was?«

»Es gibt keinen richtigen Moment, Rebeka. Entweder du machst es oder du machst es nicht. Das ist alles … Liebst du mich?«

Überrascht trat sie einen Schritt zurück. »Äh … ja, klar.«

»Dann mach es diese Woche noch.«

Diese Woche, hallte es in ihren Gedanken nach.

»I-ich …«

»Du kannst das. Und sobald du es getan hast, rufst du mich an. Und wenn etwas sein sollte, dann rufst du mich auch an, verstanden? Falls Ralf an die Decke gehen sollte, dann bin ich sofort für dich da, hörst du?«

Sie seufzte. Vielleicht hatte Marko recht?

Sie kroch zu ihm unter die Decke. Er hob seinen Arm, als würde er eine Autotür öffnen, und ließ sie auf diese Weise ein.

Bei ihm war es warm. Es roch nach Shampoo, das er vor ein paar Stunden benutzt hatte, und auch sein Atem war weich.

»Habe ich dein Wort«, fragte er, dicht an ihrem Ohr.

Sie schloss die Augen. »Ja.« Und damit war es entschieden. Diese Woche noch … Dann würde sie Ralf die Scheidungsunterlagen überreichen.

»Gut.« Er küsste sie auf den Nacken, bevor er nur noch atmete.

»Marko«, begann sie.

»Hm?«

»Ich glaube, wir haben noch ein anderes Problem.«

»Was denn? Es ist spät, es -«

»Nee, was anderes.«

»Was?«

»Deine Wurzel … aber ich glaube, dieses Problem können wir heute noch lösen.«

Sie drehte sich herum.

2. Ralf Ritter

1.

Verdrossen hockte Ralf im Warteraum des Notars Günter Wolf, der vor ein paar Wochen angerufen hatte, um ihm mitzuteilen, dass es ein Testament des kürzlich verstorbenen Gustav Ritter, Ralfs jüngerem Halbbruder, zu vollstrecken gäbe.

Ralf hatte das für einen Scherz gehalten. Gustav, dieser Taugenichts hatte tatsächlich etwas zu vererben gehabt? Das konnte doch nicht sein.

Viel Kontakt hatten sie nie gehabt. Gustav war aber auch nicht wirklich mit ihrer Familie verbunden gewesen. Sie hatten die gleiche Mutter gehabt, aber unterschiedliche Väter, und als sich ihre Mutter vor zwanzig Jahren von ihrem Mann – Ralfs Stiefvater – getrennt hatte, hatte er den damals jungen Gustav mitgenommen, damit er bei ihm aufwuchs.

Ralf war damals vierundzwanzig gewesen, genau wie sein leiblicher Bruder Hans, der in der gleichen Stadt wohnte.

Erst Jahre später, nachdem Ralf seine eigene Kanzlei eröffnet und Rebeka geheiratet hatte, war Gustav plötzlich in seinem Büro aufgetaucht und zuerst hatte er sich darüber gefreut. Sie hatten Erinnerungen ausgetauscht und Gustav hatte erzählt, dass er viel in der Welt gereist war, einiges gesehen hatte, und jetzt, nachdem er wieder in Deutschland war, einen Job brauche …

Ob Ralf ihm einen geben könne?

Konnte er nicht.

Gustav hatte weder die richtigen Qualifikationen besessen noch im Entferntesten den Anschein erweckt, er wüsste, was man in einer Kanzlei tue.

Als Gustav sich schließlich nach einer halben Stunde wieder verabschiedet hatte, hatte Ralf beim späteren Bezahlen in der Bäckerei um die Ecke festgestellt, dass Gustav ihm in einem ungesehenen Moment die gesamte Barschaft aus dem Portemonnaie entwendet hatte.

Dieser Mistkerl, hatte Ralf gedacht, aber es auf sich beruhen lassen. Was hätte er denn tun sollen? Ihn anzeigen?

Die Jahre danach war Gustav noch fordernder aufgetreten. Immer wieder war er unangemeldet in der Kanzlei aufgetaucht, hatte um Geld gebeten, eine Arbeit, irgendwas, aber Ralf hatte ihm nicht helfen können.

Über einen Kontakt beim Arbeitsamt hat Ralf schließlich erfahren, dass Gustav bereits seit einer langen Weile in staatlichen Unterstützungsprogrammen steckte und keine Arbeitsstelle fand, da er mögliche Angebote stets aus unterschiedlichen Gründen ablehnte.

Als er dann eines Tages wieder in der Kanzlei erschienen war, unangekündigt, mit einer Alkoholfahne, hatte Ralf die Schnauze voll gehabt. Er hat ihn am Arm gepackt, aus dem Raum gezogen und ihm inmitten seines Sekretariats deutlich gemacht, dass er verschwinden und nicht mehr wiederkommen solle. Dass er unerwünscht sei und dass er, Ralf, sich nicht um seine Probleme kümmern wolle.

Daraufhin hatte Gustav angefangen zu weinen, aber Ralf hatte das kalt gelassen.

Raus, Gustav! Sofort!

Daraufhin war Gustav schreiend davongelaufen und seitdem nicht mehr wiedergekommen. Seitdem hatte er nichts mehr von ihm gehört. Bis zu diesem Moment.

Es war ein Mittwoch gewesen, vor drei Wochen. Sein Telefon hatte geklingelt und als er ranging, hatte seine Sekretärin, Frau Meiersdorf, einen Notar durchgestellt, der ihm gesagt hatte, dass Gustav gestorben sei, dass er sonst keine Familie habe, außer ihm und Hans, und das er ihm etwas hinterlassen habe. Etwas, dass er abholen müsse.

Was genau? … Aber der Notar hatte es nicht weiter konkretisiert.

Woran Gustav gestorben sei?

Selbstmord … Schnell, entschieden … Mit einem Messer.

2.

Aha.

Ralf hatte dem Notar gesagt, dass er zurückrufen würde. Dann hat er ein paar Minuten innegehalten, an Gustav gedacht, bevor er sich wieder in seine Arbeit vertieft hatte.

Den Rückruf hatte dann der Notar getätigt und das immer wieder, bis Ralf wütend einem Termin zugesagt hatte.

Und jetzt war er hier.

Ralf blinzelte und sah sich in dem großen Raum um. Überall standen Schränke mit irgendwelchen Vasen und Gefäßen darin, die wertvoll aussahen. Weiter hinten waren die Schränke mit Tellern gefüllt.

Ob das Sammeleditionen waren?, überlegte Ralf.

In der Mitte des Raumes lag ein roter, durchgetretener Teppich. Darauf stand ein Holztisch, auf dem ein langes Schwert in einer Metallfassung steckte. Das Schwert war tatsächlich beeindruckend. Vermutlich stammte es aus dem alten China?

Die Tür zum Büro des Notars befand sich gleich rechts. Sie war ebenfalls aus Holz, aber nicht wirklich dicht, denn durch sie war das leise Flüstern von Stimmen zu hören, immer im Wechsel, hin und her, zuerst die eine, dann die andere. Es war, als würden die beiden Herren da drin ein Duett singen.

Gott ... Diese Warterei. Sie nervte. Hatte der Notar nicht extra gesagt, dass es dringend wäre?

Frustriert blies Ralf die Luft aus. Er holte sein Handy aus der Hosentasche und prüfte den Bildschirm. Ein paar Anrufe von Interessenten oder Klienten waren eingegangen. Nichts Wichtiges, aber ...

Warum rief der Makler verdammt nochmal nicht zurück?

Heute war Donnerstag, dachte Ralf. Morgen wäre Freitag und damit der Start des Wochenendes. Wenn es also noch diese Woche klappen sollte, am besten Freitag, müsste sich der Makler bis spätestens heute Abend melden, damit er weiter planen konnte.

So ein Mist … Das letzte Gespräch zwischen ihnen war Montag gewesen … *Montag!* Das war der Anfang der Woche gewesen und jetzt war Donnerstag.

Seufzend steckte er das Handy ein.

Vielleicht sollte er sich später einfach von sich aus bei dem Makler melden?

Ausatmend schloss Ralf die Augen. In seinen Gedanken sah er Blut. Viel Blut.

Es war ihr Blut.

Rebekas.

Blut, das aus ihren Augen lief, aus frisch geschnittenen Wunden. Aus offenen Fleischstellen ihrer Beine und aus den kleinen Stümpfen, die einmal ihre Füße gewesen waren.

Ja, wusste sie denn nicht, dass er Augen im Kopf hatte? Verdammt nochmal! Dass er *sehen* konnte?

Diese dämliche Fotze.

Natürlich wusste er Bescheid. Über sie, diesen Typen, den sie wohl bei einer ihrer Lesungen kennengelernt hatte. Marko hieß er, Marko Strammer, einunddreißig Jahre alt, gutaussehend – groß, körperlich fit, eigentlich ein richtig guter Griff, oder nicht?

Anscheinend arbeitete er bei der Bundeswehr und schien auch ansonsten im sozialen Wesen engagiert zu sein. Nur leider hatte er sich mit der falschen Frau verbunden, denn Rebeka war noch verheiratet und hatte sich offenbar gedacht, dass sie ihre kleine Affäre verheimlichen könnte. Dass er nicht herausfinden würde, was sie trieben, aber … so war es nicht. Denn er hatte sie erwischt, heimlich und auch noch bei sich zu Hause …

Es war ein entspannter Tag gewesen, da er ausnahmsweise früher hatte Feierabend machen können. Er war nach Hause gefahren und hatte sie dann in seinem Schlafzimmer erwischt.

Mitten beim Sex.

Marko hatte auf dem Bett gelegen und sie auf ihm drauf, als würde sie auf einem Pferd sitzen. Nur war das Pferd nicht ruhig, sondern weich und hektisch gewesen. Rebeka hatte auch nicht starr gesessen, sondern sich auf seinem Schwanz bewegt, als gebe es kein Morgen mehr. Hin und her war sie gewippt, rechts, links und ständig hatte sie dieses Stöhnen ausgestoßen … Ralf seufzte.

Für diesen Verrat würde sie schon bald büßen müssen. Der Racheplan stand und er würde grässlich sein, fürchterlich …

Plötzlich ging die seitliche Bürotür auf.

3.

»Und grüßen Sie mir Ihre Frau, bitte.«

Zwei Personen kamen zum Vorschein. Beide mit dunklen Anzügen. Der Schlanke verabschiedete sich und der breiter Angelegte verblieb im Rahmen der geöffneten Tür. In sein zuerst lächelndes Gesicht legte sich ein leichter Schatten, als sich ihre Blicke trafen. Die grauen Haare auf seinem Kopf waren mit dem Bart verbunden und auf der Nase balancierte eine Brille mit schwarzem Rahmen. Altersflecken übersäten einen Teil seiner Wangen.

»Kommen Sie doch bitte herein, Herr Ritter.« Mit einer flotten Kopfbewegung deutete der Mann in sein Büro hinein. Dann verschwand er darin.

Ralf stand auf. Er richtete seinen Anzug und folgte ihm.

Das Büro ähnelte dem Wartezimmer. Es gab einen hellfarbigen Teppich auf dem Boden, einige Schränke zu beiden Seiten, in denen unnütze Dinge standen, und gegenüber exponierte ein Schreibtisch, der mit Dutzenden Papieren überlagert war.

Links stand ein Aquarium, das blaues Licht verströmte.

Günter Wolf, der Notar, setzte sich auf den großen Stuhl hinter den Tisch und als er saß, bildete die blaue Krawatte den Umriss seines Bauches nach.

Ralf setzte sich auf den Stuhl gegenüber.

»Sie haben mich tatsächlich lange warten lassen.« Diesem Mann musste er die Grenzen aufzeigen, dachte Ralf. Am besten von Anfang an.

»Tut mir leid, Herr Ritter, aber wie Sie gesehen haben, hatte ich noch Kundschaft. Und im Gegensatz zu Ihnen hatte dieser Herr einen Termin.«

»Das habe ich auch, falls Sie sich erinnern«, sagte Ralf.

»Sie haben gesagt Mittag«, erwiderte der Notar.

Ach so, dachte Ralf. Darauf sagte er lieber nichts.

Günter Wolf räusperte sich und fischte ein Blatt Papier aus einer Schublade, das er vor sich auf den Tisch legte. Dann musterte er es mit schmalen Augen. »Also … wie Sie bereits wissen, geht es um Ihren verstorbenen Halbbruder Gustav Ritter.«

Gott möge seiner Seele gnädig sein, dachte Ralf. Er verdrehte die Augen.

»Da Gustav außer Ihnen und Ihrem Bruder keine weiteren Verwandten hatte und er ein Testament hinterlassen hat, sind seine Verfügungen deutlich.«

»Eine Frage.« Ralf hob eine Hand.

Wolf sah auf. »Ja, bitte?«

»Wie kommt es, dass Sie ihm dabei geholfen haben? … Das hier hat er sich doch niemals leisten können, oder?« Ralf deutete mit einem Finger durch den Raum.

»Herr … Ritter …« Wolf schüttelte den Kopf. »Das ist doch geschmacklos, ich bitte Sie.«

»Warum? Er hatte nichts, glauben Sie mir. Das Wertvollste, das er besessen hat, war ein alter Röhrenfernseher, der beim Umspringen vom ersten auf das zweite Programm immer ein lautes Rauschen ausgestoßen hat.« Ralf lachte.

Wolf machte große Augen.

»Ich war einmal in seiner Wohnung«, fügte Ralf an. »Das ist lange her, aber dennoch …«

»Verstehe. Aber die privaten Gespräche zwischen mir und meinen Klienten darf ich leider nicht mit Dritten teilen, Herr Ritter. Das ist Ihnen doch hoffentlich klar. Ich meine …« Er tat so, als würde er die Papiere auf seinem Schreibtisch überfliegen. »Sie sind doch Anwalt, oder nicht?«

Ralf lächelte. Wieder wäre es besser, die Klappe zu halten.

Er machte eine schnelle Handbewegung, damit der Notar weitermachen sollte.

Der Notar räusperte sich. »Also … laut Herrn Gustav Ritters letztem Willen sollen Sie als sein nächster Verwandter -«

»Halbbruder«, warf Ralf ein.

Wolf räusperte sich erneut. »Sollen Sie, Herr Ritter, in den Besitz einer Kiste gelangen … Das ist alles.«

»Interessant.« Ralf seufzte.

Wolf rückte mit seinem Stuhl zurück und beugte sich hinunter, um etwas aufzuheben. Ein lautes Stöhnen war zu hören, dann hievte er eine rechteckige Holzkiste auf den Tisch, deren Oberfläche mit eindrucksvollen Reliefs versehen war, die Bäume, Büsche und Hirsche darstellten.

Verwundert hob Ralf eine Augenbraue. *Wow*. Woher zum Teufel hatte Gustav das Geld für so eine Kiste gehabt? Die hatte er doch bestimmt gestohlen.

Mühevoll hockte sich Wolf in seinen Sitz zurück und wischte sich den Schweiß unter der Nase weg. Sein Gesicht war rot angelaufen.

»Diese Kiste soll in Ihren Besitz übergehen, Herr Ritter. So steht es im Testament Ihres Halbbruders.«

Ralf stand auf und betrachtete die Reliefs und Gravuren.

Warum sollte ausgerechnet er diese Kiste bekommen? Hans hätte sie sicherlich mehr verdient. Immerhin hatte er immer Verständnis für Gustav gehabt, ganz im Gegensatz zu ihm …

»Ist das alles, was er vererbt hat?«, fragte Ralf.

»In der Tat, das ist alles. Mehr steht nicht im Testament.«

»Gut.« Ralf griff nach der Kiste ... BING ...

Fassungslos starrte er auf Wolfs Hand, die auf der Kiste lag. Der goldene Ring an seinem kleinen Finger funkelte im Licht der grellen Deckenlampen.

»Nicht so schnell, Herr Ritter.« Wolf stand auf, wodurch die Krawatte an seinem Bauch hin und her flatterte.

Er zog ein Papier unter einem Stapel hervor und legte es vor Ralf ab. Daneben deponierte er einen Kugelschreiber. »Das müssten Sie unterschreiben. Sie werden es sicher kennen. Damit bestätigen Sie, dass Sie alles, was ich gesagt habe, verstanden haben und dass Sie mit dem Erhalt der Kiste einverstanden sind.«

Ralf nahm das Papier und las es durch. Satz für Satz. Wort für Wort. Als Anwalt war er es gewohnt, solche Texte zu lesen. Besonders dann, wenn jemand eine Unterschrift von ihm wollte.

Seufzend setzte sich der Notar und starrte gegen die Decke.

Als Ralf das Papier gelesen hatte, setzte er sein Kürzel und reichte es Wolf über den Tisch zurück. Dann nahm er die Kiste an sich.

Sie war nicht leicht, aber auch nicht zu schwer.

Was Gustav da wohl reingetan hatte?

Ohne etwas zu sagen, ging er zu der hinteren Tür zurück.

»Warten Sie, bitte«, rief Wolf.

Ralf blieb stehen. »Was?«

»Wollen Sie nicht sehen, was sich darin befindet?«, fragte der Notar.

Ralf drehte sich um. Lächelte. »Warum fragen Sie?«

»Wollen Sie es denn nicht wissen?«

Offenbar kannte der Notar den Inhalt der Kiste nicht und das sollte auch so bleiben.

»Vielleicht später. Tschüss!«

4.

Draußen war es windig. Einige Autos auf der Straße hupten.

Eine Frau in der Nähe schob einen Kinderwagen. Ein junges Mädchen, vielleicht zehn Jahre alt, das sie an der freien Hand hielt, schrie, als gäbe es kein Morgen mehr.

Auf der anderen Straßenseite saß ein Mann an einer gläsernen Bushaltestelle, an der Ralf vor etwa einer Stunde angekommen war, und las Zeitung.

Ralf balancierte die Kiste auf seinem Arm, sodass er sie mit der freien Hand öffnen konnte. Sie hatte kein Schloss, der Deckel ging sauber auf.

Im Inneren lag eine Weinflasche: Château d'Yquem, stand auf dem Etikett. Grand Cru Supèrieur Sauternes 2010 Weißwein. Ein Bordeaux aus dem Jahr 2011, ein seltener Jahrgang und auch noch teuer. Aber woher zum Teufel hatte Gustav diesen Wein? Und wie hatte er ihn bezahlen können? Und warum hatte er ihn ausgerechnet ihm vererbt?

Nachdenklich schloss er den Deckel.

Seine letzten Worte an Gustav gingen ihm durch den Kopf: *Raus, Gustav! Sofort!*

Danach war Gustav weinend aus dem Büro gerannt, schreiend, verzweifelt.

Die ganze Sache war jetzt zehn Jahre her …

Ach, egal …

Gegen den Wind ging Ralf weiter zum Ampelübergang.

Plötzlich begann sein Handy zu klingeln.

»Jesus, nochmal!« Er blieb stehen. Stöhnend klemmte er sich die Kiste unter den linken Arm und fummelte das Handy aus seiner Hosentasche. »Ja?«

»Herr Ritter, ich bin es … konnten Sie Ihren Termin wahrnehmen?« Das war Frau Meiersdorf. Leider nicht der Makler. *Verdammt.*

»Ja ...« Er hustete. »Konnte ich.«

»Und was haben Sie bekommen? Hat es sich gelohnt?«

»Eine Kiste, Frau Meiersdorf, eine verdammte Kiste mit einer Flasche Wein … also nein, es hat sich nicht gelohnt. Sonst noch etwas? Ich bin nämlich unterwegs und -«

»Ja, ja, verstehe. Ich wollte nur Bescheid geben, dass ich jetzt Feierabend mache. Termine haben Sie heute keine mehr und ab morgen soll ja, wie Sie verfügt haben, die Kanzlei bis Montag geschlossen sein?«

»Gut. Machen Sie nur. Aber denken Sie daran, dass Sie über das Wochenende Bereitschaft haben, also gehen alle Anrufe an Sie. Die zusätzlichen Stunden bezahle ich Ihnen natürlich.«

»Das hatten Sie gesagt. Wohin Sie gehen, sagten Sie allerdings nicht ...«

»Das weiß ich.« Er nahm das Handy vom Ohr.

»Warten Sie«, rief Frau Meiersdorf.

Ralf seufzte. Schnell nahm er das Handy wieder zurück. »Ja?«

»Ihr Auto steht ja noch hier, Herr Ritter. Wie Sie gesagt haben, habe ich Ihre Jägerausrüstung in den Kofferraum geladen ...«

»Auch die Büchse?«

»Ja.«

»Und es hat Sie niemand dabei gesehen?«

»Ich denke nicht«, sagte sie zögerlich.

»Gut. Dann bis nächste Woche.«

Er legte auf und ging auf die Ampel zu. Dann klingelte das Handy erneut.

»Gott verdammt.« Wütend hob er das Handy hoch.

»Ja, Frau Meiersdorf, ich -«

»Ralf, ich bin es.« Schon wieder nicht der Makler.

»Hallo Hans«, erwiderte Ralf. Er blieb stehen und sah zu, wie die Ampel von Rot auf Gelb und dann auf Grün schaltete. Der Verkehr setzte sich in Bewegung.

»Was willst du denn jetzt?«

»Ich wollte nur fragen, ob du kurz vorbeikommen möchtest?«

»Was? Nein, jetzt nicht.«

»Warum denn nicht?«

»Weil ... ich zu tun habe.«

»Wirklich? Du bist doch gerade gar nicht in deiner Kanzlei, sondern in der Nähe ...«

Ralf nahm das Handy von seinem Ohr und musterte den Bildschirm. Woher wusste Hans, wo er war?

Er sprach wieder hinein. »Woher weißt du das?«

»Ich kann dich orten. Ist so eine App, funktioniert nicht besonders gut, aber ungefähr klappt es. Außerdem hast du es gerade bestätigt, also stimmt es?«

Verdammt, dachte Ralf. Damit hatte er sich selber verraten.

»Hans, ich habe heute wirklich noch einiges zu tun, wie wäre es, wenn -«

»Ach, Ralf. Es muss auch nicht lange dauern. ... Wir haben eine tolle Nachricht für dich und Lucy möchte dich auf mal wieder sehen. Komm schon, wir haben uns doch so lange nicht mehr gesehen.«

Ralf schloss die Augen. Als er sie öffnete, sah er Wolken über den blauen Himmel ziehen. Eigentlich hätte er ja Zeit ...

»Gut, wenn es sein muss. Aber nur kurz.«

»Sehr gut. Bis später.«

»Bis dann.« Ralf legte auf. Dann fiel sein Blick auf die Ampel, die natürlich gerade rot war.

Seufzend wartete er, bis sie auf Grün wechselte. Dann überquerte er die Straße und ging zur Bushaltestelle, die aus einem transparenten Glasdach mit wenigen Sitzen darunter bestand. Der Mann, der Zeitung gelesen hatte, war nicht mehr da, aber dafür saßen dort jetzt einige Frauen, die sich auf Türkisch unterhielten. Der Boden um die Haltestelle war mit plattgetretenen Kaugummis übersät. Die abgrenzenden Scheiben teilweise zerkratzt.

Ralf prüfte den Fahrplan und sah auf seine Uhr.

Zehn Minuten, dann würde sein Bus kommen. Eigentlich zu ertragen.

Geduldig stellte er sich neben das Dach der Bushaltestelle.

5.

Hans war Lehrer.

Sechzehn Jahren war er nun schon mit Julia verheiratet, die als Krankenschwester im größten lokalen Krankenhaus der Stadt arbeitete. Gemeinsam hatten sie eine Tochter namens Lucy. Lucy war elf, aber ihrer Altersklasse weit voraus. Die vierte Klasse der Grundschule hatte sie übersprungen, da sie sich gelangweilt hatte. Oft war sie allein, was Ralf schon ein paar Mal aufgefallen war, als er Hans besucht hatte. Einmal hatte er seinen Bruder gefragt, ob seine Tochter wirklich echte Freunde hätte, aber Hans hatte nur gemeint, dass sie sich oft mit einem Mädchen aus der Nachbarschaft treffe, um Karten zu spielen oder sowas.

Aha, hatte Ralf damals gedacht. Aber immerhin.

Viel Geld verdiente Hans zwar nicht, aber er lebte glücklich mit seiner Familie in einem modernen Plattenbaukomplex, den die Stadt erst vor drei Jahren errichtet hatte. Es wirkte … harmonisch … Hans Ehe.

Hans und Julia funktionierten einfach zusammen, als hätten sie sich gesucht und gefunden. Zwar waren die fünfzehn Jahre Ehe auf Ralfs Konto auch nicht schlecht – zeitlich gesehen -, aber die Energie des Zusammenseins mit Rebeka hatte bereits seit Langem nachgelassen.

Ja, er arbeitete viel, aber Rebeka war mit ihrer Autorenkarriere auch oft beschäftigt. Ständig hockte sie in ihrem Zimmer, schrieb etwas, dann lief sie hin und her, da sie damit nicht zufrieden war, und dann hatte sie schlechte Laune, da ihr irgendwelche Szenen ihres Buches nicht gefielen.

Viel hatte er auch noch nie von ihrer Arbeit gehalten. Nicht nur brachte sie kaum Geld nach Hause, er las auch nicht wirklich, außer Akten über Rechtsfälle, und die waren schon dick genug.

Im vierten Stockwerk des Plattenbaus trat er aus dem Aufzug. Er bog nach rechts ab, ging ein Stück und blieb vor einer der Wohnungtüren stehen. Auf dem goldenen Schildchen an der Seite stand: *Ritter*.

Ralf drückte die Klingel und ein lautes Geräusch fegte dumpf durch die Tür hinaus.

Mittlerweile war es aber auch egal, was Rebeka mit dem Schreiben verdiente, dachte er.

Sein Plan stand fest. Das Ende war nah … und Rebeka mittendrin.

Die Tür öffnete sich und Hans kam heraus. Gleich breitete er die Arme aus. »Ralf, grüß dich. Es ist so schön, dich wiederzusehen.«

Wie so oft trug er eine billige Strickjacke und eine graue Cordhose, die zu seinen braunen Schlappen passte. Er war etwas größer und trug mit Vorliebe einen kleinen Ziegenbart.

Die Arme ausgestreckt, drückte er Ralf an sich.

»Ich freue mich so, dass du es einrichten konntest.«
»Du hast mir ja keine Wahl gelassen«, sagte Ralf knapp.

Hans lachte und ließ ihn wieder los. »Ach, komm schon, ein bisschen Bewegung schadet dir nicht.«

Ralf nickte. Drinnen streifte er die Schuhe ab und ging den Flur entlang in die Küche.

Der kleinere Raum war heller und aufgeräumt. Der Geruch von gekochten Nudeln lag in der Luft und der kleine Holztisch in der Mitte war mit einer blauen Decke und einem unbenutzten Teelicht versehen.

Ralf stellte die Kiste auf den Tisch und ließ sich in den nächsten Stuhl fallen.

Zufrieden atmete er aus.

Hinter ihm kam Hans herein. »Willst du etwas trinken?«

»Ein Glas Wasser, bitte.«

»Kommt sofort.«

»Also, was ist es, dass du mir sagen wolltest? Was ist so wichtig, dass ich unbedingt kommen musste?«

Hans füllte ein Glas und stellte es vor ihm ab. »Ach, Ralf ... endlich bist du mal wieder da. Das letzte Mal ist schon ewig her und ich finde, das muss nicht so sein. Wir sollten uns öfter sehen.«

»Hm.« Ralf genehmigte sich einen Schluck.

Unvermittelt ging eine zweite Tür auf und Julia, Hans' Frau, kam herein. Sogleich erhob sich Ralf und breitete die Arme aus.

»Hallo Julia, meine Güte ...« Offenbar war sie kurz davor zu gehen oder sie war gerade erst gekommen, denn sie trug die weißen Schwesternklamotten des Krankenhauses, in dem sie arbeitete.

»Wie geht es dir, Ralf?«, fragte sie lächelnd.

»Gut, gut. Ich habe gerade zu Hans gesagt, wie schön es doch ist, mal wieder bei euch zu sein.«

Hans verdrehte die Augen.

»Das freut mich. Wir haben dich schon lange nicht mehr gesehen. Wie geht es Rebeka? Kommt sie mit ihrem Buch voran?«

»Gut geht es ihr ... Sehr gut sogar.« Ralf stieß etwas Luft aus. »Ich denke, dass sie ganz passabel vorankommt, auch wenn sie mir nicht viel davon erzählt.«

»Schön.« Julia strich sich eine braune Haarsträhne aus der Stirn und füllte sich ebenfalls ein Glas mit Wasser. Ralf betrachtete sie. Sie war eine hübsche Frau. Mutig, entschlossen, arbeitswillig. Ihre blauen Augen strahlten etwas Mitfühlendes aus. Ihre Wangen waren immer mit einer leichten Röte versehen und sie lächelte oft, was sie noch sympathischer machte.

Irgendwie war sie immer das Gegenteil von Rebeka gewesen, dachte Ralf. Rebeka jagte zwar ständig ihren Texten hinterher, aber ansonsten hatte sie nicht viel zu bieten.

Na ja … zumindest jetzt nicht mehr.

Vielleicht wäre vieles anders gekommen, wenn er Julia und nicht Rebeka geheiratet hätte?

»Was ist denn das?« Hans zeigte auf die Kiste. »Darf ich mal sehen?«

»Nur zu.«

Hans öffnete die Kiste. »Wow, das ist ein Château d'Yquem Weißwein. Ein echter Bordeaux.« Beeindruckt nahm Hans die Flasche heraus. »Wo hast du die denn her? Die sind richtig teuer, wusstest du das?«

»Von Gustav«, meinte Ralf.

Hans fiel die Kinnlade herunter. »Gustav? Unser Gustav?«

»Ja, genau. Unser toter Gustav.«

Hans legte die Flasche zurück. »Ja, ich weiß. Schrecklich. Der Ärmste. Dabei war er noch gar nicht so alt.« Ralf nickte.

»Aber woher hat er diese Flasche? Soweit ich weiß, war er kein Weinfreund.«

Ralf zuckte die Achseln. »Keine Ahnung.«

»Und er hat sie dir einfach so vererbt?«

Ralf nickte und nahm noch einen Schluck Wasser.

»Also dafür, dass du ihn eigentlich wie Abfall behandelt hast, hätte er sie ruhig mir vermachen können, findest du nicht?«

»Hans!« Julia musterte ihn streng.

»Es stimmt doch, oder? Sag mir, dass ich unrecht habe.«

Ralf nickte. »Ich hätte auch nicht gedacht, dass er sie mir vermacht, ganz ehrlich. Und auf den heutigen Termin beim Notar hätte ich auch verzichten können.«

»Vielleicht wollte er damit ein Zeichen des Friedens setzen, bevor er geht? Gustav, meine ich.«

»Vielleicht.« Ralf rieb sich das Kinn. »Ja, vielleicht war es das. Aber es ist auch nicht so wichtig. Ich weiß nicht mal, ob ich ihn trinken werde.«

»Es wäre auf jeden Fall ein Fehler, ihn nicht zu trinken«, sagte Hans. »Dieser Wein soll hervorragend schmecken, besonders im Abgang.«

»Sollte ich ihn nicht trinken, überlasse ich ihn vielleicht dir.«

»Das wäre nett.« Hans lächelte, was Falten über seine Wangen warf. Der Jüngste war er auch nicht mehr, auch wenn sie beide gleich alt waren. »Aber wenn du ihn doch trinken willst, könntest du mir zumindest die Kiste überlassen. Sie ist bildhübsch. Ich schätze mal, dass sie aus dem neunzehnten Jahrhundert stammt.«

»Das müsste wohl klappen.« Ralf nahm noch einen Schluck Wasser. »Was wolltest du mir jetzt eigentlich mitteilen?«

Hans schnippte mit den Fingern. Freudig sah er zu seiner Frau. Sie nickte. »Wir ... also Julia, Lucy und ich, haben etwas vor.«

Ralf sah auf seine Armbanduhr. Noch hatte er Zeit. »Was denn?«

»Einen Moment. Bin gleich wieder da.« Hans eilte davon, während sich Julia zu ihm an den Tisch setzte. »Er ist schon ganz aufgeregt«, sagte sie lächelnd. »Die

Sache bedeutet ihm viel.«

»Wirklich?« Was hatte Hans denn nur vor?

Kurz darauf kam Hans zurück. Ralf drehte den Kopf und erschrak …

Hans hielt ein großes Messer in der Hand …

6.

In der anderen Hand hielt Hans zwei Geräte an die Brust gepresst. Die Geräte legte er auf den Tisch. Das Messer behielt er bei sich.

Ralf beugte sich vor. Das waren Funkgeräte. Sie besaßen große Bildschirme, ein Tastenfeld und eine schwarz-gelbe Hülle aus Hartplastik. Weiter oben befand sich eine Antenne, die man herausziehen konnte.

»Was soll das denn bitte?«, fragte Ralf.

»Das hier ist ein Sax-Messer.« Hans zeigte ihm zuerst das Messer. »Eine Waffe aus dem Hochmittelalter. Zwölftes Jahrhundert, um genau zu sein. Sie ist lang und wendig und sie wird uns für unseren bevorstehenden Trip gute Dienste leisten.«

»Welcher Trip?« Ralf musterte das Messer.

»Wir wollen einen Ausflug machen, vier Tage. Nur wir drei, in den nördlichen Barnim-Wald.« Er legte das Messer auf den Tisch.

Ralf machte große Augen. *Mist.* »Warum denn ausgerechnet in diesen Wald?«

»Nun … er liegt am nächsten. Und der Barnim-Wald ist groß und dicht, deshalb bietet er sich an.«

Das war nicht gut. Der Barnim war genau der Wald, in dem sich das Haus befand, das er für sich und Rebeka nutzen wollte, um … Der Plan …

»Wo genau wollt ihr denn da hin?«

»Äh.« Hans sah zu Julia.

»Wohl in den Norden«, sagte Julia schnell. »Wir beginnen im Nordosten und wandern durch den Wald, bis wir auf der anderen Seite herauskommen. Das ist zumindest die Idee.«

Hans nickte.

Gott sei Dank, dachte Ralf. Das Haus befand sich im

Süden des Waldes, also in der anderen Richtung.

»Und ... was wollt ihr da machen?«, fragte Ralf.

»Einen Ausflug«, sagte Hans begeistert. »Nur wir im Zelt, unser eigenes Essen, der Wald. Die Tiere. Das wird ein richtiges Abenteuer.«

»Aha ... «, Ralf deutete auf das Messer. »Und wofür ist das hier?«

»Na ja, es könnte uns ja jemand angreifen«, meinte Hans.

»Eine Vorsichtsmaßnahme«, fügte Julia an und trank einen Schluck Wasser. »Er wollte es unbedingt haben, aber vermutlich brauchen wir es gar nicht.«

»Es ist auch gut zum Schneiden. Von Pflanzen, Ästen. Sowas. Wir müssen ja auf alles vorbereitet sein.«

Ralf kratzte sich die Stirn. »Aber ... wofür soll das Ganze denn gut sein?«

»Es ist ein Abenteuer«, meinte Hans. »Mal was Neues, weißt du?«

»Einfach mal etwas anderes«, sagte Julia. »Nicht immer nur die Wohnung, die Arbeit, die Schule. Ich denke, dass es Lucy auch gefallen wird, wenn sie aus ihren vier Wänden herauskommt. Zumindest meinte sie, dass sie es sich aufregend vorstellt.«

»Hat sie gesagt, dass sie mitwill?«, fragte Ralf.

Hans und Julia wechselten Blicke. »Sie ist zumindest nicht abgeneigt«, sagte Hans schließlich.

Ralf richtete sich in dem Stuhl auf. »Okay, das wird sicher lustig, keine Frage, und viel Erfolg dabei. Aber was hat das jetzt mit mir zu tun?«

»Nichts«, rief Hans. »Außer einer Sache vielleicht.« Bedächtig schob er ihm eines der Funkgeräte zu.

Ralf musterte es. »Was soll ich damit?«

»Das ist zur Sicherheit, Ralf. Du hast eins und ich habe das andere. Das hier sind spezielle Funkgeräte der Marke *Gisatron*. Das hier hat die IKL-Version Nummer fünf. Das absolut neuste Modell.«

»Und auch teuer«, fügte Julia an.

»Stimmt, aber dafür funktioniert es über eine Distanz von bis zu hundert Kilometern.« Seine Augen strahlten.

So weit, dachte Ralf. Er nahm eines der Geräte. Neben dem Bildschirm gab es einen Knopf, den er drückte. Daraufhin drang ein Rauschen aus dem Gerät und der Bildschirm färbte sich blau.

»Und du denkst, dass ich das hier haben sollte, Hans? Wofür?«, fragte Ralf.

»Nur für alle Fälle. Bestimmt brauchen wir es gar nicht, aber falls etwas sein sollte, dann kann ich dich damit erreichen und du kannst uns Hilfe zukommen lassen. Diese Dinger zeigen auch den jeweiligen Standort an, zumindest den ungefähren.«

Ralf schaltete es aus und legte es auf den Tisch zurück. »Nein ... tut mir leid, das kann ich nicht übernehmen.«

»Warum nicht?« Hans klang frustriert. »Was spricht denn dagegen?«

»Hör zu, dieses Wochenende ist es schwierig. Ich habe wirklich viel zu tun und bin unterwegs, da kann ich mich nicht auch noch darum kümmern. Warum fragst du nicht jemand anderen? Einen Nachbar zum Beispiel oder einen deiner Kollegen?«

Hans schüttelte den Kopf. »Das kommt nicht in Frage. Diese Geräte waren teuer. Ich kann sie nicht einfach jemand Fremdem geben. Meine Güte, Ralf, bitte, tu mir den Gefallen. Es ist auch nur für das eine Wochenende. Und am Ende brauchen wir sie wahrscheinlich gar nicht. Es ist eine reine Vorsichtsmaßnahme.«

Ralf betrachtete das Gerät. Dass es Standorte anzeigen konnte, klang nicht schön. Allerdings, was sollte Hans und seiner Familie schon in einem Wald wie diesem passieren? Dort gab es keine Bären oder andere gefährliche Tiere und das Schmerzhafteste, das man sich einfangen könnte, wäre vermutlich der Stich einer Wespe oder der Biss einer Zecke. Eigentlich müsste man dafür niemanden anfunken.

»Herrje, gut, ich nehme es. Aber nur, weil du mein Bruder bist.«

Hans strahlte. »Sehr gut. Dann wäre das geklärt.«

»Genau …« Ralf stand auf. »Gut, ich müsste dann auch mal wieder. Die Arbeit ruft.«

»Jetzt schon?« Hans sah zu Julia. »Bleib doch noch zum Abendessen.«

»Nein, nein. Ich muss jetzt los. Ehrlich, es …« Ralf klemmte sich die Kiste unter den Arm. Das Funkgerät steckte er in seine Anzugtasche und da es recht groß war, ragte es zur Hälfte heraus.

»Ist Lucy eigentlich da?«, fragte Ralf.

»Auf ihrem Zimmer. Sag ihr doch noch schnell Hallo, bevor du gehst.«

Ralf wandte sich an Julia. »Also … schön, dass ich mal wieder hier sein konnte und viel Erfolg für euren Trip durch den Wald.«

»Danke. Dir auch viel Erfolg bei allem, was du so machst.«

»Danke. Werde ich haben.« Oh ja, dachte er.

Er folgte Hans aus der Küche, bis er vor Lucys Zimmertür stehenblieb.

Hans zeigte hinein. »Geh ruhig rein. Ich denke, sie hört Musik, oder sowas.«

Ralf nickte und vergrößerte den kleinen Türspalt.

Von drinnen kam ihm ein stechender Geruch entgegen. Das einzige Fenster war mit Vorhängen versperrt, sodass nicht viel Licht eindrang. Auf dem Boden lagen einige Spielsachen. Das Bett auf der anderen Seite war unordentlich, die Decken verteilt, die Kissen durcheinander. In diesem Chaos lag Lucy auf dem Rücken und hielt ihr Handy fest. In den Ohren trug sie Kopfhörer.

Als die Tür aufging, richtete sie sich auf und nahm die Kopfhörer heraus.

»Sieh mal, wer da ist«, rief Hans in das Zimmer. »Ist das nicht toll?«

»Onkel Ralf«, sagte Lucy überrascht.

Ralf lächelte. Ein Stück von der Tür entfernt blieb er stehen. Zu seinen Füßen lagen Stifte und Papiere, auf denen Lucy gemalt hatte. Irgendwelche brennenden Bäume und in Flammen stehende Häuser.

»Schön hast du es hier, Lucy ... Geht es dir gut?«, fragte er.

Sie nickte, sagte aber nichts.

»Und was macht die Schule? Kommst du zurecht?«

Sie nickte.

»Und ... alles andere so?«

»Gut«, sagte sie mit großen Augen. Offenbar wollte sie nicht reden. Aber er hatte auch keine Zeit dafür. »Sehr schön, ich bin stolz auf dich, Lucy, aber das weißt du ja. Wenn etwas ist, kannst du dich jederzeit melden.«

Sie nickte.

»Ich muss jetzt wieder los. Aber wir sehen uns ganz bald wieder und dann erzählst du mir mehr, ja?«

Sie nickte.

Ralf lächelte, drehte sich um und ging hinaus.

Nachdenklich tippte sich Hans gegen das Kinn. »Sie redet nicht viel, nicht wahr?«

»Das ist das schwierige Alter«, sagte Ralf leise. »Wir waren vermutlich auch nicht besser.«

Zügig ging Ralf an Hans vorbei den Flur entlang vor die Haustür. Dort streifte er seine Schuhe an und öffnete die Tür.

Draußen drehte er sich nochmal um. »Also, Hans, bis irgendwann wieder. Sollte etwas sein, dann melde dich.« Er lächelte.

»Mach ich. Und grüß Rebeka von mir. Sie habe ich lange nicht mehr gesehen …«

»Ja, mach ich. Sie ist sehr beschäftigt, aber sie hat euch nicht vergessen.«

»Ihr solltet nicht zu viel arbeiten, Ralf«, sagte Hans, den Kopf zur Seite gelegt.

»Hm? Was meinst du?« Ralf zog die Augen schmal.

»Na … ihr lebt etwas aneinander vorbei, weißt du. Das sehe ich von Weitem und das ist definitiv nicht gesund. Ihr müsst mehr aufeinander zugehen … miteinander reden. Sonst schadet das eurer Ehe.«

»Aha, na dann … Danke für den Tipp.« Ralf ging los, Richtung Aufzug

»Ich meine das ernst, Ralf«, rief Hans hinterher. »Wenn ihr so weitermacht, dann entzweit ihr euch. Und weißt du, was dann kommt?«

»Nein.«

»Die Scheidung!«

3. Rebeka Ritter

1.

Rebeka seufzte. Betrübt verbarg sie ihr Gesicht in den Händen. Der Cursor auf ihrem Laptop verharrte seit geraumer Zeit an ein und derselben Stelle.

Normalerweise fiel es ihr leicht, sich auf den Text zu fokussieren, aber diesmal fand sie nicht die Kraft. Zu viel ging ihr durch den Kopf.

Da war Marko, mit dem sie gestern Nacht das Bett geteilt hatte. Da war Ralf, dem sie diese Woche noch die Scheidungsunterlagen geben wollte. Und da war auch noch ihre Literaturagentin Tina, die sie vor Kurzem angerufen hatte, um ihr mitzuteilen, dass sie morgen früh um zehn Uhr in der lokal gelegenen Buchhandlung *Seitenblick* eine Lesung hatte.

Niedergeschlagen lehnte Rebeka sich in ihrem Stuhl zurück und starrte auf den bläulich leuchtenden Bildschirm, auf dem die Nummer für das nächste Kapitel zu sehen war. Eigentlich war sie fast fertig mit dem Buch, ein weiterer Thriller, aber gerade kam sie einfach nicht voran. Es war zum Heulen und Ralf wollte ihr auch nicht aus dem Kopf gehen.

Seit Monaten plagte sie sich jetzt mit dem Gedanken an eine Scheidung, jedoch hatte sie sich bislang noch nicht zu dem entscheidenden Schritt durchringen können.

Aufgewühlt stand sie auf. Ihr kleines Büro im gemeinsamen Haus bestand nur aus einem Tisch, einem Fenster, ein paar kleinen Schränken, in denen einige Bücher standen, und natürlich dem Laptop, mit dem sie arbeitete. Mehr brauchte sie nicht.

Das Problem an der ganzen Sache war natürlich Ralfs mögliche Reaktion, wenn sie ihm die Scheidungsunterlagen gab.

Sie lagen gleich hier auf dem Tisch. Fordernd, als würden sie mit ihr sprechen und ihr zuflüstern, dass sie von dort wegwollten. Dass sie in Ralfs Hände wollten, um … Ja … um ihm zu sagen, dass es vorbei war. Dass ein Punkt erreicht war, der den fünfzehn Jahren Ehe ein Ende setzte …

Von den vielen schönen Momenten war nichts mehr geblieben, nicht einmal ein kleiner Rest. Seit fast zwei Jahren schliefen sie getrennt und manchmal übernachtete Ralf sogar in seinem Büro. Sie redeten nicht mehr wie früher, sondern tauschten nur noch Phrasen aus oder schwiegen und gingen mehr oder weniger eigene Wege.

Sollte das denn ewig so weitergehen?

Nein! Es war klar … Sie musste Ralf mit Tatsachen konfrontieren.

Entschlossen trat sie an den Tisch und nahm die Dokumente an sich. Es waren nur zwei Seiten und auf dem ersten Papier stand in großen Buchstaben: *Scheidungsantrag zwischen den Ehepartnern Rebeka und Ralf Ritter.*

Das hatte ihr Anwalt aufgesetzt. Vor drei Monaten schon. Ralf wusste nichts davon, da sie extra einen Anwalt aus dem Nachbardorf gewählt hatte, einen, den er nicht kannte.

Plötzlich klingelte ihr Handy.

Schnell legte sie die Dokumente auf den Tisch und nahm es auf.

Marko rief an, aber jetzt wollte sie nicht mit ihm reden. *Nein* … Sie drückte ihn weg.

Dafür hatte sie keine Nerven.

Plötzlich hörte sie ein Knacken.

Die Haustür.

Das musste Ralf sein.

Rasch richtete sie ihren Blick auf die Papiere. Ein kalter Schauer lief ihr über den Rücken.

Jetzt nicht nachlassen, Rebeka. Mach es gleich, dann hast du es hinter dir.

Hastig schnappte sie die Papiere, faltete sie zusammen und steckte sie in ihre Hosentasche. Dann verließ sie das Büro.

Von unten waren Geräusche zu hören: ein Stöhnen, dann das Rascheln eines Mantels.

Ralf war da … Es gab keinen Zweifel.

2.

Okay, jetzt nicht durchdrehen.

Ralf konnte zwar dominant sein, aber er war nicht der Kräftigste. Tatsächlich war er für sein Ego ziemlich klein. Etwas, das Marko so anders machte, denn er war fast zwei Meter groß.

An der Treppe blieb sie stehen und atmete durch. Ihr war klamm zumute.

Langsam ging sie die Stufen hinunter, eine nach der anderen.

Unten sah sie Ralf. Seine kurzen, schwarzen Haare waren mit feuchten Tropfen durchsetzt, als hätte es draußen geregnet. Ihre Blicke trafen sich. Seine Mundwinkel spannten. In der rechten Hand hielt er eine kleine Aktentasche.

Ihr Herz machte einen Sprung.

Zeig sie ihm!, rasten ihre Gedanken. *Zeig sie ihm.*

»Ralf … wir … sollten reden.«

»Das sollten wir«, sagte Ralf. Er ging davon, den Flur entlang.

Nanu, dachte Rebeka. Sie sah ihm hinterher. Was war jetzt los?

Sie ging ihm nach und sah, wie er die Küche betrat. Als das Licht dort anging, flüchteten die Schatten auf dem Gang wie eine Horde Kinder auseinander. Dann hörte sie das Öffnen der Kühlschranktür.

»Ralf?« Im Türrahmen der Küche blieb sie stehen. »Es ist dringend, also …«

»Aha.« Ralf nahm sich die Packung Schinken aus dem Kühlschrank, die sie eigentlich für sich gekauft hatte, und warf sie auf den Tisch in der Mitte. Anschließend ging er zum Brotkorb auf der Anrichte und nahm sich eine Scheibe, die er auf einem Teller platzierte. »Sag mal, haben wir keine Butter mehr?«, fragte er.

»Ich esse keine Butter, wie du weißt.«

»Aber hatten wir nicht immer welche? Ich dachte, dass du einkaufen gehst?«

Rebeka stieß hörbar die Luft aus. »Ja, ich gehe einkaufen. Wenn ich etwas brauche, dann kaufe ich es mir …«

»Also …« Ralf machte eine halbe Handbewegung zum Kühlschrank, »kaufst du nur noch für dich ein? Ist es das, was du mir sagen willst?«

Wie bitte? Er schlief nur noch selten hier, er kündigte sich weder an noch sagte er Bescheid, wenn er wieder ging. Warum zum Henker sollte sie dann noch für ihn einkaufen?

»Das meinst du doch nicht ernst, oder?«

Er sah sie durchdringend an. »Doch, warum nicht?« Hastig biss er von seinem Brot ab. »Warum sollte ich es nicht ernst meinen? Außerdem ist mir aufgefallen, dass die Garage alles andere als sauber ist, Rebeka. Manchmal frage ich mich, was du in diesem Haus eigentlich machst?«

»Stopp, Ralf, okay! Was ich dreckig mache, mache ich auch wieder weg, verstanden? Das ist genauso dein Haus und -«

»Ich weiß, aber im Gegensatz zu dir arbeite ich den ganzen Tag, damit wir uns so ein Haus überhaupt leisten können, und was machst du?«

Automatisch richtete sie sich ein Stück auf. »Spinnst du jetzt? Ich schreibe.«

»Ach ja, deine Bücher.« Er verdrehte die Augen. *Nein …* Das ging an ihre Ehre. Wie konnte er es wagen!

»Hör mal, nur weil ich das Haus nicht verlassen muss, um Geld zu verdienen, heißt es nicht, dass ich nichts tue, okay! Also spar dir deinen dummen Tonfall.«

»Rebeka, es ist ganz einfach«, sagte er mit vollem Mund. »Wenn du den ganzen Tag hier bist, dann kannst du dich auch um das Haus kümmern. Ich habe dafür keine Zeit.«

»Das ist doch nicht mein Problem!«, rief sie verärgert. Sie spürte, wie die Kälte aus ihrem Körper wich und sich durch schlagende Hitze ersetzte, die jeden Winkel ausfüllte. »Wenn du im Büro schläfst oder woanders … daran bin ich doch nicht schuld?!«

Er hörte auf zu essen, die Fäuste auf den Tisch gestützt.

»Hier muss sich viel ändern, Rebeka. Sogar sehr viel. Anstatt Zeit mit deinen Texten zu vertrödeln, solltest du ab morgen mal durchwischen. Mehr habe ich dazu nicht zu sagen.«

Vertrödeln? … Das ging wie ein Stich in ihr Herz. Vermutlich würde sie jeden Moment explodieren wie ein Vulkan.

»Du kannst mich mal!« Entschieden drehte sie sich um und ging zurück Richtung Treppe.

»Warte! Wo willst du hin?«

Er kam hinterher, aber sie hatte genug. Für heute wollte sie ihn nicht mehr sehen. Dieser kleine Wicht … Was dachte er sich denn?

»Rebeka, bleib stehen, wenn ich mit dir rede … Was machst du eigentlich am Wochenende?«

Sie fuhr herum. Ach je! Die Dokumente. Die hatte sie fast vergessen. Aber … Jetzt wäre wohl doch nicht mehr der passende Moment dafür.

»Das geht dich einen Dreck an, Ralf. Wirklich. Halt einfach dein Maul!« Sie wandte sich ab und steuerte die Treppe an.

Von hinten hörte sie, wie Ralf näherkam. Dann klingelte ein Handy. Ruckartig machte sie einen Sprung zu der Treppe, während Ralf sein Handy herausholte und ranging.

»Ja?«, rief er.

Eilig ging sie die Stufen hinauf in ihr Zimmer. Dort machte sie die Tür zu und hockte sich keuchend auf den Boden. Ihr Herz schlug ihr bis zum Hals.

4. Ralf Ritter

1.

»Warte! Wo willst du hin?«

Ruhig, Ralf. Du darfst sie jetzt nicht aufregen.

Aber er hatte doch allen Grund, sich aufzuregen, oder nicht? Das Haus war nicht sauber, die Garage dreckig und Rebeka könnte ihre Zeit lieber darauf verwenden, das Haus in Ordnung zu bringen.

Du brauchst sie morgen. Also sei höflich.

Mist … Danach hatte er sie noch gar nicht gefragt …

Schnell eilte er hinterher.

»Rebeka, bleib stehen, wenn ich mit dir rede … Was machst du eigentlich am Wochenende?«

Rebeka drehte sich um und funkelte ihn streng an. Mit ihren braunen, halblangen Haaren und dem stechenden Glanz in ihren Augen wirkte sie wie ein wildes Tier.

»Das geht dich einen Dreck an, Ralf. Wirklich. Halt einfach dein Maul!« Sie drehte sich zur Treppe.

Nein … So redete sie nicht mit ihm. Nicht so … Er streckte eine Hand nach ihr aus …

Sein Handy klingelte.

Rasch zog er die Hand zurück und holte das Handy aus seiner Hosentasche.

Er war es.

Der Makler.

Schnell ging er ran.

»Ja!«

Währenddessen floh Rebeka die Treppe hinauf. Oben verschwand sie wohl in ihrem Zimmer.

Gut so, dachte Ralf. Sollte sie doch dortbleiben.

»Herr Ritter, richtig?«, hörte Ralf die gemütliche Stimme des Maklers.

»Korrekt. Sie werden es nicht glauben, aber ich erwarte Ihren Anruf bereits seit einer Weile.«

»Ja, Verzeihen Sie, dass es länger gedauert hat. Bei Ihnen ging es um ...« Es raschelte durch das Handy.

»Um das Thera-Haus im Barnim-Wald, nicht wahr?«

»Richtig. Und? ... Kommen wir zu einer Vereinbarung?«

»Sie wollten es sich doch erst mal ansehen?«

»Das stimmt.«

»Und das morgen?«

»Ja. Geht das klar?«

Es raschelte wieder. »Also, ich kann Ihnen Folgendes anbieten. Morgen um eins würde ich dort auf Sie warten, um Ihnen das Haus zu zeigen. Passt das für Sie?«

Ralf stemmte die linke Faust in die Taille, den Blick richtete er zur Decke. Dort oben musste Rebeka gerade sein.

»Ja, das geht sehr gut.«

»Wunderbar. Dann trage ich Sie ein.«

»Gut. Und was ist mit der anderen Sache?«

»Was meinen Sie?«

»Meine Frage an Sie vom Montag ... Klappt das oder nicht?«

»Äh ... Ach, die Übernachtung?«

»Richtig.«

»Das ... äh ... wäre soweit kein Problem, Herr Ritter. Ihre Daten habe ich ja, also wenn Sie wollen, kann ich Ihnen das Haus für die eine Nacht bis Samstag zur Verfügung stellen. Die Kaution beträgt allerdings zweitausend Euro, die Sie mir in bar auszahlen müssten. Das Geld bekommen Sie dann am Samstag zurück, sobald ich das Haus nach Ihrem Aufenthalt geprüft habe. Ist das in Ordnung für Sie?«

Ralf schnaubte. »Ja.« Dann würde er morgen eben

noch zur Bank gehen müssen. Aber das war kein Problem.

»Gut, dann sehe ich Sie morgen um ein Uhr direkt vor Ort. Die Lage ist Ihnen ja bekannt.«

»Ja, danke.«

»Ich habe zu danken. Gute Nacht, Herr Ritter.«

»Gute Nacht.«

Ralf legte auf.

Als er das Handy senkte, sah er rote Farbe, die sich von links über die weiße, vor ihm liegende Wand erstreckte. Je weiter sich die Farbe ausbreitete, desto mächtiger wurde der Schrei in seinen Gedanken. Lauter wurde er, noch lauter … Aaaaaaaaaaaaaaaaaaaaaa. Schmerzhaft verzog Ralf das Gesicht. Dann verstummte der Schrei und auch die Farbe war weg. *Puff*! Als wäre sie niemals da gewesen.

Das war Rebekas Blut gewesen, oder? Es konnte nicht anders sein.

5. Rebeka Ritter

1.

Die Menge klatschte.

Rebeka verbeugte sich und trat an den Rand der provisorisch aufgebauten Bühne in der Buchhandlung *Seitenblick*, von wo sie ein paar stürmischen Frauen die Hand reichte. Die meisten hatten sich mittlerweile erhoben und schossen Bilder mit ihren Handys, was blaue Blitzlichter in den lichtdurchfluteten Raum sandte.

Nur langsam leerte sich die Veranstaltung. Am Ende wandte sie sich an Herrn Kubian, den Leiter der Buchhandlung, der sie zu dieser Lesung beglückwünschte und seine Dankbarkeit ausdrückte. Rebeka dankte ihm, bevor sie die Bühne verließ und die hinteren Bereiche des Ladens erreichte. Durch eine graue Metalltür kam sie in einen groß angelegten Lagerraum. Er war hell erleuchtet. Der Geruch von frischem Papier hing in der Luft und das Rattern und Schieben von Rädern war zu hören, wenn Angestellte größere Metallwagen mit frischen Bücherkisten durch die Gegend beförderten.

Etwas versteckt auf der anderen Seite des Lagers befand sich eine weitere Tür, die aus dem Gebäude hinausführte. Davor saß Tina auf einem primitiven Holzstuhl und aß einen Joghurt.

Als Rebeka näher kam, stand sie auf und deponierte den Joghurt auf den Boden. Dann kam sie mit ausgebreiteten Armen auf sie zu. »Du warst großartig, meine Liebe. Wirklich fantastisch!«

»Aber du hast mich doch gar nicht gesehen?« Rebeka ließ sich von Tina umarmen. Dabei sog sie ihren angenehmen Parfümgeruch nach Früchten ein.

Tina war seit drei Jahren ihre Agentin, und von den zwei Agenten, die sie bereits gehabt hatte, war sie bei Weitem die beste.

»Äh … ich habe online zugeschaut, weißt du. Es wurde ja auch gestreamt.« Tina fuhr sich über die rote Stirn. Sie trug ein schwarzes Oberteil mit einer roten Strickjacke, deren Ärmel etwas zu lang waren, wodurch sie die Hände verdeckten, wenn sie die Arme senkte. Sie war etwas kleiner, hatte langes blondes Haar und kräftige Oberschenkel.

»Wirklich?«

»Scheinbar sind alle ganz aus dem Häuschen deswegen«, sagte Tina begeistert und klatschte in die Hände. »Genau das, was wir brauchen.«

»Ich freue mich auch … wirklich.«

»Du hörst dich aber nicht so an, Schatz.«

Rebeka setzte sich auf Tinas Stuhl. »Heute ist irgendwie nicht mein Tag, weißt du? Es ist so wie … Schlag mich tot, und ich würde es nicht bemerken …«

Tinas leicht aufgedunsenes Gesicht nahm einen nachsichtigen Zug an. »Aber Liebes, was ist denn los? Du weißt, dass du immer mit mir reden kannst, wenn du ein Problem hast, oder? Nicht nur über Bücher.«

Rebeka lächelte. »Ich weiß.«

»Und … was ist los, sag schon!« Sie kam einen Schritt näher, sodass Rebeka wieder ihr fruchtiges Parfüm in die Nase stieg. »Ist es wegen ihm?«

Rebeka hatte Tina schon von Ralf erzählt und dass sie Probleme hatten. Was genau zwischen ihnen lief, hatte sie aber nicht erwähnt, sodass Tina im Grunde genommen nur ein Buch über ihre Ehe mit Ralf in der Hand hielt und den Titel las. Den Inhalt kannte sie nicht.

»Es … ist wegen ihm, ja.«

»Was hat er gemacht?«, rief Tina schnell. »Sag schon.« Unvermittelt näherte sich Herr Kubian mit langen Schritten.

»Moment, ich kümmere mich darum.« Tina ging Kubian entgegen, um mit ihm zu sprechen. Währenddessen holte Rebeka ihr Handy aus der Hosentasche.

Vorhin hatte sie sich von einem Taxi hierherbringen lassen, also würde sie sich auch wieder eines für die Rückfahrt besorgen müssen.

Plötzlich klingelte das Handy.

Huch. Sie machte große Augen.

Es war Ralf.

2.

Was wollte der denn jetzt? Und … sollte sie rangehen?

Unsicher starrte sie auf das vibrierende Gerät. Ja oder nein? Ja? … Nein? Ja …

Sie ging ran. »Was?«, fragte sie.

»Rebeka, bist du da?« Er klang gehetzt.

»Wo sollte ich denn sein?«

»In der Lesung – äh, der Buchhandlung. Bist du da? Wie heißt der Laden nochmal … Seitenblick, oder so?«

Woher wusste er, wo sie war?

Verwirrt blickte sie zu Tina, die gerade wilde Handbewegungen machte, während sie auf den schrulligen Herrn mit der leicht krummen Nase einredete.

»Was ist los, Ralf? Was willst du?«, fragte Rebeka.

»Ich habe etwas für dich. Es wird dir gefallen, vertrau mir. In zehn Minuten bin ich da und hole dich ab, okay?«

Das … das war nicht nur verrückt, sondern falsch.

Sie schüttelte den Kopf. »Ralf … ich weiß nicht, ob das eine gute Idee ist.«

»Aber es wird dir gefallen. Wirklich! Komm schon, ich habe mir Mühe gegeben und ich brauche dich dafür, sonst ist es nur halb so gut. In zehn Minuten vor der Buchhandlung, okay? Ich werde dort auf dich warten. Du wirst es nicht bereuen, Rebeka.«

Sie erinnerte sich daran, dass er gestern ihre Fähigkeiten als Autorin beleidigt hatte. Sollte sie ihn also einfach machen lassen? So tun, als wäre nichts gewesen? Ihr Blick fiel auf ihre Handtasche, die auf dem nahen Bücherwagen lag. Tina hatte auf sie aufgepasst. Darin befanden sich die Scheidungsunterlagen, die sie ihm gestern hatte reichen wollen. Vielleicht könnte sie sie ihm geben, nachdem er ihr gezeigt hatte, was er ihr zeigen wollte?

Wäre das nicht eine Chance?

»Bist du noch da?«, drang es aus dem Handy.

»Ja. Also ... ich bin nicht sicher, Ralf.«

»In zehn Minuten, okay? Du wirst es nicht bereuen, glaub mir. Kann ich mich auf dich verlassen?«

Sie seufzte. »Gut. Aber nicht lange, verstanden? Ich habe noch etwas zu tun.«

»Ja, ja. Passt schon.« Er legte auf.

Tina kam zu ihr zurück, während Kubian im Lager verschwand.

»Wer war das denn jetzt?«

»He?« Rebeka sah auf. »Tut mir leid, was ist?«

»Wer das war, Liebes? Du siehst ja ganz mitgenommen aus.«

»Ach. Das war Ralf. Er ... will mir etwas zeigen.«

»Aber hast du nicht gesagt, dass du gerade wieder Probleme mit ihm hast?«

»Ja, habe ich und das macht es auch so komisch.«

»Und du hast zugestimmt?«

Sie nickte. »Ja. Habe ich.«

»Ach, Liebes. Lass dich doch nicht an der Nase herumführen. Wenn er -«

»Ja, ich weiß das, Tina, bitte, das muss ich jetzt wirklich nicht hören.« Sie seufzte und steckte das Handy ein. Dann stand sie auf, griff ihre Handtasche und die Jacke, die daneben lag, und streifte sie über. »Was hat Kubian eigentlich gewollt?«

Tina blickte hinter sich. »Ach, der ... ja, er wollte wissen, wann ich dich das nächste Mal wieder für eine Lesung freigeben könnte.«

»Und was hast du gesagt?«

»Na ja, theoretisch ginge das immer. Ich werde aber nochmal mit ihm reden und dann sage ich dir mehr. Bis dahin ...« Sie streckte einen Finger aus. »Das nächste Buch? Wie wäre es damit?«

Rebeka senkte den Kopf. »Ich arbeite daran.«

»Sehr gut. Mehr möchte ich gar nicht hören. Und sobald du es hast, schickst du es mir, okay?«

Rebeka nickte. »Mach ich. Ich muss jetzt los, Tina. Wir sprechen demnächst nochmal, einverstanden?«

»Komm her, Liebes.« Tina schloss sie in eine Umarmung. »Pass auf dich auf, okay!«

Rebeka nickte und wandte sich ab. Mit gesenktem Kopf verließ sie das Lager durch die Hintertür und kam auf einen breiten Gehweg, der an eine Straße grenzte.

Draußen wehte ein kräftiger Wind. Der Lärm fahrender Autos war deutlich zu hören. Die Sonne schien durch die wenigen Wolken und Vögel flogen am Himmel über sie hinweg.

Eigentlich ein schöner Tag ...

Ihre Handtasche hängte sie an ihren Arm. Dann lief sie um das Gebäude herum, bis sie wenig später den Haupteingang der Buchhandlung erreichte. An den gläsernen Scheiben, durch die man die gefüllten Bücherschränke erkennen konnte, sah sie Plakate, auf denen ihr Name stand, sowie den Tag und die Uhrzeit der Lesung. Noch immer hielten sich viele Kunden in dem Geschäft auf. Manche hielten ihr Buch in der Hand.

Nicht weit vom Haupteingang entfernt stand ein Auto im Halteverbot. Es war ein dunkler Opel Insignia. Ralf hatte zwar das Warnlicht eingeschaltet, aber das hielt einen Polizisten nicht davon ab, auf ihn zuzugehen. Im Licht der Sonne war das Funkeln seiner dunkelblauen Uniform auszumachen. In der rechten Hand hatte er bereits einen kleinen Notizblock gezückt.

Mist ...

Rebeka beschleunigte. Kurz darauf erreichte sie den Wagen. Ralf prüfte sein Handy. Als sie die Beifahrertür öffnete, legte er es beiseite und lächelte.

Was war hier los?

»Hallo, Rebeka. Und? ... Bist du bereit?«

»Bereit wofür?« Ihr Blick ging nach rechts, zu dem Polizisten, den Ralf anscheinend noch nicht bemerkt hatte.

»Warte ab, ich werde es dir gleich zeigen.«

Zögerlich setzte sie sich und schloss die Tür. In ihrer Brust spürte sie ein unschönes Brennen, das sich bis in beide Arme erstreckte. Hoffentlich war das kein schlechtes Zeichen.

»Es wird dir gefallen, glaube mir. Es liegt zwar ein Stück außerhalb der Stadt, aber du wirst Augen machen, sobald du es siehst.«

»Aha.«

Als der Polizist das Auto erreichte, klopfte er gegen die geschlossene Fensterscheibe. Ralf brummte, während er die Beifahrerscheibe herunterfahren ließ. »Ja, ja, wir sind ja schon weg, verdammt!«

Der noch junge Beamte mit leichtem Kinnbart hob die buschigen Augenbrauen. »Das hier ist absolutes Halteverbot. Muss ich da noch mehr sagen?« Der Polizist roch gut, fand Rebeka. Außerdem trug er eine schöne Uniform, die etwas Autoritäres ausstrahlte.

»Ja, ja, ich fahre schon los. Schönen Tag noch.« Ralf blinkte und fuhr davon.

Mit verschränkten Armen sah ihnen der Polizist hinterher, bis Rebeka ihn im Seitenspiegel nicht mehr erkennen konnte.

»Wohin fahren wir, Ralf? Ich möchte jetzt wissen, was los ist!«

»Wirst du gleich sehen!«, sagte er scharf. Da war er wieder, der alte Ralf.

Oh weia ... Und so einfach konnte sie nicht mehr aussteigen, dachte sie.

Im Grunde war sie jetzt gefangen ...

6. Ralf Ritter

1.

Sie fuhren über einen unebenen Waldweg. Rechts standen hohe Bäume, deren Wipfel weit in den blauen Himmel ragten. Einige Blätter fielen auf die Windschutzscheibe des Wagens.

Links lag die Weite einer grünen Wiese.

Trotz des Motors, genau wie das Knirschen der Reifen, wenn sie über eine Erhöhung fuhren, war diese herrliche Ruhe spürbar, die hier draußen vorherrschte. Eine behagliche Friedfertigkeit, die sie von den Menschen, der Arbeit, der hektischen Stadt und allem anderen entfernte. Hier gab es nur sie beide. Nur sie und …

Rebeka sah durch das offene Seitenfenster. Ihre grüne Bluse bewegte sich im Fahrtwind und sie hatte die linke Hand zwischen ihre Oberschenkel geklemmt. Der Luftzug wehte ihr ein paar Haarsträhnen ins Gesicht.

Zuerst hatte sie sich noch aufgeregt, dass er ihr nicht sagen wollte, wohin die Reise ging, aber seitdem war sie ruhiger geworden.

Ob sie Angst hatte?

Anzusehen war es ihr nicht.

»Wir sind gleich da, Rebeka«, sagte er, um sie auf andere Gedanken zu bringen.

»Gut!«, sagte Rebeka. Scheinbar war sie wütend.

Wenn sie doch nur wüsste … Wenn sie es wüsste …

Zufrieden sah Ralf nach vorne. Der Wagen wackelte leicht. Etwa fünf Minuten fuhren sie geradeaus, bevor Ralf nach links, in einen schmaleren Pfad einbog und die Bäume sich plötzlich zu beiden Seiten verteilten, als würden sie ausweichen wollen.

Kurz darauf war das Ziel auszumachen. Geschlossen bildeten die Bäume hier eine natürliche Grenze am Rand einer breiten Lichtung, in deren Mitte sich ein großes Haus befand.

Argwöhnisch richtete Rebeka den Blick nach vorne. Ihr Mund klappte auf. Sprachlos musterte sie das immer größer werdende Gebäude.

Hier sind wir, dachte Ralf. Er bremste den Wagen ab, sodass sie fast nur noch über das Gras rollten.

Vor dem Haus parkte bereits ein schwarzer Mercedes, der sicherlich zu Kasimir, dem Makler, gehörte. Die vergleichsweise kleine Haustür, die man über drei Stufen erreichen konnte, stand offen. Also befand sich Kasimir schon im Inneren.

Das Haus war aus Stein und Holz errichtet. Der untere Bereich war weitgehend aus grauem Stein, während die oberen Bereiche zunehmend aus Holz gebaut waren. Es gab einige Fenster und, wie Ralf in der Beschreibung im Internet gelesen hatte, ein Erdgeschoss und einen ersten Stock, sodass ein Dachboden und ein Keller fehlten. Dafür sollte es aber über mehrere Zimmer verfügen.

Neben dem Gebäude prangte eine Überdachung, die aus vier im Boden verankerten Stangen bestand, auf der eine fast durchsichtige Plastikscheibe auflag, unter der man sein Auto abstellen konnte, und weiter hinten, etwas vom Haus entfernt, sollte es noch einen Schuppen geben.

Das Dach des Gebäudes bestand aus grauen Betonziegeln. Es gab auch einen kleinen Schornstein.

Langsam parkte Ralf mit etwas Abstand zu der vorderen Hauswand.

»Was ist das hier?«, fragte Rebeka beeindruckt und schnallte den Gurt ab. »Und wem gehört dieses

Haus?«

Ralf schaltete den Motor ab, bevor er sich von seinem Gurt befreite. »Komm, dann wirst du es erfahren.« Er öffnete die Fahrertür und stieg aus.

2.

Draußen wehte ein angenehmes Lüftchen, das die Wipfel der entfernt stehenden Bäume bewegte. Die Sonne strahlte hell herunter. Das Zwitschern eines Vogels war zu hören.

Diese Lage mit der Lichtung und der konzentrischen Anordnung der Bäume war beeindruckend. Ob es auch Rebeka gefiel?

Rebeka stand neben dem Wagen. Die Fäuste hatte sie in die Taille gestemmt, die Augen auf die Gegend gerichtet. Sie schien die frische Luft einzusaugen, um diesen Moment zu genießen.

Das war gut … Genau so sollte es sein.

»Und?«, fragte er, sodass sie zusammenzuckte. Etwas Starres legte sich in ihren Blick, als sie ihn ansah. »Ja, es ist schön, Ralf, wirklich. Aber … Was soll das? Was tun wir hier?«

Ralf lächelte. »Wirst du noch sehen, komm mit, es -«

»Guten Tag!«, erklang eine Stimme in der Nähe. Hastig drehte Ralf sich um. Ein mittelalter Herr im schwarzen Rollkragenpullover und dunklem Sakko kam die drei Stufen herunter. Er war mindestens über eins achtzig groß und schien auch sonst einen fitten Lebensstil zu pflegen, wofür sein schlankes Aussehen und die gesunde Farbe in seinem Gesicht sprachen. Die braunen Haare hatte er ordentlich nach hinten gelegt und mit einem Lächeln auf den Lippen und einer ausgestreckten Hand kam er auf sie zu. »Kasimir Barz, freut mich, dass ich Sie beide hier begrüßen darf.« Zuerst reichte er Ralf die Hand.

»Ralf Ritter. Wir haben telefoniert und das hier ist meine Frau Rebeka. Ich habe ihr noch nichts von all dem hier erzählt, es sollte eine Überraschung sein.«

Kasimir hob die Augenbrauen. Dann richtete er seine Aufmerksamkeit auf Rebeka. »Es ist eine Freude, Sie kennenzulernen, Frau Ritter. Ich hoffe, Ihnen gefällt die Gegend. Allein dafür würde es sich doch schon lohnen, hier zu wohnen, finden Sie nicht?«

»Wohnen?«, brach es aus Rebeka heraus, während sie dem Makler die Hand schüttelte.

»Ähm, alles zu seiner Zeit«, fuhr Ralf dazwischen. »Wir sollten uns erst einmal das Haus anschauen, nicht wahr? Wenn Sie die Güte besitzen würden, Herr Barz … wir folgen Ihnen.«

»Natürlich, natürlich.« Kasimir ließ Rebekas Hand los und deutete auf das Haus. »Kommen Sie, ich zeige Ihnen alles.« Er ging voraus.

Mit finsterem Blick wandte sich Rebeka an Ralf. »Ralf, was spielst du hier? Willst du mich verarschen? Das ist doch ein Makler, oder nicht, er -«

»Rebeka, bitte«, versuchte er sie zu beruhigen. »Es ist alles gut und es passiert nichts, was du nicht willst, okay? Schau dich doch um. Ist das nicht ein schöner Ort? Die Bäume, die Lichtung, das Haus? Sag bloß, du bist nicht neugierig und möchtest dich nicht etwas umsehen?«

»Na ja …« Sie schien verwirrt.

»Macht man das nicht als Autorin?« Damit bekam er sie, dachte Ralf. »Neue Orte erkunden? Mal etwas Spannendes betrachten? Na, komm schon …« Er ging los, ohne sich umzudrehen. Sie würde schon noch folgen.

3.

Der Eingangsbereich des Gebäudes war schmaler. Hier roch es nach frischem Holz. Den Flur entlang führte eine Treppe nach oben, in den ersten Stock. Davor, zu beiden Seiten, gab es türlose Durchgänge, die in jeweils einen weiteren Raum führten.

Mitten im Flur blieb Ralf stehen und wartete auf Rebeka. Sie kam zögerlich, aber sie kam, die drei Stufen hinauf und in den Eingangsbereich des Hauses. Direkt in die Höhle des Löwen, dachte Ralf. Kasimir stand in der Nähe. Er sah zwischen ihnen hin und her.

»Willkommen im sogenannten Thera-Haus«, sagte er entzückt. »Einem der anonymsten Gebäude der Gegend und vermutlich sogar von ganz Deutschland, wenn Sie mich fragen.«

Das Haus war nur bedingt interessant, aber solange es Rebeka gefiel, wäre alles gut.

»Warum heißt es so?«, fragte sie plötzlich.

Gut … Sie hatte Fragen.

»Dieses Haus ist im Jahre 1910, also vor dem Ersten Weltkrieg, von Manfred Le Thera errichtet worden. Die Thera-Familie war die damals reichste Familie der Gegend und besonders erfolgreich durch die fünf Kilometer entfernte Zeche, aus der Kohle geschöpft wurde.«

»Die stillgelegte, meinen Sie?«, fragte Rebeka.

»Ja, richtig. Damals lief sie noch auf Hochtouren und das hat der Familie nicht nur viel Ansehen beschert, sondern auch einiges an Geld. Ihr Oberhaupt Manfred soll dann im Jahr 1910 Ausschau nach einem Landsitz gehalten haben, aber da er nichts Brauchbares fand, entschied er sich schließlich für diese Lichtung, auf der er dann dieses Haus gebaut hat.«

Kasimir deutete zu dem Durchgang links, der in die Küche führte. »Schauen Sie nur. Die Küche ist hochmodern. Es ist alles da, was man braucht: ein Kühlschrank. Wasseranschluss. Geschirr. Alles da. Da rechts gibt es auch noch eine kleine Vorratskammer, die aus Kulanzgründen gefüllt ist, aber schauen Sie selbst ... Ich denke, dass es Ihnen gefallen wird.«

Ralf ging vor und blieb neben dem in der Mitte befindlichen hölzernen Tisch in der Küche stehen. Vier Stühle standen um ihn herum und auf dem Tisch selbst stand eine künstliche Rose in einer blauen Vase. Links, über der längeren Anrichte, die über ein Waschbecken verfügte, befand sich ein Fenster, das eine Sicht auf die vorderen Bereiche der Lichtung ermöglichte. Die daneben angebrachten Schränke wirkten neu und modern. Seitlich davon stand der große Kühlschrank, der ein leises Brummen von sich gab.

Währenddessen betrat Rebeka die kleine Vorratskammer. Sie schloss an die Küche an und war mit zahlreichen Dosen, Packungen und anderen kaum verderblichen Lebensmitteln gefüllt.

Diese Kulanzgeste hatte Ralf schon gefallen, als er das erste Mal davon gehört hatte.

»Was ist eigentlich seit 1910 mit dem Haus passiert?« Rebeka kam aus der Kammer zurück.

Kasimir, der im Rahmen des Durchgangs zur Küche stand, legte die Stirn kraus. »Hm, also wenn Sie es genau wissen wollen ... Tatsächlich ist das Haus zweimal zerstört worden. Einmal während des Zweiten Weltkriegs, durch Bombenabwürfe der Russen, und nochmal kurz danach. Nach dem Krieg hat Manfred es wieder aufbauen lassen, aber er hat die Fertigstellung nicht mehr miterlebt. Danach hat sein jüngster Sohn Emil die Familiengeschäfte übernommen. Er ist auch in dieses Haus gezogen, soweit ich weiß. Emil war aber unerfahren, zu naiv und hatte keine wirkliche Ahnung vom Familiengeschäft. Er soll wohl schwere Fehler gemacht haben. So wirtschaftete er beinahe das gesamte Familienvermögen herunter und hatte auch in der Liebe kein richtiges Glück. 1949, ein paar Jahre nach dem Tod seines Vaters, brachte er sich schließlich um und überließ das Gebäude dem Feuer.«

Rebeka zog scharf die Luft ein. »Das ist ja fürchterlich ... Er hat sich selbst in diesem Haus angezündet?«

»Ja, so erzählt man zumindest. Erst 1960, lange nachdem sich Emil das Leben genommen hatte, übernahm sein einziger Sohn Rüdiger das Geschäft. Zumindest, was davon noch übrig war. Wie Sie vielleicht wissen, musste die Zeche etwa zwölf Jahre nach der Gründung der Bundesrepublik dicht machen, da die zuständigen Behörden die Arbeitsbedingungen als gravierend ansahen. Tatsächlich sind unter Emil mehr Menschen in der Zeche ums Leben gekommen als während des gesamten Betriebs unter seinem Vater Manfred davor. Hunderte haben damals ihre Arbeit verloren. Es war eine Katastrophe, sogar so schlimm, dass nicht mal der etwas fähigere Rüdiger etwas dagegen tun konnte. Ja, er soll cleverer als sein Vater gewesen sein und auch gut im Umgang mit Finanzen, aber er hatte eben die Behörden und die Arbeiter gegen sich. Also musste er aus der Stadt fliehen und hat das, was von dem familiären Vermögen übrig war, genutzt, um sich um diesen Ort zu kümmern. So baute er das Haus neu auf und zog ein. Danach weiß man nichts mehr von ihm. Er soll wohl abseits von seiner Familie und den Menschen der Stadt für sich gelebt haben. Keine Frau, keine Kinder. Nichts. Das typische Leben eines Eigenbrötlers sozusagen.«

»Was ist denn mit seiner Familie passiert?«

»Die wenigen Verbliebenen sind, soweit ich weiß, in die USA ausgewandert. Rüdiger hatte wohl keinen besonderen Bezug zu ihnen. Sie sollen dort einen neuen Namen angenommen haben und mehr weiß ich auch nicht. Einen Kontakt zu Rüdiger gab es wohl nicht mehr.«

»Und Rüdiger selbst?«, hakte Rebeka nach. »Was hat er in diesem Haus gemacht?«

»Ja … das ist keine so einfache Frage.« Kasimir schürzte die Lippen. »Viel ist, wie gesagt, nicht über ihn bekannt. Man erzählt, dass er diese Gegend niemals wirklich verlassen hat. Nie. Außer natürlich, wenn er einen Spaziergang im Wald gemacht hat oder so, aber auch dabei hat ihn nie jemand gesehen. Es muss also nicht stimmen.«

»Hm, also, bei dieser Aussicht lockt es einen doch förmlich nach draußen, oder nicht?« Rebeka trat vor das Fenster gegenüber.

»Da haben Sie Recht, aber … Es gibt nicht einmal Bilder von ihm. Er war eben ein sehr zurückgezogener Mensch. Vielleicht war er auch verbittert, wer weiß?«

»Aber wie hat er sich dann versorgt?«, fragte Rebeka. »Irgendwas muss er ja gegessen haben?«

»Das stimmt und offenbar hat er seit seinem Einzug eine Hilfskraft aus der Stadt beschäftigt, die ihm in Wochenabständen die Nahrungsmittel hochgebracht hat. Es soll wohl immer eine Frau gewesen sein und Rüdiger soll es zur Voraussetzung gemacht haben, dass sie kein Wort Deutsch spricht.«

Rebeka drehte sich zu ihm um. »Warum nicht?«

»Keine Ahnung. Vielleicht wollte er sich nicht mit ihnen unterhalten? Vielleicht hatte es auch andere Gründe … Man weiß es nicht.«

»Und wo ist Rüdiger jetzt?«

»Er ist … für tot erklärt worden. Vor vier Jahren etwa. Seine Leiche hat man nie gefunden.«

»Nie? Warum nicht?«

Kasimir zuckte die Achseln. »Vor vier Jahren ist seine damalige Hilfskraft, eine gebürtige Inderin, die kein Wort Deutsch kann, zur Polizei gegangen, um sein Verschwinden zu melden. Nach ihrer Aussage soll sie eine Woche vorher im Haus gewesen sein, um die Einkäufe abzuliefern, aber Rüdiger sei nicht da gewesen, was ihr aber nicht seltsam vorkommen ist. Immerhin hatte sie ja einen eigenen Schlüssel. Sie hat also die Einkäufe abgestellt und ist wieder gefahren. Eine Woche darauf kam sie zurück, um erneut die Einkäufe zu bringen, aber dann war Rüdiger wieder nicht da. Und diesmal waren auch die vorherigen Einkäufe unbenutzt. Also ist sie den ganzen Weg zurück in die Stadt gefahren, um Rüdigers Verschwinden bei der Polizei zu melden. Es gibt ja, wie Sie vielleicht schon gemerkt haben, keinen Empfang hier. Auch Internet oder dergleichen, falls Sie das gesucht haben … Dafür ist es aber herrlich ruhig, um auch mal abzuschalten und -«

»Was genau ist danach passiert?«, insistierte Rebeka. »Nach der Meldung bei der Polizei?«

Kasimir räusperte sich. »Im Anschluss haben die Beamten die Sache übernommen, aber Rüdiger ist nicht wieder aufgetaucht. Kein einziges Mal seitdem. Knapp sechs Monate danach ist er nach geltendem Recht für tot erklärt worden.«

»Interessant«, sagte Rebeka. Mit einem Finger tippte

sie sich gegen das Kinn. »Könnte es denn sein, dass er noch lebt?«

Kasimir zuckte die Achseln. »Es könnte sein, ja. Aber niemand rechnet damit. Nach vier Jahren ist die Wahrscheinlichkeit eher groß, dass er wirklich tot ist. Es sei denn, es war sein Plan, vollständig unterzutauchen, was immer ihm das auch bringen soll.«

»Aber hätte er einfach so dieses Haus zurückgelassen? Immerhin hat er ja ziemlich lange hier gewohnt?«

»Das stimmt, Frau Ritter, aber ich weiß es wirklich nicht. Nach der offiziellen Todeserklärung hat die Stadt das Haus übernommen. Da aber weder ein Testament vorlag noch nahe Verwandte ermittelt werden konnten oder Ansprüche erhoben wurden, gab es eine Auktion, bei der das Haus versteigert wurde. Und meine Kanzlei ...«, er lächelte, »hat den Zuschlag bekommen. Wir haben das Haus übernommen und auf den neusten Stand gebracht. Das heißt: Alles Alte raus und alles, was neu gemacht werden musste, haben wir ersetzt. Das war ein ganz schönes Spektakel, das können Sie mir glauben. Besonders, die Baufirma davon zu überzeugen, die Arbeiten so weit außerhalb der Stadt zu machen, mein Goooott ... aber letztlich, ist es uns gelungen und ich glaube, das Ergebnis kann sich sehen lassen. Wenn Sie mir nun in das -«

»Eine Frage noch«, sagte Rebeka, einen Finger erhoben.

4.

»Ja, bitte?«

»Was hat dieser Rüdiger eigentlich beruflich gemacht? Ich meine, er muss doch irgendetwas gemacht
haben, die ganze Zeit über, oder?«

Kasimir holte tief Luft. »Das … ist nicht ganz klar. Die
Hilfskraft, die zuletzt für ihn tätig war, meinte, dass
sie kaum Kontakt zu ihm hatte. Sie haben also nicht
miteinander geredet, oder sowas. Sie hat immer nur
ihre Einkäufe abgelegt, er hat ihr zugenickt, falls er da
war, und dann ist sie auch wieder gegangen. Hin und
wieder soll sie ihn am Tisch in der Küche sitzen gesehen haben, oder im Wohnzimmer. Er soll über zahlreiche Papiere geblickt haben und hätte teilweise laut
geschrien. Manchmal sogar geweint. Aber sie hat
natürlich nicht verstanden, was er da von sich gegeben hat. Geschweige denn, dass sie seine Texte hätte
lesen können. Sie sprach ja kein Deutsch.«

»Vermutlich ist das auch der Grund, warum er sie
eingestellt hat … damit sie nicht liest, was er da
schreibt?«

»Vermutlich.«

»Und beim Ausräumen?«, fügte Rebeka an.

»Welches Ausräumen?«

»Na, als Sie sich um das Haus gekümmert haben. Fiel
da nichts auf? Irgendwelche Infos?«

Kasimir schüttelte den Kopf. »Ich habe die Arbeiten
persönlich überwacht und ich kann Ihnen versichern,
dass wir nichts Interessantes gefunden haben. Und
wir haben wirklich das gesamte Haus auf den Kopf
gestellt. Es gab da aber nichts. Gar nichts. Keine Auf-
zeichnungen, keine Papiere, keine Indizien. Nichts.
Also entweder hat es nie welche gegeben oder … Er
hat sie vor seinem Verschwinden ebenfalls ver-

schwinden lassen. Wie auch immer ... das ist seine Sache. Wollen Sie dann mitkommen? Dann zeige ich Ihnen das Wohnzimmer?«

Rebeka nickte, während sie Kasimir aus der Küche folgte. Ralf ging hinterher. Diese Geschichte mit Rüdiger war recht spannend. Scheinbar bestand dieses Haus also nicht nur aus profanen Wänden, sondern aus Geheimnissen, die jemand Jüngeres mit viel Zeit irgendwann einmal entschlüsseln sollte. Aber nicht sie und bestimmt nicht heute.

Gegenüber der Küche befand sich das Wohnzimmer. Es handelte sich um einen größeren Raum mit zwei Fenstern auf der rechten Seite, durch die man die beiden Autos sehen konnte. Dazwischen befand sich ein Kamin, der unbenutzt aussah. Vielleicht hatte ihn Kasimir mit seinen Leuten auch erst neu eingebaut, dachte Ralf. Unweit des Durchgangs blieb er stehen.

Vor dem Kamin stand ein schönes Sofa, auf dem mehrere bunte Kissen lagen. Im hinteren Bereich exponierten gläserne Holzschränke, von denen die meisten leer waren, nur in manchen lagerte belangloser Zierrat.

Alles in allem war es ein schöner Raum.

Prüfend musterte er Rebeka, die den Raum abschritt, als würde sie ein Museum besuchen. Gerade schien sie über vieles nachzudenken.

Was sie wohl dachte? Ob es ihr hier so gut gefiel, dass sie bleiben würde? Zumindest für eine Nacht?

Was wäre denn, wenn sie das nicht wollte?

»Und gefällt es Ihnen?«, fragte Kasimir. Er verschränkte die Arme hinter dem Rücken.

»Es ist hübsch«, meinte Rebeka. »Sagen Sie, was ist eigentlich von dem alten Haus belassen worden? Oder ist hier alles neu?«

Kasimir musterte die braune Decke. »Die Möbel sind weitgehend neu … Im Grunde müssen Sie es sich so vorstellen, dass wir die Struktur des Hauses beibehalten haben. Kein Zimmer ist hinzugefügt oder weggenommen worden. Nur die Möbel haben wir rausgenommen, da die nicht mehr tragbar waren. Ich schätze mal, dass Rüdiger in den über vierzig Jahren, die er hier gelebt hat, nicht ein einziges Mal die Einrichtung verändert hat. Da hatte sich schon einiges angesetzt.«

»Verstehe.« Ihr Blick glitt über die Schränke.

»Am besten schauen Sie sich noch den ersten Stock an«, meinte Kasimir und vollführte eine einladende Handbewegung Richtung Durchgang. »Dann sehen Sie noch die restlichen Zimmer.«

Rebeka nickte. »Nach Ihnen.«

Sie folgte Kasimir durch den Durchgang auf den Flur und die Treppe hinauf.

5.

Ralf ging ebenfalls nach oben. Bilder von diesem Bereich des Hauses hatte er schon gesehen. Ganz oben führte ein freies Areal vor ein umfassendes Fenster, das eine herrliche Aussicht über die Lichtung bot. Das Glas reichte vom Boden bis zur Decke und ließ helles Licht herein. Rechts befanden sich zwei geschlossene Türen und links führte ein kurzer Gang zu weiteren Räumen.

Dieses Fenster schien es Rebeka besonders angetan zu haben. Fasziniert näherte sie sich der Scheibe und blieb davor stehen.

Mit etwas Abstand verharrte Kasimir hinter ihr. »Schön, nicht wahr?«, fragte er.

Rebeka nickte. »Mir ist es schon von draußen aufgefallen. Wirklich beeindruckend.«

»Ja, das dachten wir uns auch damals. Deshalb haben wir dieses Glas auch nicht angerührt. Es ist noch genau so, wie wir es vorgefunden haben.«

»Und die Aussicht erst ...« Sie schüttelte den Kopf, aber nicht wie jemand, der verneinte, sondern wie jemand, der es nicht fassen konnte.

Als sie sich zu dem Makler herumdrehte, lag ein Schimmern in ihrem Blick. »Ich finde es richtig schön.«

Kasimir wand sich gerührt. *Dieser Idiot ...* Ralf verdrehte die Augen.

Schwelgend sah Rebeka wieder durch das Fenster.

»Bevor ich es vergesse, hier haben Sie übrigens noch ein Badezimmer.« Kasimir deutete zu der vorderen Tür auf der rechten Seite. »Und hier, gleich daneben, ist eines der Schlafzimmer. Wir gehen davon aus, dass Rüdiger es damals für sich genutzt hat.«

»Darf ich mal?« Rebeka deutete auf die verschlossene Schlafzimmertür.

»Bitte. Bitte.« Kasimir wollte ihr folgen, aber Ralf trat vor und fasste ihn am Arm. Geduldig wartete er, bis Rebeka in dem Zimmer verschwunden war. Dann flüsterte er: »Hören Sie, das ist wichtig: Ich würde meine Frau gerne überraschen, wenn Sie nichts dagegen haben? Was die Übernachtung angeht, Sie verstehen …?«

Rasch griff Ralf in seine Hosentasche und holte den Briefumschlag heraus, in dem sich das Geld befand, das der Makler am Telefon gefordert hatte. Gleichzeitig beobachtete er die Tür, durch die Rebeka verschwunden war. Noch war sie nicht zu sehen. »Hier ist die Kaution, wie versprochen. Geben Sie mir einfach den Schlüssel und dann lassen Sie uns allein.« Kasimir nahm den Umschlag und spähte hinein. »Okay.« Er fasste in seine Hosentasche und fischte einen Schlüssel heraus, den er Ralf reichte. »Hier bitte.«

Ralf nahm ihn an sich. Sein Blick fiel auf die Schlafzimmertür.

»Gut, gehen Sie jetzt!«

Kasimir nickte und ging zur Treppe. Dort blieb er nochmal stehen. »Ach, wann soll ich morgen kommen? Vor Nachmittag wird es eng bei mir.«

»Nachmittag ist okay. Dann sind wir hier fertig.« Der Makler hob einen Daumen, bevor er die Stufen hinunterging und verschwand. Unten verklangen seine Schritte. Kurz darauf war das Zuschlagen der Haustür zu hören.

Rebeka kam aus dem Zimmer. »Also, es ist schön, keine Frage, aber -«

Verwundert blieb sie stehen. Ihr Blick streifte zuerst ihn, dann die Treppe, dann den umliegenden Bereich. »W-wo ist er hin?«

6.

Ein Brausen war zu hören. Rasch ging sie zu dem großen Fenster und sah hinaus. Ralf wartete. Eine knappe Sekunde später fuhr Kasimirs Auto nach hinten, wendete und steuerte dem Ende der Lichtung entgegen.

»Ist das der Makler?« Rebeka drehte sich zu ihm um. »Ralf, was passiert hier?« In ihre Augen legte sich eine gehörige Menge Furcht.

Langsam kam Ralf einen Schritt auf sie zu.

»Zurück!«, rief sie, eine Hand ausgestreckt. Ihre Augen traten fast aus den Höhlen. »Was ist das hier? Verdammt nochmal, warum ist der Makler weggefahren?«

»Er hatte noch Termine«, sagte Ralf beschwichtigend. »Rebeka, es ist alles gut, wirklich … Es gibt keinen Grund, verrückt zu werden.«

»Es ist alles gut?« Ihr Gesicht lief rot an. Sie zitterte leicht. »Du rufst mich an, dass du mich abholen willst, und dann bringst du mich in diese … Gegend, um mir dieses Haus zu zeigen. Und jetzt fährt der Makler weg? Was ist das, ein falscher Film?«

»Ich wollte dir eine Freude machen, Rebeka. Gefällt es dir denn nicht? «

»Ralf …« Sie grinste, als hätte sie sein Spiel durchschaut. »Ich bin nicht blöd! Verdammt nochmal, ich bin nicht *blöd*! Zuerst machst du mich an, dass ich unser Haus nicht sauber halte, und jetzt das? Du hast sie doch nicht mehr alle. Ich werde jetzt die Polizei anrufen und dann schauen wir weiter, oh ja!«

Ralf senkte die Arme. »Warum denn?«, fragte er sanft. Sie saß in der Falle!

»Kein Netz!«, rief Rebeka frustriert. »Mist! Hast du das etwa geplant?«

»Was?«

Aufgewühlt lief sie hierhin, dorthin, als wäre der Teufel hinter ihr her. »Ralf, ich möchte, dass du mich sofort in die Stadt zurückbringst, okay? Keine Widerrede! Ich möchte sofort zurück. Also los, gib mir -«

»ES REICHT!«, brüllte Ralf laut. Der Schall seiner Stimme hallte zwischen den geschlossenen Räumen wider. Rebeka blieb stehen. Verdattert sah sie ihn an. »Was ist denn los mit dir? Du verhältst dich wie eine wilde gewordene Furie, und warum? Weil du in einem Haus bist, das dir gefällt, an einem Ort, den du als schön bezeichnest? Hörst du dir eigentlich selbst zu?«

Wie gespannt stand sie da, ihre geweiteten Augen auf ihn gerichtet.

»Hör zu. Ich weiß, dass wir Streit hatten, und ich weiß, dass nicht alles so läuft, wie wir uns das wünschen, aber Herrgott nochmal, ich dachte, dass ich dir damit eine kleine Freude machen kann. Etwas Entspannung finden. Einen neuen Ort sehen. Warum denn nicht? Würde dir das so schlecht tun? Ich habe dem Makler gesagt, dass wir hier eine Nacht verbringen werden. Nur du und ich, gemütlich, entspannt. Alles ruhig und niemand, der uns stört. Eine Nacht und morgen … sobald alles erledigt ist, kommt er zurück und holt uns wieder ab. So einfach ist das ... Und danach, wenn du willst, können wir zu unserem alten, stümperhaften Leben zurückkehren. Vielleicht lernen wir aber auch etwas Neues kennen? Etwas, das wir vorher noch nicht gewusst haben. Wer weiß? Ist das jetzt die große Katastrophe, he? Ist es das?« Deshalb war er Anwalt. Nur deshalb.

Ein Zittern glitt durch ihre Arme. Dann streckte sie die rechte Hand aus. »Ralf, gib mir bitte den Autoschlüssel.«

»Rebeka, hör mir doch zu.«

»Nein!« Sie reckte ihm einen Finger entgegen. »Was fällt dir ein, mich einfach zu entführen? Du bist es nicht, der über mein Leben bestimmt. Nicht du!« Eilig machte sie auf dem Absatz kehrt und hechtete die Stufen hinunter.

7.

Verdammt. Ralf lief hinterher und sah Rebeka den unteren Gang entlang rennen, bis sie die Tür erreichte und ins Freie trat.

Langsam folgte er ihr. Sollte sie doch davonrennen … Ins Auto käme sie ohnehin nicht.

Draußen sah er Rebeka vor das Auto treten. Sie packte die Türklinke der Fahrerseite, rüttelte, zog, aber nichts. Die Tür ging nicht auf.

Die Ärmste … Er verschränkte die Arme vor der Brust. Das Wetter war immer noch schön. Weiterhin strahlte die Sonne vom Himmel und der Wind bog die kurzen Grashalme ein Stück nach vorne.

»Ralf, mach das Auto auf!« Rebeka fuhr zu ihm herum. Wütend ballte sie ihre Hände zu Fäusten.

»Nein.« Er kam eine Stufe hinunter.

»Sofort!«

»Nein.« Noch eine Stufe.

»RALF!«

»Nein, nein, nein. Ich mache es nicht. Verdammt, reiß dich zusammen, Rebeka. Verstehst du denn nicht, dass ich uns helfen will? Warum bist du denn nur so uneinsichtig? Anstatt etwas dankbarer zu sein, bist du eingeschnappt und … so«, er drehte eine Hand, »… alt!«

Schockiert riss sie die Augen auf. »Ich glaube, du spinnst doch!« Wie ein Kind stampfte sie auf und lief um das Auto herum davon.

»Wo willst du denn hin?« Gemächlich erreichte Ralf das Auto und sah Rebeka hinterher.

»Ich gehe jetzt nach Hause. Von dir lasse ich mich hier nicht erpressen, du dämlicher Hund!«

»Niemand erpresst dich.«

»Tschüss, Ralf. Du kannst mich mal! Und zwar kreuzweise.«

»Es dauert eine Weile, bis man die Stadt erreicht … Ziemlich lange sogar.« Sie entfernte sich weiter, immer weiter, Schritt für Schritt.

Als sie weit genug weg war, formte Ralf mit einer Hand ein Rohr um seinen Mund. »Wenn du mich fragst, braucht man sich nur umzusehen. Die Bäume, das Gras, die Schönheit der Natur.« Er schloss die Augen und drehte sich im Kreis. »Es ist warm, es ist prächtig. Es tut gut, die Luft zu atmen. Hier gibt es kein Internet, es ist ...« Er öffnete die Augen. Rebeka stand auf der Lichtung, stocksteif. Als hätte sie ein Blitz getroffen. Dann fuhr sie zu ihm herum … Mit langen Schritten kam sie zurück. »Weißt du was, Ralf ...«, rief sie, als sie ihn fast erreicht hatte. »Was sagtest du nochmal? Eine Nacht, richtig?«

»Nicht mehr.«

Sie blieb mit etwas Abstand zu ihm stehen.

»Hm.« Sie tippte sich gegen das Kinn. »Ich glaube, du hast recht. Ich bin verbohrt … und alt, aber weißt du was ...« Sie winkelte das rechte Bein an und stemmte die Fäuste in die Taille. »So schlimm ist es nun auch wieder nicht. Also gut, ich gebe dir eine Chance. Lass es uns versuchen, aber nur, wenn du mir versprichst, dass wir morgen wieder zurück in die Stadt fahren?«

»Einverstanden!«

»Und ich will mein eigenes Zimmer haben. Darauf bestehe ich.«

»Gut, wenn du willst.«

Sie nickte. »Okay. Dann los.« Entschieden ging sie an ihm vorbei Richtung Haustür.

Was immer sie jetzt auch zur Vernunft gebracht hatte … der Plan kam ins Rollen. »Warte«, rief er hinterher.

Er schloss den Wagen auf und schlug den Koffer-
raumdeckel zurück. Darin lagen zwei Koffer. Ralf
deutete auf einen davon. »Hier, für dich. Ich habe
alles für eine Nacht eingepackt.«

7. Rebeka Ritter

1.

Was für ein seltsamer Tag.

Draußen waren noch die Stämme der umstehenden Bäume zu sehen, aber ihre Wipfel hatten sich in der Dunkelheit der Nacht in ein tiefes, schwarzes Gemisch verwandelt. Auch das Gras der Lichtung hatte seine Ausstrahlung verloren.

Nachdenklich trat Rebeka einen Schritt näher an die große Fensterscheibe im ersten Stock heran. Drinnen war gerade kein Licht eingeschaltet, sodass die Lichtung besser zu sehen war. Der eingeschränkte Ausblick wirkte beruhigend. Besonders nach dem, was heute alles passiert war.

Ja … sie hatte bereits eine Befürchtung gehabt, als sie zu Ralf in das Auto gestiegen war, aber hätte sie wirklich damit rechnen können, dass er sie an diesen Ort brachte? Zu diesem Haus?

Das Haus war schön, aber freiwillig wäre sie niemals hiergeblieben. Dabei war ihr der Moment, als Ralf den Makler aus dem Haus geschickt hatte, wie ein Steinschlag vorgekommen, der sie unter sich begrub. Wie hatte er es nur wagen können, sich so einfach über sie hinwegzusetzen? Ihr quasi den freien Willen zu nehmen? Nein, das hatte sie ihm nicht durchgehen lassen können.

Deshalb war sie auch nach draußen gerannt. Deshalb hatte sie wegfahren wollen, um sich von ihm zu entfernen, aber … Am Ende hatte sie es doch nicht getan.

Drei Dinge waren ihr in diesem Moment sehr deutlich geworden. Erstens hatte Ralf bei diesem Spiel den längeren Hebel, denn es war sein Auto. Er hatte den Schlüssel.

Zweitens war diese Gegend tatsächlich sehr schön und Ralf hatte damit nicht Unrecht gehabt. Sowohl das Haus als auch seine Geschichte gefielen ihr, und wenn sie sich nicht vollständig täuschte, dann würde sie das eine oder andere davon sicherlich mal für eines ihrer Bücher verwenden.

Und drittens und vermutlich am wichtigsten ... Dieses Haus bot eine Möglichkeit, Ralf endlich die Scheidungspapiere zu überreichen, die sie noch diese Woche an ihn weitergeben wollte.

Wie genau sie das machen würde, war noch nicht klar, aber sobald sich eine Option ergab, würde sie es tun! Vielleicht, kurz bevor der Makler zurückkam? Oder morgens, nach dem Frühstück?

Warum nicht?

Diese Woche ... Das war das, was sie Marko versprochen hatte und ...

Ach verdammt ...

Marko ... Bei ihm hatte sie sich auch nicht mehr melden können, genauso wie Tina, um zu berichten, dass es ihr gut ging und sie sich keine Sorgen machen müssten.

Zumindest wusste Tina wenigstens, dass sie sich mit Ralf getroffen hatte, dachte Rebeka. Denn falls Ralf ausrasten sollte ...

Aber würde er ihr wirklich etwas antun? Warum denn auch?

Seit Jahren lebten sie und Ralf nun schon, wie sie lebten: Getrennt, wenig einfühlsam, differenziert, und bis auf Marko hatte sich nicht wirklich etwas verändert, aber davon wusste Ralf ja nichts.

Nein! Natürlich nicht!

Denn dafür hatte sie immer gesorgt und jedes Mal, wenn sie sich mit Marko getroffen hatte, hatte sie erst einmal sichergestellt, dass Ralf nicht anwesend war oder demnächst kommen würde.

Sie atmete durch.

Diese Nacht würde sie schon rumkriegen und dann wäre es morgen und alles wäre vorbei. Sobald Kasimir wieder da wäre, um sie abzuholen, wären sie geschiedene Leute.

Es war eigentlich perfekt.

Beruhigenderweise war Ralf die letzten Stunden auch noch sehr freundlich gewesen.

Über den verbliebenen Tag hatten sie viel miteinander geredet, dann gekocht und dann wieder geredet. Es war beinahe magisch gewesen.

Sie seufzte.

Tatsächlich hatte sich Ralf in den letzten Stunden Mühe gegeben und für wenige Augenblicke, besonders, als sie zusammen am Tisch in der Küche gesessen und gegessen hatten, hatte sie sich kurz wie damals gefühlt, als noch nichts selbstverständlich gewesen war und Ralf um sie gekämpft hatte.

Das war aber lange her, dachte sie.

Ein Rascheln.

Rebeka fuhr herum und starrte zu der Treppe, die im Dunkeln lag. Wo war eigentlich Ralf?

Gleich nachdem sie ihm zugesichert hatte, zu bleiben, hatte sie Rüdigers altes Zimmer in Beschlag genommen. Das Zimmer war recht groß, mit einem schönen Bett und sie hatte bemerkt, dass sie die Tür von innen abschließen konnte.

Hm … Was war das für ein Geräusch gewesen?

Die Schatten da hinten, bei den Stufen … da war nichts auszumachen …

Langsam drehte sie sich wieder um und zuckte zusammen. Ein kalter Schauer lief ihr über den Rücken.

Draußen und etwas entfernt von Ralfs Auto war etwas …

2.

Hastig atmete sie ein. Sie blinzelte, einmal, nochmal. Aber sie waren da.

Weiße Augen in der Dunkelheit.

Durchdringend starrten sie zu ihr, als würden sie sie durchbohren wollen und es waren definitiv Augen. Denn nur Augen sahen so rund aus, so scheinend, und nur Augen klappten auf und zu, jedes Mal, wenn sich die Lider bewegten.

Auf, zu, auf, zu.

Wieder rann ihr ein Schauer über den Rücken.

Was war das? Ein Geist, ein Monster? Etwas … Böses? Ein Rascheln hinter ihr.

Sie fuhr herum und musterte die Treppe. Nichts. Es war nichts zu sehen.

Schnell sah sie wieder nach draußen, aber die Augen waren verschwunden. Als wären sie niemals da gewesen.

Mein Gott … Erschöpft stützte sie beide Hände auf den Knien ab. War das Einbildung gewesen? Ein Fluch ihrer Augen, der sie skurrile Dinge sehen ließ? Vielleicht war sie aber auch nur müde, da sie heute so viel erlebt hatte?

Verdammt nochmal.

Erneut hob sie den Blick und sah durch die Scheibe hinaus. Keine Augen mehr, nur Schatten.

Nein … jetzt hatte sie genug!

Mit einer Gänsehaut am Rücken eilte Rebeka in ihr Zimmer und schloss die Tür zu.

8. Ralf Ritter

1.

Der richtige Moment war entscheidend.

Vorsichtig trat er eine Stufe nach oben.

Es knirschte unter ihm.

Rasch senkte er den Kopf, sodass er Rebeka aus den Augen verlor.

Ob sie jetzt nach hinten sah? Was wäre eigentlich, wenn sie zur Treppe käme, um zu prüfen, was dort los war?

Und ihn dann entdeckte?

Diese verdammten Stufen. Als sie sie vor ein paar Stunden mit Kasimir bestiegen hatten, hatte es noch nicht so geknirscht.

Nervös atmete er ein und aus.

Sollte er aufblicken? Aber was, wenn sich ihre Blicke trafen?

Aaah, Ralf, das ist nicht gut. Dieser Moment ist nicht der richtige dafür.

Dabei hatte er sich vorhin richtig angefühlt ... Rebeka von hinten mit einem Küchenmesser abzustechen, während sie versonnen durch das Fenster auf die Landschaft starrte – warum nicht?

Immerhin hätte sie damit noch einen letzten, guten Ausblick vor ihrem Ableben gehabt.

Du musst nachschauen, Ralf!

Oder sollte er wieder nach unten gehen?

Nein, nein ... Noch war er nicht fertig.

Vorsichtig hob er den Kopf. Dann sah er sie.

Gerade hatte sie sich wieder zu dem großen Fenster gedreht.

Behutsam hob Ralf das rechte Bein und machte einen Schritt nach oben. Dann noch einen, bis Rebeka zusammenzuckte und sich eine Hand auf die Brust legte.

Was war denn jetzt los? Ralf hielt inne.

Rebeka sagte nichts, aber sie schien verwirrt zu sein, als hätte sie einen Geist gesehen.

Konzentriert achtete er darauf, nicht mit dem Messer gegen die Treppe zu stoßen, um kein falsches Geräusch zu verursachen. Hier durfte er sich keine Fehler erlauben.

Erneut ging er eine Stufe nach oben und plötzlich rührte sich Rebeka. Ralf hob das rechte Bein und platzierte es auf die nächste Stufe. Jetzt trennten ihn nur noch vier Stufen vom oberen Ende der Treppe. Er musste nur …

Kniiiiiirsch.

Scheiße.

Rebeka fuhr herum und er sank wieder auf die Treppe hinunter.

Sein Puls ging schnell und von seiner Stirn perlten Schweißtropfen. Diese Sache war zu heikel. Vielleicht hätte er lieber warten sollen, bevor er sich an sie anschlich? Am besten auf morgen oder wenn sie schlief.

Ja … warum nicht, wenn sie schlief? Wie hatte er nur darauf kommen können, sich jetzt anzuschleichen? Herrgott nochmal. Und warum hörte er nichts mehr von ihr?

Kurz schloss er die Augen. In Gedanken wartete er zehn Sekunden ab. Dann hob er den Kopf.

Scheiße.

Was tat sie da?

Hastig eilte sie in ihr Zimmer und schlug die Tür hinter sich zu.

Mist.

9. Rebeka Ritter

1.

Tiefer tauchte sie in die Fluten ein. Weiter, runter, ohne Halt. Ohne Widerstand. Rebeka fühlte das Wasser an ihre Beine stoßen, an die Arme, ihren Hals. Mit dem Mund versuchte sie Luft zu holen, aber es ging nicht. Da war nur dieses Wasser, das immer schwärzer wurde.

Hilflos schrie sie, ruderte mit den Armen.

Wieder schnappte sie nach Luft, aber sie brauchte gar keine. Ihre Lunge funktionierte auch so.

Tiefer ging es hinab. Zu beiden Seiten schwirrten durchsichtige Blasen in die Höhe.

Warum gelang es ihr nicht, nach oben zu kommen?, dachte sie. Plötzlich krampfte sich etwas in ihrer Brust zusammen. Sie spürte etwas. An ihrem rechten Fuß.

Etwas zog sie hinunter.

Aber was?

Zögerlich sah sie hinab. Und dort ... *Nein!* Es schnürte ihr den Hals zu.

Fünf grässliche Finger hatten ihr Bein gepackt. Diese Finger waren auf keinen Fall menschlich. Die graue Hand war mit einem unnatürlich langen und dürren Arm verbunden, der tief in die undurchsichtige Finsternis hinunter führte.

Und dieser Arm zog sie den See hinab.

»Neeein. Lass mich!«, schrie sie. War das das Monster mit dem Gesicht auf der Zunge?

Erneut sah sie hinunter. »Lass mich loooos!« Ihre Stimme hallte durch das Wasser und bildete weitere Blasen. Unvermittelt erschienen schwache Lichtpunkte in der Ferne. Dann waren sie verschwunden.

Angestrengt trat sie mit ihrem Fuß gegen die Hand. Die pulsierende Angst ließ sie zittern. Sie musste sich lösen, sonst …

Wieder trat sie zu. Wieder und wieder, aber die Hand gab nicht nach.

Verdammt.

Dann war der Grund des Sees zu sehen. Dort war es nicht mehr so dunkel wie oben, als sie in das Wasser gefallen war.

Als sie aufkam, verschwand die albtraumhafte Hand im sandigen Boden. Einfach so. *Puff.*

Dann wurde es seltsam ruhig. Fast tödlich still.

Zitternd sah Rebeka sich um.

»Hallo?«, rief sie in das Nichts hinein. Was sollte sie jetzt tun? Und wo war das Monster hin? Hatte es sie überhaupt in das Wasser verfolgt?

Panisch krampfte Rebeka zusammen. Sie musste sich bewegen, sich auf den Weg machen … Etwas Hilfreiches suchen …

Zögerlich bewegte sie sich nach rechts. Trat einen Schritt nach dem anderen. Alles besser als stehenzubleiben und nichts zu tun. Denn das wäre ihr Tod.

Immer schneller kam sie voran. Es sah alles so gleich aus, so … *Moment.*

Überrascht blieb sie stehen.

Da vorn, klein, schmal. Fast unscheinbar …

Licht.

2.

Es wurde größer, als sie sich näherte.

Hoffentlich war das keine Falle, dachte sie und rannte los. Das Licht wurde heller, durchscheinender. Und dann plötzlich ... sah sie es vor sich.

Eine große Felslandschaft.

Sie ragte meterweit in die Höhe, so hoch, dass ihre Gipfel in der Schwärze des Wassers verschwanden. Eng hingen die Steine zusammen, und sie waren klein, groß, spitz, stumpf, dick, dünn. Manche hingen übereinander, manche wuchsen nach oben, andere nach unten, rechts, links. Ein Felsvorsprung ragte besonders heraus und führte zu anderen Steinen, die sich noch weiter in die Höhe erstreckten. Gleich links bildeten die Felsen ein grobes Loch, das wie das Maul eines hungrigen Tieres aussah. Darin lagen nur Schatten. Tod. Schatten ...

Langsam näherte sich Rebeka einem Vorsprung und als sie davorstand, machte sie große Augen. W-was ... das konnte doch nicht sein?

Die weiße Person ... diese Frau aus dem steinigen Raum ... Sie saß dort, ganz klein, auf einem grünen Sessel und las in einem Buch, während eine kleine Lampe vor ihr in der Luft schwebte und das nötige Licht spendete. Wie Miniaturen.

Es war verrückt.

Die Felslandschaft erbebte. Kleine Steinchen rollten an den Hängen herunter und dann herrschte schlagartig Ruhe.

Was war das?

Verwirrt sah Rebeka sich um, bevor ihr Blick wieder auf die weiße Frau fiel. Seufzend legte sie ihr Buch beiseite. »So bald hatte ich nicht mit dir gerechnet.«

»W-was machst du denn hier?«

Die Frau faltete die verhüllten Hände. »Ich habe das Gefühl, dass du ständig nach mir rufst.«

»D-das … Ich bin gefallen, weißt du noch? Aus dem Fenster.«

RUMM! Wieder ein Beben und diesmal lösten sich größere Steine von den Felsen ab. »Was passiert hier?«, fragte Rebeka.

»Das ist nur das nahende Ende. Oder die große Katastrophe, wenn du so willst.«

Rebeka wich zurück. In ihrer Brust begann ein Feuersturm zu toben. Da war etwas, sie spürte es. Und es kam nicht nur aus ihrem Inneren, sondern von außen … Etwas, das böse war und unaufhaltsam näherkam. Kalt überlief sie eine Gänsehaut.

Lauf, Rebeka. Lauf. Es darf dich nicht kriegen.

»Wovon redest du?«, fragte sie.

Die weiße Frau zeigte auf ihr verhülltes Gesicht. »Ich kann dich sehen, Rebeka. Ich sehe dich ganz genau.« Die Frau stand auf, kam auf sie zu.

Erneut bebten die Felsen.

Die Frau hob einen verhüllten Finger. »Du bist in Gefahr, Rebeka, hörst du?«

»Ist es das Monster? I-ist es etwa hier?«

»Nein! Darum geht es nicht!«

Rebeka schluckte. Es schmerzte, als etwas Warmes ihren Hals hinabglitt. »Dann sag mir doch, was ich tun soll! Wo soll ich hin? Und wie komme ich wieder aus diesem See?«

»Du bist in großer Gefahr, Rebeka … und zwar in diesem Moment!«

Rebeka sah um sich.

»Hör auf, dich umzudrehen und hör mir zu!«

Rebeka sah wieder zu der verhüllten Frau.

»Du verstehst nicht, was ich dir sagen will. Jemand ist hinter dir her. Und er wird dich kriegen, wenn du nicht aufpasst. Du wirst nie wieder aufwachen. Hast du mich verstanden?«

»Was soll ich tun?«, rief Rebeka verzweifelt.

»Du musst nur deine Augen aufmachen, Rebeka. Dich umdrehen bringt gar nichts. Du musst die Augen aufmachen. Deine Augen! Er ist ganz nahe. Oh mein Gott, er ist so nahe …!«

Ein kalter Schauer raste durch Rebekas Körper. »Sag mir doch endlich, was ich tun soll! «

»Du musst die Augen aufmachen, sonst wird er dich vernichten.«

»Wer denn?«

»Er! Er ist ganz nahe. Du hast sein Reich betreten und jetzt bist du ihm ausgeliefert. Es ist deine Schuld, Rebeka! Aber du kannst es noch aufhalten, wenn du jetzt deine Augen öffnest. Oh mein Gott, er hat dich fast!«

Rebeka fuhr herum.

3.

Aus den hinteren Schatten schälte sich der Umriss eines Wesens heraus. Erschrocken zuckte sie zusammen. Ein dunkelroter Stockfuß traf auf den Sandboden und lange, rote Arme mit schwarzen Nägeln zeigten auf sie. Das Licht der Felslandschaft enthüllte die todbringende Fratze.

Es war das Monster mit dem Gesicht auf der Zunge.

Und es war gekommen, um sie zu holen.

»Neeeein!«, schrie Rebeka. Panisch rannte sie dem seitlichen Loch entgegen, das in die Finsternis führte.

»Neeein!«, rief die weiße Frau von dem Vorsprung aus. »Tu es nicht, Rebeka!«

Aber Rebeka stürmte voran.

Als sie das Loch verschluckte, war es dunkel. Kurz verharrte sie, keuchte, die Arme von sich gestreckt, um zu verhindern, dass sie mit etwas zusammenstieß. War das hier das Ende? Ihr Herz raste und hinter sich hörte sie das dröhnende Beben.

Ihr blieb keine Wahl.

Weiter hinten ragte eine zweite Öffnung aus der Düsternis.

Rebeka sprang vor. Dann spürte sie etwas an ihrem rechten Bein. Schreiend verlor sie den Halt und fiel zu Boden. Sand wirbelte auf, als sie landete. Schmerzen schossen durch ihren Körper. Ließen sie würgen.

Eilig drehte sie den Kopf zurück … *Neeein*! Sie riss den Mund auf.

Neeeein! Aber es war da … Das Monster hielt ihr Bein umklammert. Das Gesicht auf der Zunge war ihr dabei so nah wie noch nie.

»Hallo, Rebeka«, piepste die schreckliche Kinderstimme.

»Neeeein!« Rebeka schrie und trat zu. Sie traf das grässliche Gesicht, sodass sich der Griff um ihr Bein lockerte. Hastig befreite sie ihr Bein, rappelte sich auf und rannte vor. Der zweiten Öffnung entgegen.

Unvermittelt erhob sich ein lautes Grollen hinter ihr. Sand wirbelte zu beiden Seiten auf.

Jetzt war sie fast da, nur noch ein paar Schritte. Ein Sprung.

Schreiend warf sie sich in die Luft ... stürzte. Diesmal tat es weniger weh. Keuchend drehte sie den Kopf zurück und sah einen drohenden Schatten in Form einer unnatürlich großen Welle auf sich zukommen. Die Welle war gewaltig und so dicht, dass es aussah, als würde sie nichts zurücklassen. Kein Leben, kein Licht, keine Materie. Nichts. Nur zwei rote Augen waren im Zenit der Welle auszumachen, die sich auf sie richteten. »Bleeeeib steeeeehen, Rebeka!«

Er wird dich kriegen.

Rebeka schrie. Sie rappelte sich hoch. Nach Luft schnappend hechtete sie zu der Öffnung und hörte die Welle hinter sich zusammenbrechen. Steine flogen herum, und Dutzende Risse bohrten sich die Wände entlang, als die Wucht der Welle alles zum Einsturz brachte.

Schreiend verschwand Rebeka durch die Öffnung und lief weiter, weiter ... weiter ...

4.

Erschöpft sank Rebeka gegen die löchrige Holzwand. Jetzt fühlte sie sich besser.

Okay ... *Es ist geschafft. Ich habe es hinter mir und alles ist gut.*

Dann riss sie die Augen auf.

Nein, es war noch nicht vorbei. Da war etwas. Rechts von ihr. In der Wand.

Entgeistert schrie sie auf und wich zurück.

Es war Ralf.

Sein Gesicht steckte in der Wand, als wäre er mit dem braunen Holz verwachsen. Sein Hals, sein Körper fehlten. Da war nur sein Gesicht und seine durchdringenden Augen, die sich auf sie richteten.

»Hallo, Rebeka. Geht es dir gut? Das ist doch der Ort, an dem du mich haben wolltest?«

»I-ich … wie zum Teufel kommst du denn hierher?«

»Du hast mich doch eingesperrt! Ich wollte das alles nicht, mein Schatz ... Wirklich nicht.«

»Nenn mich nicht so.« So hatte er sie früher genannt. Vor vielen Jahren, als sie noch glücklich gewesen waren. »Am besten ist es, wenn du mich einfach in Ruhe lässt, Ralf!« Sie wollte aufstehen, aber ihr fehlte die Kraft. »Bitte. Geh!«

»Ich kann nicht gehen. Du hast mich betrogen, Rebeka. Ist dir eigentlich klar, was du damit angerichtet hast? Das alles hier ist deine Schuld.« Ralf spuckte auf den Boden.

»Es gibt keine Ehe mehr, Ralf. Das ist lange vorbei und ich bin jetzt mit Marko zusammen. Er gibt mir das Gefühl, wertvoll zu sein und er schätzt meine Arbeit als Autorin.«

»Es tut dir also nicht leid, was du getan hast?« Seine Augen richteten sich wieder auf sie.

»Weißt du was!« Sie spürte Wut aufsteigen. »Ich will die Scheidung, Ralf! Hast du kapiert? Die Scheidung, verdammt nochmal!«

Schweigen.

Schweigen.

Ralf musterte sie, bevor er vor sich auf den Boden blickte.

Schweigen.

Dann lächelte er.

»Was ist?«, fragte Rebeka.

Sie stöhnte auf. Speichel spritzte ihr aus dem Mund, als sie einen qualvollen Schmerz in ihrem Rücken fühlte. Japsend sackte sie auf den Boden und sah einen verschwommenen Vorhang vor ihre Augen wandern. Aus der Wand, dort, wo sie gelehnt hatte, ragte eine Messerklinge hervor, die mit ihrem Blut verschmiert war.

»Tut mir leid, mein Schatz«, sagte Ralfs Gesicht über ihr. »Aber das hast du verdient.« Er lächelte.

Plötzlich waren da Farben, graue, grüne, blaue. Sie mischten sich, zerfielen, bis sie sich mit einem Knall auflösten und nur noch eines da war …

Ein Messer. Blitzend, grau.

Direkt über ihrem Gesicht …

5.

Blinzelnd vertrieb Rebeka den Schlaf aus ihren Gedanken. Mit einem Schlag nahm sie ihre Umgebung wahr. Da war die hintere Holzwand, der weiße Stuhl, das kleine Fenster rechts, das Bett, die weißen Decken, ihre Füße, die darunter lagen. Ihr halb gefüllter Koffer links und dann die Tür. Die offene Tür ...

Moment.

Rebeka stutzte. Sollte die nicht geschlossen sein? Plötzlich bewegte sich ein Schatten durch die Tür hinaus. War das ein Mensch? Aber ... es war nicht ganz deutlich ...

Doch. Es war ein Mensch und er hatte etwas bei sich, etwas Glänzendes. Es war blitzend, grau ... Ein Messer.

Leise schloss sich die Tür und dann ...

Stille.

10. Ralf Ritter

1.

Wie sie dalag. Aufgewühlt, in irgendwelchen Träumen verfangen.

Ralf lächelte. Trotz ihrer feuchten Stirn, dem halb geöffneten Mund besaß sie etwas Schönes, Attraktives. Etwas, das ihn früher mal gereizt hatte.

Ihre Brust lag weitgehend frei. Ralf betrachtete den Punkt zwischen ihren Brüsten.

Es wäre so leicht, dachte er. So … schnell. Einfach rein und raus und die Aufgabe wäre erledigt.

Rein, raus.

Rein, raus.

Rein, raus.

Ralf spürte Entschlossenheit. Auf einmal ging sein Atem schneller.

Das wäre ihr Ende … für immer.

Er hob das Messer über den Kopf.

Brenn in der Hölle, Hexe, dachte er. Dann stach er die scharfe Klinge hinunter. Tiefer. Weiter. Sein Herz raste. Er sah das Blut, hörte ihren Schrei …

Neeein!

Seine Hand ging nicht weiter. Knapp über ihrer Brust hielt sie an, als wäre sie verflucht. Das … das konnte doch nicht sein. Warum kam er nicht weiter …

Moment.

Was tat sie da? Ralf spürte, wie ihm der Schweiß aus allen Poren lief.

Ihre Augen. Sie zitterten, öffneten sich einen Spalt, schlossen sich wieder. Nein, sie konnte sie nicht öffnen. Nicht jetzt …

Sie wacht auf!

Laaauf!

Überstürzt lief er aus dem Zimmer und schloss die Tür, die Rebeka vergessen hatte abzuschließen. Er lief in sein Zimmer, schloss seine Tür und setzte sich auf das Bett.

Das Messer platzierte er neben sich. Noch immer war ihm heiß.

Was war gerade passiert?

Als hätte sie im Schlaf geahnt, was passieren würde. Aber das war doch verrückt!

Nein, das mit dem Messer war eine blöde Idee gewesen, dachte er. Viel zu dreckig und persönlich … Er musste sich etwas anderes einfallen lassen und er hatte auch schon eine Idee…

Eine ziemlich gute sogar.

11. Rebeka Ritter

1.

Jetzt war sie zu … Abgeschlossen.

Die Tür.

Sie hatte sie selbst abgeschlossen, nachdem sie aus ihrem Albtraum erwacht war.

In der Nacht.

Oder?

Vielleicht auch nicht?

Natürlich! Sieh doch hin! Die Tür ist zu. Du prüfst es doch gerade.

Rebeka seufzte. Verzweifelt setzte sie sich auf ihr Bett und lauschte in ihr Bauchgefühl hinein. Was war in der Nacht passiert?

Sie war nochmal im Badezimmer gewesen … Schnell, damit Ralf sie nicht bemerkte, und danach war sie zurück in ihr Zimmer gegangen und hatte … die Tür hinter sich geschlossen … oder nicht? Hatte sie es getan oder doch vergessen?

Sie rieb sich über das Gesicht.

Vielleicht war sie auch geschlafwandelt? Als Kind war ihr das mal passiert, und einer der Ärzte hatte gesagt, dass es durch großen Stress immer wieder auftreten könne, wenn sie älter wurde. Seitdem war es aber nicht mehr aufgetreten.

Vielleicht bis heute?

Also … Rebeka atmete tief durch. Was war passiert?

Sie hatte wieder einen Albtraum gehabt und diesmal war sie vielleicht etwas früher als sonst aufgewacht und hatte einen Schatten an ihrer Zimmertür gesehen.

Den Schatten eines Menschen. Eines Mannes?

Als sie die Augen geöffnet hatte, war der Schatten gerade verschwunden und hatte die Tür hinter sich geschlossen, da sie offen gewesen war. Danach hatte sie sich aus dem Bett erhoben und hatte die Tür überprüft. Und siehe da … Sie war nicht abgeschlossen gewesen!

Also hatte sie die Tür nach ihrem nächtlichen Ausflug auf das Klo doch nicht zugemacht, sondern sie offen gelassen. Und dadurch hätte natürlich jemand hereinkommen können, oder?

Hätte …

Es musste nicht sein.

Aber wenn doch jemand gekommen war … Wer hätte das sein können?

RAAAAALF!

Rebeka stand auf und trat langsam vor das kleine Fenster, durch das das Sonnenlicht hereinfiel. Es war noch früh am Morgen, die Sonne ging gerade über den Wipfeln auf. Das saftige Grün der Lichtung war bereits zu sehen und die Vögel zwitscherten munter.

Und wenn sie sich das alles nur eingebildet hatte?

Was hätte Ralf denn auch in ihrem Zimmer suchen sollen? Geld? Etwas zum Essen?

Das war doch verrückt, nein … Im Grunde stellte sie hier nur Vermutungen an, mehr nicht. Und mit Vermutungen ließ sich nicht unbedingt ein Prozess gewinnen, wie sie aus ihrer langen Ehe mit Ralf wusste.

Dennoch durfte sie den Fokus nicht verlieren! Nein!

Es ging doch hauptsächlich um das eigentliche Ziel …

Die Scheidungspapiere …

Ihr Blick fiel wieder zu der Tür. Sie musste raus … Raus zu Ralf und ihm die Papiere geben, bevor es wieder zu spät war.

Langsam ging sie zu ihrem Bett und richtete die Decken und Kissen, damit alles ordentlich für den Makler aussah. Dann zog sie sich um und packte ihren

Koffer zusammen. Mit ihm und der Handtasche ging sie zur Tür.

Sie zögerte.

Alles gut, Rebeka. Nicht durchdrehen.

Genau. Sie atmete aus.

Zitternd schloss sie auf und sah hinaus. Draußen war niemand zu sehen. Ralfs Zimmertür neben der Treppe stand offen, aber er schien nicht da zu sein. Und rechts … Das große Fenster war da, weit und schön. Wie ein Zugang in eine andere Welt. Dabei kam ihr in den Sinn, was sie gestern gesehen hatte, als sie vor der Scheibe gestanden hatte. Diese weißen Punkte in der Nacht. Wie Augen waren sie auf und zu gegangen, auf und zu, auf und zu und sie hatten so gruselig gewirkt, so fremd …

Sie schüttelte den Kopf. Das hatte sie sich bestimmt nur eingebildet.

Und das war jetzt auch nicht das Problem.

Entschlossen ging sie zu der Treppe und die Stufen hinunter, bis sie im Wohnzimmer ankam. Aber auch hier war Ralf nicht anzutreffen.

Erleichtert stellte sie den Koffer neben das Sofa und zog die Handtasche auf ihrer Schulter nach.

Wo war er bloß?

Sie drehte sich um.

Erschrak.

2.

Er stand hinter ihr … Lächelnd, den Kopf schief gelegt.

Rebeka sprang nach hinten. »Ralf! Verdammt nochmal, was schleichst du dich so an!« Erst jetzt fiel ihr sein seltsamer Aufzug auf. Er steckte in grünen Jägerklamotten, einer grünen Hose, einer grünen Jacke und einem Jägerhut auf dem Kopf, mit einer kleinen Feder.

In einer Hand hielt er eine lange Büchse, die er mit einem weißen Tuch wienerte.

»Tut mir leid, das war nicht meine Absicht.« Er wischte über die Büchse. »Guten Morgen erstmal. Ich war schon etwas früher auf und dachte, dass ich dich noch schlafen lasse. Wie hast du eigentlich geschlafen?«

»Gut … gut.« Am besten sie dachte jetzt nicht an die weißen Augen. Nicht an den Traum, das düstere Wasser und die weiße Frau …

Er nickte. »Das freut mich. In der Küche habe ich Kaffee gemacht, denn soweit ich weiß, frühstückst du ja nicht. Oder hat sich das in letzter Zeit geändert?«

Sie schüttelte den Kopf. »Nein, hat es nicht.«

»Das ist schön. Dann haben wir umso mehr Zeit.«

»Wofür?«

»Ist dir an mir nichts aufgefallen?« Ralf deutete lächelnd an sich herunter. »Ich möchte dich mitnehmen, in den Wald. Du weißt schon, wie in alten Tagen. Wir beide halten nach wilden Tieren Ausschau. Das wird spannend und die Tageszeit ist super dafür.«

»Ralf, ich …«

»Keine Widerrede. Komm schon, tu mir den Gefallen. Wir sind ja nicht mehr lange hier und da sollten wir das ausnutzen.« Er verließ das Wohnzimmer. »Das wird dir Spaß machen. Und in einer Stunde sind wir wieder zurück.«

Rebeka seufzte. Viel Lust hatte sie nicht, aber offenbar war Ralf ziemlich bemüht, sie bei Laune zu halten. Andererseits könnte sie ihm draußen auch die Unterlagen geben? Vielleicht wäre Ralf durch die schöne Landschaft dann sogar ausgeglichener.

Sie ging in die Küche, um die Tasse Kaffee zu trinken. Danach machte sie sich noch kurz im Badezimmer frisch und als sie wieder nach unten kam, stand die Haustür offen und Ralf war nicht mehr zu sehen.

Im Flur blieb sie stehen und sah in die Küche, aber da war er nicht. Dann blickte sie in das Wohnzimmer, aber da war er auch nicht.

Rasch ging sie in das Wohnzimmer und griff ihre Handtasche.

»Rebeka?«, hörte sie aus der Nähe.

»Ich komme.« Sie holte die Scheidungspapiere aus der Handtasche, faltete sie zusammen und verstaute sie in ihrer Hosentasche.

Kurz darauf erschien Ralf im Durchgang. »Können wir?«

»Ja, ich bin fertig.« Sie senkte die Handtasche.

Das war knapp.

»Gut. Dann komm. Jetzt erobern wir den Wald!«
Rebeka versuchte ein halbes Lächeln.

Gemeinsam traten sie aus dem Haus und Ralf schloss die Tür hinter ihnen zu. Gleich links stand das Auto. Noch immer spross das Gras, und die Bäume am Rande der Lichtung ragten gewaltig auf.

Schweigsam gingen sie bis zum Rand der Lichtung und an den Bäume vorbei.

3.

Ralf war Feuer und Flamme. Immer wieder lief er voraus, ging in die Knie und schaute, ob er etwas Spannendes entdeckte oder nicht.

Rebeka folgte. Diese Landschaft war schön. Die Bäume wirkten noch größer als das Haus und der Boden bestand aus feuchter, brauner Erde, die nur an manchen Stellen mit Ästen, Blättern und Moos überdeckt war.

Lange dauerte es nicht, bis sie an einem Tümpel vorbeikamen. Er wurde von abgefallenen Ästen und umgekippten Stämmen so sehr verdeckt, dass es aussah, als würde das Holz das Wasser beschützen. In diesem Abschnitt des Waldes wehte kein Lufthauch, obwohl es leicht kühl war. Die Sonne war mittlerweile höher gestiegen und strahlte durch die Wipfel, sodass Rebeka manchmal vom Licht geblendet wurde.

Während sie durch die Gegend schritten, hielt Ralf nach den Tieren Ausschau.

Vor acht Jahren hatte er mit der Jägerei angefangen und zuerst den obligatorischen Schein gemacht, um sich dann die Ausrüstung zu besorgen und für Stunden zwischen den Bäumen zu verschwinden. Seitdem machte es ihm so viel Spaß, dass er immer noch in regelmäßigen Abständen, allein oder mit Bekannten, in den Wald fuhr, um etwas zu erlegen.

Das Fleisch, das er mitbrachte, schmeckte tatsächlich gut, aber dennoch hatte sie nie viel mit dem Jagen anfangen können. Der Grund war nicht unbedingt das Töten der Tiere, was sicherlich nicht einfach war, sondern vielmehr die Ausübung dieses Sports … Die Geduld, die es brauchte, um auf ein Tier zu warten. Da verbrachte sie ihre Zeit dann doch lieber mit dem Formulieren passender Sätze für ihre Bücher.

Behutsam strich sie über ihre Hosentasche, in der sich die Scheidungspapiere befanden. Es war Samstag und damit hatte sie das gesetzte Ultimatum fast erreicht, sodass sie im Grunde auch keine wirkliche Wahl hatte, als Ralf die Papiere zu geben.

Wie er wohl reagieren würde? Wütend? Grob? Handgreiflich?

Na hoffentlich nicht, denn im Fall der Fälle wäre Marko diesmal nicht zur Stelle.

Als Ralf hinter zwei Bäumen verschwand, holte sie die Unterlagen heraus und klappte sie auf. Schwarz auf weiß stand es auf der ersten Seite: *Scheidungsantrag zwischen den Ehepartnern Rebeka und Ralf Ritter.*

Das war mehr als deutlich.

Also gut … Sie war bereit. Jetzt oder nie.

Sie sah sich nach Ralf um … Wo war er hin?

Sie drehte sich im Kreis. Hallo? War er nicht gerade noch da gewesen?

Verwirrt ging sie zu den beiden Bäumen, aber da war er nicht. Er war wie vom Erdboden verschluckt.

4.

Das konnte doch nicht wahr sein! Hatte er sie etwa verloren, weil er etwas gesehen hatte und hinterhergelaufen war?

»Raaalf?« Keine Antwort. Nur der Wind, der sanft über die Blätter fuhr. Sie zum Rascheln brachte.

Wo war er denn hin?

»Ralf, wo bist du?« Sie rief lauter. Keine Antwort. Nichts.

Okay, okay, jetzt keine Panik kriegen. Weit kann er ja nicht sein, oder?

Dann hörte sie etwas.

Sie fuhr herum.

War das Ralf?

Ihre Augen wurden schmal, während sie die Gegend überblickte. Langsam ging sie von einem Baum zum nächsten, bis …

Etwas sprang hinter einem Stamm hervor und landete bei einem anderen, wo es wieder verschwand. Etwas Schwarzes.

Hastig steckte sie die Scheidungspapiere zurück in die Hosentasche und rieb sich die Augen. War das ein Tier?

»Raaaaalf!«

Dann hörte sie es, wie ein Flüstern. Ein Wort.

Lauf!

Unvermittelt wurde ihr kalt.

»Haaaallllo? Ist da jemand?«

Sie musste hier weg. Raus aus dem Wald. Aber wie? Den Weg einfach zurücklaufen?

Beobachtete sie gerade jemand? Es fühlte sich so an. Als würden sich Blicke in ihren Rücken bohren. Hastig drehte sie sich um. Aus den Augenwinkeln sah sie etwas. Einen dunklen Schatten.

Lauf!

Wieder hörte sie es so deutlich, als würde jemand neben ihr stehen. Hatte sie schon Halluzinationen? Ruckartig blieb sie stehen und sah sich um. Links, dann rechts – DA! Es sah sie direkt an. Weiße Punkte. *Augen.*

Rebeka wich zurück und stolperte. Mit einem Aufschrei stürzte sie und landete hart auf dem Boden. Ein heißer Stich schoss ihr den Rücken hinunter.

Das konnte alles nicht sein, dachte sie.

Ganz dicht an ihrem Ohr … *Lauf weg! Lauf!*

Es raschelte. Sie fuhr herum. Die weißen Punkte waren verschwunden. Da war … Ralf.

In einiger Entfernung stand er neben einem Baum, die Büchse in den Händen. Geräuschvoll lud er sie durch.

Rebeka sah sich um. Der geisterhafte Schatten mit den unheimlichen weißen Augen war verschwunden.

Ob Ralf ihn vertrieben hatte?

Ralf legte an und zielte.

He? Worauf zielte er da?

Sie stand auf. »Hey, Ralf!« Sie winkte. »Raaalf!«

Nein. Moment.

Er zielte nicht an ihr vorbei, sondern …

Auf sie.

BEEEEEENG.

12. Ralf Ritter

1.

Verdammt. Daneben.

Verärgert lud Ralf die Büchse nach und kam Rebeka entgegen. Was hatte sie sich denn auch so schnell auf den Boden fallen lassen müssen?

Dann eben nochmal.

Er legte an, zielte. Dann hob Rebeka den Kopf. Mit scharfen Augen sah sie ihn an, als wäre er verrückt geworden.

Zögerlich senkte Ralf die Waffe.

Was tust du?, hallte es in seinen Gedanken. *Erschieß sie, jetzt!*

Rebeka rappelte sich auf die Beine.

Knall sie ab. Ein drängendes Gefühl wütete in ihm. In ihrem Gesicht lag Entsetzen. Zitternd streckte sie einen Finger aus.

»D-d-du … du!«

Schlag sie. Töte sie.

Ralf zögerte. Wütend biss er sich auf die Unterlippe. So wurde das nichts. In der Nacht hatte er schon nicht die Kraft gehabt sie zu töten und jetzt … bei einer so guten Chance im Wald, versagte er erneut. Warum?

»Ooooo neeeein!«

Er hob den Kopf. Rebeka lief im Kreis, die Hände gegen ihr Gesicht gedrückt und heulte.

»Das … das ist zu viel, ich ...«

Tu es jetzt! Töte sie! Maaach!

Ralf nahm die Büchse. Unter seinen Achseln spürte er den Schweiß. Jetzt würde sie dran glauben müssen, dachte er.

Höher nahm er die Büchse, weiter …

Sie fuhr zu ihm herum, die Augen so groß wie Teller. Ihre Mundwinkel bebten. Ihre Wagen waren feuerrot. »W-was hast du getan?«

Ralf streckte das Kinn vor. »Nichts.« Mit einem Finger strich er über den Abzug. Er müsste nur …

Moment. Ralf hielt inne. Was war das da hinten? Zwischen den Büschen?

Er ließ die Waffe sinken. Es sah so … anders aus. So fremd. Währenddessen lief Rebeka auf und ab. Sie jammerte, fluchte, rief etwas in seine Richtung.

»Jetzt sei still!«, rief Ralf. Sie verstummte. Fassungslos sah sie ihn an. »Da hinten ist etwas.« Er deutete darauf. Die Büchse zog er sich über eine Schulter und ging los, an ihr vorbei und weiter.

Es war nicht weit, ein paar Meter vielleicht. Ralf zog die Augen zu Schlitzen. Offenbar handelte es sich um etwas Schwarzes – nein! Grünes. Eine bunte Mischung, die … die …

Oh je. Er blieb stehen. Jetzt war es schon sehr viel besser zu sehen.

Nachdenklich kaute er auf der Unterlippe herum.

Das stellte sie jetzt natürlich vor große Probleme. Sehr große sogar.

Eilig sah er sich nach Rebeka um. Sie sah immer noch frustriert aus, aber näherte sich langsam.

Wenn sie das auch entdeckte, dann …

Töte sie!

Moment, dachte Ralf. *Nicht so schnell.* Sie zu töten war wichtig, aber gerade war das nicht so einfach, denn sie hatten bereits einen Toten …

Da vorne. Ein kleiner Junge. Und er blutete aus dem Hals.

2.

Es war ein Mensch. Ein schwarzer Mensch. Er lag auf den Blättern, zwischen ein paar dünneren Baumstämmen und rührte sich kaum.

»Scheiße!« Ralf rannte los. Nach ein paar Schritten war er da und ging neben dem Jungen in die Knie. Die dunkle Brust des Jungen bebte, während ihm das Blut aus einem Loch im Hals floss. Die rote Flut breitete sich über seinen Körper aus. Außer einem Lendenschurz, der den Eindruck vermittelte, er stamme aus einer anderen Zeit, trug er nichts an sich. Vielleicht war er zwölf Jahre alt, vielleicht dreizehn. Vielleicht aber auch nur zehn oder elf – auf jeden Fall zu jung.

Sein Gesicht, die Haare, alles war schwarz und lediglich die Augen strahlten weiß wie der Schnee.

Keuchend rauschte Rebeka an ihm vorbei und blieb neben dem Jungen stehen.

Na toll, dachte Ralf.

Entgeistert starrte sie auf den Jungen. Ihre Augen strahlten, aber anstatt zu schreien, ging sie in die Knie und schüttelte nur den Kopf. Ihr Gesicht lief kreideweiß an.

Plötzlich riss der Junge den Mund auf, und dann hörte er auf zu atmen.

Lasch sackte er zurück, den Kopf zur Seite gedreht und tat nichts mehr.

Sowas … Woher war dieser Junge denn gekommen? Ralf fuhr sich über das Kinn. Natürlich hatte er ihn nicht gesehen, als er hinter Rebeka aufgetaucht war. Wie denn auch? Der Junge war ja fast so dunkel wie die umliegenden Baumstämme. Aber … Was war hier los?

Ruhelos wippte Rebeka mit dem Oberkörper hin und her.

»D-das … das ist deine Schuld!«, schluchzte sie und hob den Kopf. »Du hast ihn erschossen, Ralf!«

Ralf sagte nichts. Vorsichtig berührte er den Jungen am Arm und als er die Finger zurücknahm, sah er Farbe an ihnen dran.

»Interessant«, sagte er leise.

»Ich glaube, ich werde wahnsinnig.« Verzweifelt wandte Rebeka den Blick ab.

»Jetzt hör auf damit, Rebeka! Das ist ja nicht zum Aushalten.«

Sie schüttelte nur den Kopf.

»Reiß dich zusammen! Wir haben ein Problem und wir kommen nicht weiter, wenn du ein Theater veranstaltest … Sieh dir das an …« Ralf hob den rechten Arm des Jungen und wischte ihm über die Haut. »Der hat sich angemalt. Er ist gar nicht schwarz. Das soll man nur denken und es ist überall. Siehst du das? Was ist das? Kohle? Asche? Eine Farbe?«

Rebeka fuhr zusammen. »Ralf … er ist tot! Kapierst du das nicht? Er … er …«

»Ich weiß! Ich muss es nicht die ganze Zeit hören! Dieser Junge hat sich in den Schuss geworfen, da hätte niemand etwas machen können. Schau ihn dir an … man kann ihn auch leicht übersehen!«

Rebeka senkte den Blick.

»Es … es war ein Unfall«, philosophierte Ralf. »Ganz einfach. Der Junge ist in die Schussbahn gelaufen und hat die Kugel abbekommen. Eigentlich ist es seine Schuld.«

Besonders überzeugend war das nicht, aber solange niemand von dieser Sache erfuhr, war alles gut.

»Ralf!«

Er sah sie an.

Sie deutete auf den Jungen. »Du hast ihn getötet«, sagte sie. »Mein Gott. Ein Mensch ist tot, ist dir das klar?!«

Ralf seufzte. Mit ihrem Gelaber brachte sie den Wagen auch nicht zum Rollen. »Rebeka, am besten wir gehen jetzt wieder und vergessen das! Was meinst du?« Er stand auf. Hinter dem Kopf des Jungen lag etwas Glänzendes. Neugierig ging Ralf hin und bückte sich, um es aufzuheben. *Aha*, dachte er, als er die Blätter beiseiteschob … Es war die Patronenhülse, die den Hals des Jungen durchbohrt hatte. Zwar war sie mit Blut verschmiert, aber Ralf steckte sie trotzdem in seine Jackentasche.

»Wir müssen weg! Niemand hat das gesehen und so soll es auch bleiben!«

Sie hob eine Hand. So, als wollte sie nichts mehr von ihm hören. Dann stand sie auf und drehte sich weg, das Gesicht in den Händen vergraben.

»Rebeka!«

Sie hielt inne, drehte sich aber nicht um. »Wir?«

»Komm jetzt!« Vielleicht sollte er einfach ohne sie gehen? *Verdammtes Weibsbild …*

»Wir?«, fragte sie lauter.

»Ja, genau. Wir!« Sollte er sie jetzt abknallen? Einen Schuss in den Rücken und fertig?

»WIR?«

Sie fuhr zu ihm herum. Erschrocken quiekte sie und fiel nach hinten, gegen einen Baumstamm.

Wie sie jetzt wieder aussah … So fassungslos, so … als sähe sie den Teufel. Erschüttert streckte sie einen Arm aus. Zeigte auf ihn …

Hä? Was hatte sie denn?

Sie …

Nein.

Moment.

Das war nicht er, den sie meinte. Da war etwas hinter ihm. Etwas …

Er drehte sich um.

»SCHEIßE!« Er sprang beiseite. Kreischend ließ die fremde Frau ihre funkelnde Axt niederfahren und verfehlte ihn knapp am rechten Bein.

Mit der Schulter knallte Ralf gegen einen Baumstamm und hörte es knacken, als die Büchse brach. *Mist.* Die Frau schrie. Sie war ganz in Schwarz gekleidet. Eine Art Kutte. Erneut reckte sie die Axt und kreischte, als sie sie mit Wucht niederfahren ließ.

Rasch bog Ralf den Oberkörper nach links. Haarscharf sauste die Waffe an ihm vorbei und in den Stamm. *Baaarzz.* Schreiend zog die Frau an der Axt. Sie spuckte Speichel aus, kreischte.

Hastig kam Ralf auf die Füße und kippte nach hinten. Die Frau befreite die Axt und schwang sie nach rechts. Ralf stieß Luft aus, als er den Bauch einzog. Die Axt verfehlte ihn.

Scheeeiße!

Entschlossen bewegte die Frau die Axt über ihren Kopf. Sie zielte. Ralf fuhr herum und rannte los, Rebeka hinterher, die vorne zwischen zwei Stämmen verschwand. »Aaaaaaaa!« Sein Herz schlug so schnell, als würde es ihm aus der Brust springen. Von einem Baum zum anderen hechtete er, weiter, schneller. Er sprang, landete. Rannte voran.

Die Büchse an seiner Schulter schepperte, sobald er einen Schritt setzte.

Eilig sprang er über einen Baumstamm. Zwischen den Stämmen war Rebeka nicht mehr zu sehen.

Ralf drehte den Kopf zurück.

Ein paar Meter entfernt stieß die Frau ein grässliches Geräusch aus. Die Axt hielt sie in der rechten Hand. Sie verfolgte ihn.

An einem Baum hechtete Ralf nach links, dann sprang er über einen kleinen Tümpel. Weiter rannte er, bis er das Ende des Waldes erkennen konnte. Dahinter war die Lichtung und dort befand sich das Haus.

Hinter ihm schrie es. Ein grässlicher Ton.

Keuchend stürmte Ralf auf die Lichtung, steuerte das Haus an. Auf gerader Sicht lief Rebeka, die vor ihm die Haustür erreichte. Nur hatte sie keinen Schlüssel bei sich.

Während er rannte, holte er den Schlüssel aus der Hosentasche und erreichte die Haustür.

»Schneeeeell!«, schrie Rebeka. Sie sah an ihm vorbei Richtung Wald. Ralf steckte den Schlüssel ein, drehte ihn und … *Klick.*

Die Tür sprang auf.

13. Rebeka Ritter

1.

In der Küche drehte Rebeka den Wasserhahn auf und spritzte sich das fließende Wasser ins Gesicht. Ihr Atem ging hektisch und sie hörte ihr eigenes Keuchen.

Nein, es war kein Traum ... Nichts davon war ein Traum ... Der Junge nicht, genauso wenig wie die fremde Frau, die im Wald aufgetaucht war. Sie war einfach da gewesen. Wie ein Geist.

Fassungslos streckte sie ihre Arme aus und blickte auf ihre Hände.

Sie zitterten.

Mein Goooott ...

Ralf hatte den Jungen erschossen. Den Jungen, der versucht hatte, sie zu warnen. Aber wovor?

Danach war alles so schnell gegangen und ... *Moment*! Rebeka rieb sich die Stirn. Irgendetwas stimmte nicht ... Ralf hatte genau in ihre Richtung gezielt. Fast so, als hätte er... aber, das war doch absurd!

Ihr Puls beschleunigte. Nur, was sollte sie jetzt tun?

Und wenn sie wegen des Jungen zur Polizei ging, was würde da auf sie zukommen? Was würde die Presse daraus machen? Sie, die aufblühende Autorin, mit jemandem verheiratet, der ein Kind im Wald erschossen hatte!

Das wäre schrecklich für ihre Karriere, ihre Pläne, alles. Und das nur wegen Ralf!

Unvermittelt betrat Ralf die Küche. Sein Blick schien in die Ferne zu gehen, und wie er dastand, so ruhig, gelassen, mochte er vielleicht sich selbst täuschen, aber nicht sie.

Oh nein, nicht sie.

126

Sie schaltete das Wasser aus, ging zum Küchentisch.

»Ralf!«

Er sah sie an. »Rebeka.«

Hinter dem Tisch blieb sie stehen. »Was ist da draußen passiert, Ralf?«

Er streckte das Kinn vor. »Was soll das jetzt wieder? Du warst doch dabei!«

»Du hast den Jungen erschossen. Verdammt nochmal … den Jungen!«

»Ich sagte doch, es war ein Unfall!«

»Hast du etwa auf ihn gezielt?« Ihr Atem drang schnell aus der Nase. »Das hast du doch, oder?« Er schwieg. Blinzelte. »Natürlich nicht.« Er lächelte. »Ich wollte dich bloß beschützen. War das jetzt auch wieder falsch?«

Rebeka streckte ihre Hand aus. Sie zitterte. Sie wollte gar nicht daran denken.

»Was hast du denn wieder?« Seine Stimme hörte sich ruhig an, bedächtig.

»Hast du auf mich gezielt?« Eisern umfasste sie die Lehne des Stuhls vor sich.

Er schüttelte den Kopf. »Aber Rebeka, warum sollte ich so etwas Schreckliches tun? Das ist doch absurd, findest du nicht?« Er sah sie an. »Ich glaube, die schöne Umgebung ist dir zu Kopf gestiegen.« Er trat nach links, zum Waschbecken. Rebeka bewegte sich davon weg. »Hast du etwa Angst vor mir?«

»Ich will dich nicht in meiner Nähe haben!«

»Rebeka, der Junge ist tot, ich kann es nicht mehr ändern und du auch nicht. Jetzt stecken wir da eben gemeinsam drin -«

»Halt!« Sie hob die Hand. »Stopp, Ralf. Du steckst da drin. Du. Es war dein Gewehr und du hast abgedrückt. Dieser Tote, dieser … Mord! Du warst das!«

Er lief rot an. »Mord? Es war ein Unfall!«

»Den du verursacht hast!«, rief Rebeka. »Mein Gott! Das war alles deine Idee. Dieses Haus. Dieser Ausflug. Du hast mich hierhergebracht, schon vergessen? Also gib ja nicht mir die Schuld.« Sie sah, wie er die Hände zu Fäusten ballte.

»Jetzt sind wir beide da drin, Rebeka!«, sagte er ruhig, als hätte er sich damit abgefunden. »Also werden wir das auch zusammen durchstehen müssen!«

»Erzähl mir nicht, was ich machen soll, Ralf.« Rebeka spürte die Wut durch ihre Glieder pulsieren.

Nicht durchdrehen, dachte sie. *Jetzt nicht durchdrehen.*

»Wir müssen einen kühlen Kopf bewahren«, meinte Ralf, »besonders, wenn Kasimir bald eintrifft.«

Kasimir? Ein kalter Knoten bildete sich in ihrem Hals. Richtig, der Makler wollte ja heute wiederkommen und dann ... Sollte sie ihm etwa sagen, was da im Wald passiert war? Oder sollte sie lügen und es verheimlichen? Aber was wäre die Alternative? Die Wahrheit zu sagen?

Denk an deine Karriere, hörte sie es in ihrem Inneren flüstern.

So ein Mist!

Eilig ging sie Richtung Durchgang.

»Wo willst du hin?«, fragte Ralf.

»Nachdenken. Lass mich in Ruhe!« Sie lief durch den Flur ins Wohnzimmer und blieb neben dem Sofa stehen. Ihr Koffer und ihre Handtasche waren noch da und die Scheidungsunterlagen hatte sie in ihre hintere Jeanstasche gesteckt.

Na großartig, dachte sie. Dieses Vorhaben hatte sich damit vorerst auch erledigt.

Als sie sich umdrehte, stand Ralf auf dem Gang. Mit verkniffenen Augen sah er sie an.

»Was tust du da?«, fragte er.

»Ich denke nach, verdammt. Siehst du das nicht!« Gerade war er so klein, in seiner grünen Jägerkleidung. So jämmerlich.

»Rebeka?«

»Hör auf!« Sie wich zurück. Ralf blieb stehen. »Lass mich in Ruhe!«

»Aber ...«

»Ssssh!« Sie hob einen Finger. »Halt deine Fresse, Ralf.« Er zog beide Augenbrauen hoch, sagte aber nichts. Offenbar hatte er verstanden.

Aufgebracht drehte sie sich um.

»Nein!«

»Was?«

Dort, das Fenster. Sie eilte hin und sah hinaus. Hinter sich spürte sie Ralf, aber das war jetzt egal, denn dort draußen ...

2.

Es war sie ...

Die schwarze Frau war wieder da. Eine Person in einem dunklen Umhang, der den Großteil ihres Gesichts verhüllte. Leicht gebeugt stand sie da und wie sie dastand, so alt, gefallen und gleichzeitig autoritär, schnürte sie Rebeka den Hals zu. Neben ihr stand noch jemand. Ein großer Kerl. Er war sehr viel größer als die Nonne, fast schon gewaltig. Ein langer, blauer Mantel mit hohem Kragen hing an ihm herunter, aber am schlimmsten war sein Gesicht. Um seinen Kopf prangte eine Art Metallgitternetz, als würde er sich dadurch schützen wollen. Dieses Gitter schien mit seiner Haut verbunden – *nein!* Es steckte in seiner Haut drin ... Es durchdrang ihn und an den Stellen, wo das Metall sich in seinen Kopf bohrte, hatten sich blutige Stellen gebildet.

Oben, im Zenit seines haarlosen Kopfes, exponierte ein schmales Rohr. Aber das Schrecklichste waren seine Augen. Sie ragten aus den Augenhöhlen hervor und wurden durch schmale Drähte gehalten.

Ungerührt stand er da, fast schon starr.

»Mein Gott!« Sie überlief eine Gänsehaut.

Neben ihr streckte Ralf eine Hand aus.

»Was tust du?«

»Ich versuche zu hören, was sie sagen«, sagte Ralf.

Als er das Fenster öffnete, drang frische Luft herein.

»Mach es wieder zu, Ralf. Es ist besser -«

»Ssssssh!« Er hielt ihr einen Finger entgegen. »Klappe!«

Plötzlich trat die schwarze Frau einen Schritt vor. Sie sah wirklich aus wie eine Nonne, dachte Rebeka, mit ihrem dunklen Gewand. Irgendwie schien sie mit diesem Jungen aus dem Wald verbunden zu sein.

Aber wie? War sie vielleicht seine Mutter? Die Groß-mutter? Eine nahe Verwandte?

Was auch immer … Es war nicht gut.

»Ihr werdet dieses Haus verlassen«, rief die Frau, wobei sie jedes Wort nachdrücklich betonte. Ihre Stimme war dünn, aber sie reichte bis zu ihnen. »Ihr werdet für den Tod meines Kindes bluten!«

Kind … Also war sie doch die Mutter.

»Mein Gott, meint die das ernst?« Rebeka sah zu Ralf, aber er sah konzentriert hinaus.

»Ihr werdet dieses Haus verlassen!« Die Nonne mach-te eine fordernde Bewegung mit beiden Händen. »Ihr werdet bezahlen!« Demonstrativ streckte sie einen Finger aus.

»Geht weg!«, rief Ralf.

Ein Stich der Angst raste Rebeka in die Brust. Was zum Henker tat er da?

»Ralf, lass das!«

»Sssssssh!« Er sah sie streng an. Am liebsten hätte sie ihm eine gescheuert, aber gerade hatten sie andere Probleme.

»Ihr werdet euch nicht verstecken!«, rief die Frau. Der Wind, der über die Lichtung wehte, übertrug ihre Worte.

»Was redet die denn da?«, meinte Ralf. Rebeka sagte nichts. Was diese Frau da von sich gab, hörte sich in der Tat verrückt an.

»Ihr werdet dieses Haus verlassen, denn wenn nicht … droht euch der Untergang!«

»Verschwinden Sie hier! Das ist Privatbesitz, kapiert? Wir wissen weder, wer Sie sind, noch, was Sie wollen, also gehen Sie, bevor ich die Polizei rufe. Haben Sie gehört? Ich rufe die Polizei!«

Die Frau begann zu lachen, sodass Rebeka eine noch kältere Welle überlief.

Sie lachte weiter, hellhörig, gellend, bevor sie schlagartig aufhörte zu lachen. Als hätte jemand einen Schalter umgelegt. Behutsam schritt sie hinter den großen Kerl und für wenige Augenblicke war sie nicht mehr zu sehen, bis sie wieder zum Vorschein kam.

»Ihr werdet dieses Haus nie wieder verlassen!«, rief sie. Dann berührte sie den Kerl sanft am Arm. Daraufhin reckte sich der Kerl. Ein sirrendes Geräusch war zu hören und plötzlich quoll Rauch aus dem schwarzen Rohr, das dem Kerl aus dem Kopf wuchs.

Entsetzt presste sich Rebeka eine Hand auf den Mund. Die Drahtaugen des Kerls begannen sich zu drehen. Sie drehten sich, bis es klickte und dann reckte sich der Kerl erneut.

Bei Gott ... Unvermittelt drehte sich die unförmige Gestalt zur Seite und lief los. Weiter, bis sie mit Abstand hinter der rechten Ecke des Hauses verschwand.

3.

»Zum Teufel!« Ralf stürmte aus dem Wohnzimmer. Rebeka erhob sich. Sie beobachtete, wie die Nonne eine Hand hob und sich dann abwandte. Schritt für Schritt näherte sie sich den aufragenden Bäumen, bis sie verschwunden war.

Jetzt waren sie allein, dachte Rebeka. Nur noch sie, Ralf und diese schreckliche Gestalt.

Mit einem beklemmenden Gefühl schloss sie das Fenster und verließ das Wohnzimmer Richtung Küche. Durch die Vorratskammer gelangte sie zur hinteren Hauswand, die ein kleines Fenster aufwies, das einen Blick auf die Rückseite des Gebäudes ermöglichte. Davor blieb sie stehen. Sah hinaus.

Dort war es auch schon … das Ungetüm. Es lief um das Haus herum, während ihm dieser Rauch aus dem Rohr im Kopf stieg. An der Art, wie er sich bewegte, ähnelte er einer Maschine. Wie ein Roboter … mit einem Auftrag.

TOD.

War es das? Rebeka spürte eine Gänsehaut über den Rücken laufen.

Sie beobachtete, wie der Kerl schließlich wieder hinter der seitlichen Hauswand verschwand.

Das war doch nicht normal?

Langsam trat sie aus der Kammer und ging hinüber, zu dem Fenster über dem Waschbecken. Und da war er auch schon wieder. Der Kerl.

Was hatte er nur vor?

Schrittgeräusche von hinten.

Rebeka fuhr herum und sah Ralf, der die Treppe herunterkam und die Haustür ansteuerte.

Rasch trat sie aus der Küche. Ralf hielt eine halbe Gardinenstange in der rechten Hand.

Was zum …?

»Ralf?«

Er schloss die Tür auf. »Ralf?!«

Er hielt inne und drehte sich zu ihr. In seinem Blick lag etwas Gehetztes. »Was hast du damit vor?«

»Diese Schießbudenfigur wird uns nicht aufhalten, Rebeka. Warte nur ab, ich kümmere mich darum.« Als die Tür aufging, drang frische Luft herein.

»Du willst ihn damit angreifen?« Sie kam näher.

»Dieser Clown spielt doch nur mit uns.« Ralf trat vor die Tür. Gerade war der Kerl nicht zu sehen. »Dem werde ich gleich die Maske vom Kopf reißen. Du wartest hier und schaust zu. Das Problem ist gleich gelöst.«

Ach so, dachte Rebeka. Vor der offenen Tür blieb sie stehen.

Ralf ging die Stufen hinunter und schritt über die grüne Lichtung. Immer weiter vom Haus weg.

Rebeka merkte, wie ihre Arme kalt wurden. Ihr Herz pochte.

Dann kam er. Der Kerl. Er kam von rechts und näherte sich schnell. Der dunkle Rauch trat ihm aus dem Rohr im Kopf und er richtete seine grässlichen Augen direkt auf Ralf …

14. Ralf Ritter

1.

Diesem Mistkerl würde er schon zeigen, wo der Hammer hing.

Mit der Gardinenstange blieb Ralf auf der Lichtung stehen. Rechts sah er Rebeka. Sie würde keine große Hilfe sein.

Der seltsame Kerl kam näher. Seine schrecklichen Augen richteten sich direkt auf ihn.

Mein Gott. Er ging leicht in die Knie. Was war das für ein Kostüm? Es sah so … echt aus, was ja eigentlich nicht sein konnte. Und was sollte dieser Rauch … Verrückt!

Weit weg war der Kerl nicht mehr. Zehn Meter vielleicht, neun, acht …

Der Kerl kam näher …

»Hören Sie!«, rief Ralf. »Ich möchte mit Ihnen reden, okay? Nur reden, mehr nicht!« Ralf trat einen Schritt zurück.

Sechs, fünf …

»Warten Sie doch! Hallo? So lassen Sie uns doch sprechen und wir werden eine Einigung erzielen. Ich besitze Geld, ich kann Sie bezahlen, wenn es das ist, was Sie möchten!«

Drei, zwei …

Ralf sprang zurück. *Oh scheiße*. Die Augen, diese schrecklichen Drahtaugen … Sie ließen keinen Zweifel zu. »Scheiße!«

Der Kerl streckte seine enormen Hände aus. Ralf sprang nach links. Hastig schwang er den Stab, aber verfehlte die Gestalt. Diese drehte sich um und hastete wieder auf ihn zu. Ihr Mund ging auf und darin lagen keine Zähne, keine Zunge. Lediglich rotes Fleisch.

Wer zum Teufel …

Erneut wich er aus. Ralf duckte sich nach links weg und glitt am Arm des Angreifers vorbei. »Daneb -« Eine Faust traf seine Brust. Ralf fiel nach hinten und ließ die Stange los. Keuchend landete er im Gras.

So ein Dreck.

Mühevoll stemmte er die Hände auf den Boden, während der Kerl näherkam. Seine grässlichen Augen funkelten.

»W-wer sind Sie?« Ralf kroch rückwärts.

Die Gestalt kam auf ihn zu. Ralf schrie und drehte sich auf den Bauch. Etwas packte ihn am Fuß.

Ruckartig drehte Ralf den Kopf herum.

»Neeein! Lassen! Sie! Mich!« Er trat zu und traf den Kerl am Arm. Der Griff um seinen Fuß lockerte sich. Ralf zog den Fuß aus der Umklammerung. Dann sprang er auf die Füße und rannte Richtung Haustür.

Oben trat Rebeka beiseite.

»Aus dem Weg!«, schrie er.

Drinnen drehte er sich nochmal um. Weiter hinten stand der Kerl und sah ihn an, während sich die Augen in seinem Gesicht drehten. Dann lief er wieder los und um das Haus herum, als wäre nichts geschehen.

Im Flur sackte Ralf zu Boden. Sein Atem ging schnell und seine Sicht verschwamm.

Das war zu viel …

15. Rebeka Ritter

1.

Rebeka musterte das Display ihres Handys. Eine Stoppuhr lief darauf.

Geduldig wartete sie, bis dieser Unhold – *ein ganz passender Name* -, wieder auftauchte. Durch das Fenster im Wohnzimmer beobachtete sie, wie der Unhold näherkam und noch weiter. Dann … *zack* … tippte sie auf den Bildschirm. Die Zeit stand still.

25 Sekunden, dachte sie. So lange brauchte die Gestalt also, um das Haus komplett zu umrunden. Demnach hätte sie fünfzehn Sekunden Zeit, um ihren neuen Fluchtplan umzusetzen.

Okay. Los geht's.

Sie ging zum Sofa und streifte ihre Handtasche über. Dann nahm sie den Koffer. Entschlossen stieg sie über Ralf hinweg, der im Flur auf dem Boden lag, und stellte den Koffer vor der Haustür ab.

Ralf atmete laut. »W-was tust du da?«

»Ich kümmere mich um meine Flucht«, sagte sie.

»W-was? Welche Flucht?«

»Ralf, ich brauche deine Autoschlüssel.« Sie drehte sich zu ihm. Wie er dalag, so weißlich, klein, ärmlich … Sie streckte die rechte Hand aus. »Den Schlüssel, bitte.«

Er lächelte und wandte den Blick ab. »Du träumst doch.«

Sie fühlte Wut aufsteigen. »Ralf! Ich habe einen Plan und ich brauche jetzt den Schlüssel! Also los!«

»Neeeein!«, rief Ralf laut. »Du lässt mich hier nicht zurück.«

Rebeka seufzte. »Okay«, sagte sie ruhig. »Dann komm mit!«

Er hob eine Augenbraue. »Wohin?«

»In dein Auto, verdammt! Wir fahren hier weg, wenn der Unhold hinter dem Haus ist.«

»Diese Augen«, flüsterte Ralf. »Diese … Augen. Was ist das nur? Ich habe so etwas noch nie gesehen … Und wie hast du ihn genannt? Unhold? … Wie passend.«

Rebeka seufzte. »Ralf! Ich will hier weg, also beweg dich jetzt!«

Er hustete. »Wie genau soll das denn funktionieren? Wir können doch nicht einfach da raus.«

»Doch!« Sie kam näher. »Sobald der Unhold links um die Ecke verschwunden ist, rennen wir zum Auto und fahren weg von hier. Ich habe die Zeit gemessen!« Sie hielt ihm ihr Handy hin. »Es reicht aus.« Sie steckte es wieder zurück in ihre Hosentasche.

Ralf schien nachzudenken. Dann meinte er: »Hm, vielleicht klappt das ja doch.« Er keuchte, während er auf die Füße kam. »Gott, mein Kreislauf.«

»Hol deinen Koffer und wir verschwinden. Mach schon!«

»Ja, ja, ich gehe.« Er ging die Treppe hinauf.

Wenig später kam er die Stufen wieder herunter. In der Rechten hielt er seinen Koffer. Auf dem Gang blieb er stehen, öffnete den Koffer und legte seine kaputte Büchse hinein.

Dabei fiel Rebeka die mit schönen Schnitzereien verzierte Holzkiste auf.

Interessant, dachte sie.

Ralf schloss den Koffer. »Und was jetzt?«

»Warte …« Sie eilte zurück ins Wohnzimmer und blieb vor dem seitlichen Fenster stehen. Nicht lange, dann kam der Unhold angerannt. Er kam näher, noch näher …

Als er eine bestimmte Stelle erreichte, drückte Rebeka die Stoppuhr auf ihrem Handy.

»Okay!« Schnell rannte sie zurück, während Ralf die Haustür öffnete. »Los jetzt. Wir müssen uns beeilen!« Sie nahm ihren Koffer und gemeinsam verließen sie das Haus. Links, an der Häuserecke, sah Rebeka den Unhold verschwinden. Jetzt hatten sie noch zwanzig Sekunden, bevor er von der anderen Seite wieder auftauchte …

2.

»Beeil dich!«, flüsterte Rebeka und bewegte sich über das Gras Richtung Auto.

Ralf schloss die Haustür und rannte die Stufen hinunter.

Mit dem Koffer hechtete Rebeka auf den Wagen zu und bevor sie ihn erreichte, war ein Klicken zu hören, was die Lichter anspringen ließ.

Rasch öffnete sie die hintere Tür und warf den Koffer hinein. Dann rannte sie um das Auto herum zum Beifahrersitz. Hinter sich hörte sie, wie Ralf seine Fahrertür öffnete und sie hinter sich wieder schloss. In der rechten Hand hielt sie das Handy ...

Acht Sekunden blieben noch.

Eilig zog sie an der Klinke der Beifahrertür.

Was zum ...?

Sie zog erneut. Nichts.

Die Tür ging nicht auf.

Hektisch sah sie durch das Glas, aber da war nur Ralf, der sie mit einem halben Lächeln ansah. Rebeka erstarrte. Nein ... Nein, das konnte er nicht ernst meinen.

»Ralf! Mach die Tür auf!« Sie holte aus und schlug gegen das Glas. Nichts. Die Scheibe hielt.

»Verdammt nochmal, RAAALF!« Sie sah auf ihre Stoppuhr. Nur noch drei Sekunden ...

Plötzlich kam der Unhold angerannt. Wie ein Schatten erschien er hinter der rechten Hauswand und kam mit schnellen Schritten auf sie zu.

Panik stieg in ihr auf und schnürte ihr den Hals zu. Taumelnd wankte sie zurück ...

Sie war verloren ...

16. Ralf Ritter

1.

Es musste sein, dachte Ralf und startete den Motor. Er schaltete in den Rückwärtsgang.

Wie sie schon schrie, so kindisch, mit der Handtasche über der rechten Schulter. Aber was hätte er denn machen sollen? Im Schlaf hatte er sie schon nicht umbringen können, im Wald auch nicht – wenngleich der Schuss sie nur knapp verfehlt hatte.

Dann eben auf diese Weise.

Langsam rückte er mit dem Wagen nach hinten, während Rebeka neben dem Auto herlief. Wütend schlug sie gegen die Scheiben. Dabei schrie sie aus vollem Hals.

Jaaa … Perfekt war das nicht, aber damit müsste er sich wenigstens nicht selbst die Hände schmutzig machen.

Man, man, man … Sie war doch verrückt.

Er stoppte den Wagen und schaltete in den ersten Gang.

Auf nach Hause, dachte er.

Er gab Gas. Der Wagen brauste, aber bewegte sich nicht von der Stelle. Hä? Verwirrt sah Ralf sich um. Plötzlich tauchte Rebeka wieder auf. Sie taumelte zurück, Schritt für Schritt, den Mund geöffnet. Was zum …

Erneut drückte er das Gaspedal durch. Der Motor rauschte. Die Reifen gruben sich in den Boden. *Sag mal* … Verärgert sah er in den Rückspiegel.

»Scheiße nein!«

Die Augen waren wieder da. Diese schrecklichen Drahtaugen. Der Unhold stand hinter seinem Auto und … hielt es … gepackt?

Aber das war doch nicht … !

»Scheiße nochmal!« Ralf hörte auf, Gas zu geben, und schaltete in den Rückwärtsgang. Dann presste er den Fuß wieder auf das Pedal. *WUUUURRRR*, brauste der Wagen auf.

Plötzlich schallte es laut und Scherben flogen durch das Auto. Zwei lange Arme fassten hinein, griffen zu. Ralf schrie. Gleichzeitig füllte sich der Innenraum mit dunklem Rauch.

»Aaaaaaah!« Rasch schaltete Ralf zurück in den ersten Gang und drückte auf das Pedal. Der Wagen rückte ein Stück vor, aber nicht viel.

»Lass iiiiihnn loooooos!« Ralf drückte das Pedal durch. Der Wagen rauschte auf und dann glitt die Frontschürze nach oben. »Aaaaah!« Ralf hielt das Lenkrad fest, während ihm der Rauch ins Gesicht wehte. Glücklicherweise ragte der Unhold nicht mehr vollständig in den Wagen herein.

Verdammt nochmal, das konnte doch nicht …

Dann raste der Wagen vorwärts.

Ralf hörte sich atmen. Er spürte den Schweiß, der ihm von der Stirn tropfte. Der Geruch nach Benzin stieg ihm in die Nase.

Mit einem gewaltigen Satz raste der Wagen voraus. Ralf sah in den Rückspiegel. Dort … Nein … Es war Rebeka. Verstohlen hechtete sie zum Haus zurück und … verschwand im Inneren.

2.

»Aaaaaaaah!« Ralf riss den Mund auf und drehte das Lenkrad nach links. Der Wagen glitt mit brechender Geschwindigkeit an den vorderen Bäumen vorbei. »Scheeeeeiße!« Wind raste herein. Plötzlich war von links der Unhold zu sehen, der in seine Richtung kam. Ralf steuerte den Wagen um und drückte mit beiden Beinen auf die Bremse, aber da klemmte etwas.

»Nein, nein, neeein!« Mit Wucht donnerte er in die Parküberdachung, die hinter ihm zusammenstürzte.

»SCHEIßE!« Eilig wich er der Häuserwand aus, was den Wagen zum Schlingern brachte. Dadurch glitt er hierhin, dorthin, rechts, links. Mühevoll trat er gegen die Pedale, aber der Wagen wurde nicht langsamer. Diese verdammten … Er sah hinunter, aber da unten war nichts zu erkennen, es …

Er sah wieder hoch.

»SCHEEEEEEIße!« Mit beiden Armen verdeckte er sein Gesicht.

BRAAAAAAAZZZZSCH.

Mit Wucht knallte der Wagen gegen die nördlichen Bäume. Es knallte und Glas splitterte durch die Luft. Etwas traf ihn im Gesicht, an den Armen, den Beinen. Schmerzen fluteten seinen Körper.

Dann war da nur noch ein Piepen.

Pieep. Pieep.

Pieep. Pieep.

Da waren Äste, ziemliche viele sogar. Ein besonders dicker Ast ragte in das Auto, während grauer Rauch von dem Wagen aufstieg.

Pieep. Pieep.

Du musst hier aus, hörte er es in seine Gedanken rufen. *Sofort*!

Stöhnend fasste sich Ralf an den Kopf. Das meiste war noch dran. Die Nase, der Mund, die Augen. Seine Sicht klärte sich etwas. Vor ihm erschien die zerstörte Armatur, dann der Baum, in den er gefahren war. Jetzt war der Stamm etwas nach hinten gebogen und zur Hälfte geknickt.

Pieep. Pieep. Ein rotes Licht leuchtete auf der Armatur.

Da war Blut an seiner Hand.

Der Unhold?, dachte er unvermittelt. Wo war er hin? Blinzelnd sah er in den Rückspiegel, aber den gab es nicht mehr.

»Mist!« Er öffnete die Fahrertür und als sie zurückschlug, löste sie sich aus der Halterung und fiel in das Gras. *Na toll.* Dabei war der Wagen nicht so alt.

Erneut musste er blinzeln, als ihm der Wind Tränen in die Augen brachte.

Wo war der Unhold?

Er torkelte aus dem Wagen und streckte den Rücken durch. Es knackte, als sich seine Muskeln dehnten. Ächzend richtete er seinen Blick nach vorne.

Da war er. Der Unhold …

3.

Er kam angelaufen, während ihm dunkler Rauch aus dem Kopf stieg.

»Scheeeeeiße!« Ralf fasste sich an den Hals. Panisch sah er sich um.

Im Wind bauschte sich der blaue Mantel des Unholds auf.

Ächzend kletterte Ralf auf die Frontschürze seines Autos. Seine Glieder schmerzten.

Als der Unhold den Wagen erreichte, richteten sich seine grässlichen Augen auf ihn.

Er will mich töten. Dieses Wesen … Es war unmenschlich.

Langsam öffnete der Unhold den spröden Mund. Da war wieder nur Fleisch. Rotes Fleisch.

Dann schritt er nach rechts, am Auto entlang. Ralf wartete. Er musste den richtigen Moment abwarten, der …

Schweiß tropfte ihm von der Stirn.

Näher kam der Unhold, noch näher. Eine Hand legte er auf den Wagen. Dann sprang er hoch.

Ralf schrie, kippte und landete auf der anderen Seite im Gras. Hastig rappelte er sich auf und rannte los. So schnell er konnte, steuerte er das Haus an.

An den Überresten der Autoüberdachung bog er nach rechts ab.

Waren da vielleicht Schritte hinter ihm? Vielleicht war der Unhold ja direkt an ihm dran?

Nein! Er wollte es nicht wissen.

Dort vorne war die Tür. Eilig sprang er die drei Stufen hinauf und warf sich gegen sie. Sicherlich war sie verschlossen …

Nein.

Sie ging auf.

Keuchend flog Ralf ins Innere und schloss die Tür hinter sich. Jeder Winkel seines Körpers brannte wie Feuer.

Dieser Kerl hatte ihn nicht gekriegt, dachte er. Gut so … Das war …

Er drehte sich um. Ein Holzbrett traf ihn im Gesicht. *Wuuuum.*

Ralf fiel nach hinten.

17. Rebeka Ritter

1.

»Hallo? Duuu … aufwachen!« Sie schnippte ihm vor dem Gesicht herum. Ralf zuckte zusammen und blinzelte. Hörbar zog er die Nase hoch, dann sackte sein Kopf wieder hinunter.

Rebeka seufzte. Das nervte. Seit einer Stunde hing Ralf jetzt schon in den Seilen. Dabei war der Schlag gegen seinen Kopf gar nicht so fest gewesen.

»Hey!«, rief sie. Die linke Faust stemmte sie in ihre Hüfte. »Haaallo?«

Ralf grunzte. Er blinzelte und dann schien er wacher zu werden. Ein Auge öffnete sich ganz, schloss sich wieder. Dann das andere.

Dann riss er beide auf. »Was zum ...« Er bewegte die Arme, die Beine. »R-ebeka … was?«

Rebeka trat um ihn herum. Nachdenklich tippte sie sich gegen das Kinn.

»Was … was soll das?« Es schien ihm aufzufallen. »Fesseln? Ich bin gefesselt? Spinnst du total?«

Rebeka umrundete den Stuhl und kam vor ihm wieder zum Stehen. Nachdrücklich beugte sie sich vor.

Sein Gesicht war rot angelaufen. Er grummelte leise und kochte scheinbar.

»Hallo, Ralf. Schön, dass du es zurück unter die Lebenden geschafft hast.«

»Was fällt dir ein, duu … Dafür sollte ich dich verprügeln.«

Rebeka lachte. »Immer noch der mit den großen Sprüchen. Die passen aber gerade gar nicht zu dir.«

Ralf rüttelte an den Fesseln. Er saß auf einem der Holzstühle aus der Küche, den sie im ersten Stock vor der großen Glasscheibe positioniert hatte. Seine Arme und Beine waren gefesselt und sie hatte ihm auch noch einen Strick um den Hals gebunden.

»Weißt du eigentlich, wie schwierig es war, dich die Treppen hochzuschleifen?«, fragte sie. »Und das, obwohl du so *klein* bist.«

»Fick dich doch!«

»Fick dich selber.«

Er rüttelte an den Seilen.

»Hör auf damit! Das wird dir nichts nützen. Dafür habe ich gesorgt!«

»Ach ja?« Er wand sich hin und her. »Das hast du dir ja schön einfallen lassen, Rebeka. Mich hier zu fesseln, aber das wird dir nicht viel bringen. Früher oder später komme ich los.«

»Vielleicht … vielleicht auch nicht.« Rebeka zuckte die Achseln. »Fürs Erste sitzt du fest und das ist gut so. Hätte nicht gedacht, dass du es nochmal aus dem Autowrack herausschaffst.« Sie lächelte.

»Glaubst du, so etwas hält mich auf? Dieser Dreckswagen und dieser Dreckskerl da draußen!«

»Der Dreckskerl bist du!«, zischte Rebeka. »Aber immerhin hat er dich davon abgehalten, davonzufahren und ich weiß immer noch nicht, ob ich mich darüber freuen soll oder nicht.«

Ralf kicherte. »Das hättest du wohl gerne, oder?«

Sie beugte sich zu ihm vor. »Du bist ein Monster, Ralf Ritter. Ein ganz mieses, dreckiges Schwein. Mir hätte eigentlich von Anfang an klar sein müssen, was du vorhast.«

»Und was? Was hätte dir denn klar sein müssen, he?«

»Du willst mich umbringen.«

Er schwieg.

»Ich weiß nicht warum, aber anscheinend willst du meinen Tod. Du hast im Wald absichtlich auf mich geschossen und du hast mich gerade diesem … diesem Unhold ausgeliefert. Du hast mich überhaupt erst hierher gelockt und du bist in der Nacht in meinem Zimmer gewesen, gib es zu!« Sie schüttelte den Kopf. »Hast dich reingeschlichen, als ich vergessen hatte abzuschließen.«

Ralf verzog keine Miene. »Rebeka, das ist doch Unsinn.«

»Ach ja? Was war denn das da draußen? Als du die Autotür verriegelt hast?«

»Das war ...« Ralf ließ seine Augen kreisen. »Panik, mehr nicht. Ich habe in dem Moment nicht gemerkt, dass du die Tür nicht aufbekommst.«

»Ich habe gerufen!«, beharrte Rebeka. »Ich habe geschrien, aber du hast nur gelächelt. Allein dafür sollte ich dich zerschmettern! Du wolltest mich hier zurücklassen!«

Ralf schüttelte den Kopf. »Nein, Rebeka. Die Tür hat geklemmt, ich war in Panik und bin losgefahren, um diesen Kerl über den Haufen zu fahren, wirklich.«

Rebeka tippte sich gegen das Kinn. »Die Tür an deinem perfekten Wagen hat geklemmt, interessant.«

»Jetzt hör doch auf und mach mich los!« Er rüttelte wieder an den Fesseln. »Meine Beine schlafen ein.«

»Vergiss es!«

Ralf stieß hörbar die Luft aus. »Rebeka, auch wenn es anders aussehen mag, aber ich wollte…«, er suchte nach Worten, »ich wollte dir mit diesem Ausflug einfach eine Freude machen. Gerade weil es in letzter Zeit nicht so gut zwischen uns lief. Und damit du mal aus deiner Schreibstube rauskommst und etwas anderes siehst. Glaub mir das.«

Rebeka blickte aus dem Fenster. Draußen lief der große Kerl über die Wiese. Er hielt den Blick nach vorne
gerichtet, die Arme leicht angezogen.

»Er … er ist kein Mensch«, raunte Rebeka. »Das ist
etwas anderes.«

Ralf räusperte sich. »Diese Nonne hat etwas Ungutes
vor, Rebeka. *Sie* hat uns diesen Kerl auf den Hals gehetzt. Vermutlich aus Rache, da sie uns für den Tod
des Jungen bestrafen möchte.«

»Dich!«, korrigierte Rebeka. »Nicht mich. Dich. *Du*
hast ihn ermordet.«

»Es war ein UNFALL, verdammt! Warum geht das
nicht in deinen Kopf!«

Rebeka ballte die Hände zu Fäusten. »Hör zu, Ralf …
du sagst mir jetzt sofort, warum du mich umbringen
willst, sonst …«

»Sonst was? Willst *du* mich sonst umbringen?«

Rebeka lief hinter ihn und hob das Küchenmesser auf,
das sie dort auf den Boden gelegt hatte.

Damit trat sie vor ihn.

»Was … was soll das? Was machst du da? Hey!« Ralf
fixierte die scharfe Klinge. Dann sie. Dann die Klinge.
»Das wagst du nicht!«

»Wirklich?« Sie trat einen Schritt vor. Das Messer hielt
sie ihm an die Kehle. »Gib mir einen Grund, Ralf …
einen Grund, es nicht zu tun!«

»Ich hätte einige für dich«, krächzte er, den Kopf nach
hinten gestreckt. »Sieh mal raus. Wie wäre es damit!«

Rebeka zog die Stirn kraus. Dann drehte sie sich um.
Ließ das Messer fallen.

»Scheiße!«

2.

Ralf holte tief Luft. »Da kommt er ja endlich und pünktlich noch dazu.«

Rebeka schnaubte verächtlich. »Halt den Mund, ich muss nachdenken.«

»Dann aber schnell, bevor ihn der … Unhold holt. Er ist nämlich stark, weißt du. Sehr sogar!«

Der Makler näherte sich in seinem Wagen dem Haus. Gerade war der Unhold nicht zu sehen, aber das würde sich ändern. Und dann? Sie hatten nur noch Sekunden.

»Scheiße!« Sie lief los, die Treppe hinunter.

»Und grüß ihn von mir, Liebes.«

Hastig bewegte sie sich zur Haustür, öffnete und trat hinaus. Noch war der Unhold nicht zu sehen, aber … Mein Gott … Ihr brach der Schweiß aus.

Vor dem Haus parkte Kasimir den Wagen und öffnete die Fahrertür. Dann stieg er aus.

»Kasimir!« Rebeka schwang die Arme.

Neben der offenen Wagentür blieb der Makler stehen und legte sich eine Hand gegen die Stirn. »Ah, Frau Ritter, schön Sie zu sehen. Wie geht es Ihnen? Hat Ihnen der Aufenthalt gefallen? Tut mir leid, dass ich etwas später -«

»Halten Sie den Mund und kommen Sie her. Schnell!«

»Äääh ...«

Dieser Idiot. Ihr Blick ging nach rechts, zu der seitlichen Hauswand. Noch war der Unhold nicht zu sehen. *Scheiße, Scheiße. Scheiße.*

»Heeey! Kommen Sie her. Na los! Sie sind in Gefahr!«

Kasimir schloss die Wagentür. Er trug wieder diesen dunklen Rollkragenpullover sowie die schwarze Hose.

»LOOOOS!«, schrie Rebeka. Wieder sah sie nach rechts. Der Unhold rückte heran und als wäre der Makler auf ein magisches Feld getreten, blieb er plötzlich stehen und winkte dem Unhold zu …

18. Ralf Ritter

1.

Ralf sah Kasimir in seinem Auto heranfahren. Entschlossen zog er an den Fesseln, aber sie lösten sich keinen Millimeter. Scheiße! Was sollte er jetzt machen?

Hektisch sah er sich um. Rechts befanden sich Rebekas Zimmer und das Bad. Links führte der schmale Gang zu den anderen Räumen. Draußen fuhr der Makler heran, und …

Moment.

Ralf keuchte. Dort, auf dem Boden. War das nicht …

Das Messer! Rebeka hatte es fallen lassen, als sie nach unten gerannt war. Das war die Chance.

Ralf holte tief Luft. Dann schwang er sich nach vorne auf die Beine. Ein Stück neigte er sich zur Seite und …

»Aaah!« Er kippte. Hart landete er und fühlte die Schmerzen in seinem rechten Arm.

»Scheiße.« Von unten war nichts zu hören. Anscheinend war Rebeka beschäftigt.

Glücklicherweise lag das Messer direkt vor ihm. Er musste es nur … mit einer Hand … Ralf ächzte. Die Seile schnitten in seine Haut. Angestrengt biss er die Zähne zusammen und … Er bekam das Messer zu fassen. Erleichtert atmete er aus. Gut so. Vorsichtig drehte er das Messer zwischen den Fingern und begann zu schneiden. Als er die rechte Hand befreit hatte, kümmerte er sich um die linke. Danach um seinen Hals und schließlich um seine Beine.

Mittlerweile drangen verschiedene Geräusche von unten hoch, aber das war nicht wichtig.

Ralf band sich los und hechtete in sein Zimmer. Er schloss die Tür und setzte sich auf das Bett.

»Scheiße!« Erschöpft rieb er sich das Gesicht. Er war erledigt. Zuerst die Sache im Wald, dann die gescheiterte Flucht mit dem Wagen. Und dann Rebeka …

Beinahe hätte er ihr gesagt, warum er sie tot sehen wollte. Beinahe. Hätte sie ihm nur ein bisschen nachdrücklicher gedroht, und …

Aber was jetzt? Er konnte doch nicht einfach sitzen bleiben und abwarten.

Nein, er musste etwas tun!

Schnell stand er auf und sah sich in seinem Zimmer um. Groß war es nicht. Links, an der Wand, befand sich eine kleine Kommode. Ansonsten gab es ein Fenster und einen Nachttisch. Mehr nicht.

Hm … In die Kommode hatte er noch nicht geschaut. Vor ihr ging er in die Knie und öffnete die Schiebetüren. Dann sah er hinein. Nichts … Nicht mal unnötiger Zierrat befand sich darin. Keine Waffen, nichts.

Dreck!

Es wäre auch zu schön gewesen.

»Was mache ich denn jetzt?« Nachdenklich setzte er sich neben die Kommode auf den Boden und lehnte den Kopf zurück.

PIEEP.

2.

Ruckartig riss er die Augen auf. Was war das?

Dann klickte es hinter ihm.

Plötzlich verlor er den Halt, als sich die hintere Wand vom Boden hob und in die Decke fuhr.

Mit dem Rücken landete er auf dem Boden und starrte zu der sich abhebenden Wand.

Da war … Nein … Da war noch ein weiterer Raum. Und er war voller Papiere. Sie waren überall, auf dem Boden, an den Wänden, in einzelnen Schränken … überall. Teilweise glitten sie sogar wie Federn durch die Luft.

Eines dieser Dokumente fiel langsam herunter und landete auf seinem Gesicht.

Ralf fokussierte es. Es war viel zu nahe, als dass er die geschriebenen Wörter hätte lesen können.

»Was zum …« Schnell richtete er sich auf und ließ das Papier in seinen Schoß fallen. Das … das war doch nicht möglich.

Die Kommode stand noch an ihrem Platz, aber die hölzerne Wand hatte sich vom Boden gelöst und war in der Decke verschwunden. Und das fast auf magische Weise.

Langsam drehte er sich um.

»Mein Gott …«

19. Rebeka Ritter

1.

Der Makler hob die Hand. »Hallo, Sie da? Wer sind Sie, kann ich Ihnen helfen?«

Oh nein, dieser Trottel.

»Kommen Sie her! SOFORT?« Rebeka sprang in die Luft, was ihr Schmerzen in der Seite bereitete.

Der Unhold kam näher. Seine schrecklichen Augen richtete sich zuerst auf sie, dann auf Kasimir, der immer noch winkte.

»LAUFEN SIE!«, schrie Rebeka. Währenddessen verkürzte der Unhold den Abstand zu Kasimir auf zehn Meter, neun, acht …

Sieben.

Sechs …

Unvermittelt schien Kasimir zu verstehen. Er sprang nach rechts und hechtete mit großen Schritten auf das Haus zu. Rebeka trat zurück und ließ ihn ein.

Hinter ihm verschloss sie die Tür.

Drinnen stellte Kasimir seine kleine Aktentasche ab und rieb sich das Gesicht.

»Kommen Sie mit!« Rebeka schob ihn den Gang entlang in die Küche. Dort bugsierte sie ihn auf den nächsten Stuhl und füllte ein Glas mit Wasser aus dem Hahn. Das Glas stellte sie vor ihn auf den Tisch.

Der Makler musterte sie mit Entsetzen. »W-was war das denn gerade? Und was ist mit Ihnen passiert?« Er sah sich um. »Ist das Haus noch in Ordnung?«

»Das Haus, ja«, antwortete Rebeka. Ihre Hände zitterten.

Der Makler trank sein Wasser. »Was ist hier passiert, Frau Ritter? Und wer zum Teufel ist dieser Typ da draußen?«

»Er ist kein… es ist kein Mann.« Sie lehnte sich gegen das Waschbecken. »Zumindest nicht in der tieferen Bedeutung des Wortes.«

Kasimir sah sie an. »Bitte was?«

»E-er ist kein Mensch. Er ist … ich weiß es nicht. Aber egal, was er ist, er ist eine Gefahr.«

Zum Glück war Ralf gefesselt, dachte sie. Damit war diese Angelegenheit schon mal behoben.

Kasimir schüttelte den Kopf. »Okay … Hier ist wohl einiges ins Wanken geraten. Ich wüsste jetzt gern, wer dieser Kerl ist und was hat er hier zu suchen?« Rebeka stieß ein Zischen aus. »Es … es ist etwas Schreckliches passiert …«

»Ich kann Ihnen nicht ganz folgen.« Der Makler musterte Rebeka. »Ihr Gesicht … Haben Sie sich verletzt? Geht es Ihnen gut?«

»Mein Mann … Es …«

Sollte sie Kasimir sagen, dass Ralf ein Mörder war? Dass er sie hatte umbringen wollen?

»Was ist mit Herrn Ritter?«

»Er … Er …«

Sag es! Raus damit!

Kasimir hob eine Augenbraue.

»Er wollte mich umbringen!«

20. Ralf Ritter

1.

Prüfend betrachtete Ralf die Wände dieses neuen Raumes. Besonders groß war er ja nicht. Links verfügte er über ein kleines Fenster, durch das etwas Sonnenlicht hereinfiel. Darunter stand ein Tisch, der ziemlich unordentlich aussah. Papiere lagen darauf verteilt, dazu Stifte und ein paar leere Flaschen Bier. Dazwischen prangten irgendwelche Gefäße sowie Schalen und Metallhalter.

Ganz hinten befand sich ein Schrank, der ebenfalls mit Papieren übersät war. Nur links, an der Wand neben dem Schreibtisch, befand sich eine sonderbare Stelle. Ein konzentrischer Abschnitt aus Stein, der nicht mit Papieren überdeckt war.

Aber warum nicht? Und was war das für ein Ort?

Behutsam trat er über die Papiere zu dem Schreibtisch und nahm eines der Dokumente hoch. Darauf waren mit Bleistift gefertigte Skizzen von Gesichtern zu sehen, mit großen Augen. Die geschriebenen Wörter an den Seiten, die mit Pfeilen verbunden waren, waren nicht zu entziffern.

Auf einem anderen Papier sah Ralf seltsame Schriftzeichen. Sie ähnelten chinesischen Symbolen, aber es könnte auch etwas anders sein.

Er legte das Papier ab und zog eine Schublade auf. Erneut sah er Papiere darin, aber diesmal waren sie unbeschrieben.

In der nächsten entdeckte er Bleistifte. Sie waren alle orangefarben und sauber gespitzt.

Ralf schob die Schublade zu und öffnete die letzte. Darin befand sich eine grüne Mappe sowie ein paar Ledereinbände. Vorsichtig nahm Ralf den obersten

Lederband heraus und schlug ihn auf. Darin befand sich ein Personalausweis, auf dem *Rüdiger Le Thera* stand. Weiter links prangte ein leicht unscharfes Bild von ihm.

Dieser Ausweis war alt, dachte Ralf. Und mit seinen dichten Haaren, der kleinen Nase und den noch kleineren Augen besaß Rüdiger etwas Rabenartiges.

Anscheinend ist das hier sein Büro gewesen… Eine Art geheimes Labor, das er vor der Welt versteckt hatte. Aber zu welchem Zweck?

Den Ausweis legte er in den Lederband zurück und verstaute ihn wieder in der untersten Schublade.

Dabei stieß er mit dem kleinen Finger an den Rand der Schublade … *Klick.*

RUMS.

Staub wirbelte auf.

2.

Überrascht fuhr Ralf herum. An der gegenüberliegenden Wand öffnete sich ein kleines Fach, das vorhin noch nicht da gewesen war.

Was zum ...

Behutsam trat er an das Fach und sah hinein.

»Das glaube ich nicht ...« In dem Fach befand sich eine Laterne. Sie war schmal gefertigt, weitgehend aus Glas und verfügte am unteren Rand über einen kleinen Drehgriff. In der Mitte, zentral platziert, war ein kleiner Docht erkennbar, von dem eine schwach brennende Flamme ausging. Oben war sie mit einem runden Haltering aus Metall ausgestattet.

Vorsichtig nahm Ralf sie an dem Ring heraus und musterte sie von allen Seiten. Diese Lampe schien alt zu sein, ziemlich alt sogar. Der untere opake Metallboden musste mit etwas Brennbarem gefüllt sein, damit sie leuchten konnte. Die Flamme selbst war aber nicht besonders stark.

Aber warum hatte Rüdiger sie hier eingesperrt?

Dabei sah die Lampe gar nicht so speziell aus. Eher gewöhnlich, fast schon antik.

Hm. Als er den Drehgriff betätigte, ging die Flamme aus. ZACK.

Interessant. Erneut drehte er an dem Griff und das Licht ging wieder an. WUSSCH.

Sehr, sehr interessant.

Er sah nach rechts, zur hinteren Tür. Zuckte zusammen.

Verdammt! Kasimir! ... Den hatte er komplett vergessen.

21. Rebeka Ritter

1.

»Er wollte … WAS?«

Rebeka nickte. »Ja, und deshalb musste ich ihn fixieren.«

Kasimir rieb sich das Gesicht. »Wissen Sie eigentlich, wie verrückt das klingt?«

»Ja, schon. Aber es ist die Wahrheit. Er ist gefährlich und Sie und ich müssen uns jetzt etwas einfallen lassen.«

»Wo … wo …« Ihm klappte der Mund auf.

Ein Geräusch.

Sie drehte sich um, sah durch das Fenster hinaus.

»Mein Gott!« Der Unhold. Er rannte auf das Haus zu.

»SCHEIßE!« Rebeka wich von der Armatur zurück.

Der Unhold hatte die Arme ausgestreckt und steuerte die Haustür an.

Neeeeein …

Jetzt war alles aus.

»Was passiert hier?« Kasimir sprang auf, was den Tisch zum Zittern brachte.

Der Unhold kam näher, noch näher …

Unvermittelt korrigierte er sich und entfernte sich wieder. Dann verschwand er aus ihrer Sicht.

Erleichtert atmete Rebeka aus. Ihr Puls raste noch.

Was … war das gewesen? Ein Kloß bildete sich in ihrem Hals. Hätten sie nicht gerade sterben sollen? Sie alle? Auch Kasimir? War der Unhold nicht gerade durchgedreht?

Das war doch verrückt.

»Können Sie mir das erklären?«, fragte Kasimir heiser.

»Und wo ist Ihr Mann gerade?«

Rebeka räusperte sich. »Moment. Ich bin sofort wieder da.« Sie wandte sich ab.

»W-wo wollen Sie hin?«

»Warten Sie hier!«, rief Rebeka. »Ich bin sofort wieder da.«

Sie verließ die Küche und eilte die Treppe hinauf. Höher, noch ein Stück. Dann erstarrte sie.

Ralf war weg. Der Stuhl lag auf dem Boden, genau wie die Seile.

Zudem fehlte das Messer …

22. Ralf Ritter

1.

»SCHEIßE!«, hörte er Rebeka von unten.

Verdammt, dachte Ralf. Da passierte etwas. Rasch legte er die leuchtende Lampe in das Fach zurück.

23. Rebeka Ritter

1.

Sie hörte ein klickendes Geräusch. Es kam von links.

Zögerlich schlich Rebeka zu Ralfs Zimmer und legte eine Hand auf die Klinke. Von dahinter war etwas zu hören. Etwas … Leises.

Sie öffnete die Tür einen Spalt und sah hinein. Ralf stand vor der rechten Wand in einem erweiterten Bereich voller Papier.

Aber … dieser Bereich war doch vorhin noch nicht da gewesen …

Gerade schloss er ein kleines Fach in der Wand, aus der der Ansatz einer … War das eine Lampe? … zu sehen war. Dann drehte er sich in ihre Richtung.

Sie zog den Kopf zurück. So leise wie möglich schloss sie die Tür.

Mist. Er hatte sich von dem Stuhl befreit.

Und was jetzt?

24. Ralf Ritter

1.

Ralf ging zurück zu der Kommode. Irgendwie musste sich diese Wand doch wieder verschließen lassen.

Er prüfte die Kommode von rechts, dann links. Von oben, unten. Er öffnete die Schiebetüren und spähte hinein und dort, ganz hinten, am Rand, war etwas. Es war schmal, nicht besonders auffällig.

Ächzend streckte er seinen Arm aus und berührte den Knopf.

Dann rauschte es.

Ralf zog den Kopf aus der Kommode und sah die obere Wand nach unten fahren.

Magisch, dachte er. Er stand auf, wartete, bis die Wand unten war und suchte dann nach der Stelle, durch die er vorhin den Mechanismus aktiviert hatte. Mit den Fingern tastete er über die Wand, strich die einzelnen Partien ab, ging nach oben, nach unten, bis er … Kaum mehr als eine schmale Erhebung … eine Art Knopf. Da war er auch schon … Direkt neben der Kommode und gut lokalisierbar.

Sehr gut. Jetzt hatte er alles. Er nahm das Messer vom Bett und trat aus dem Zimmer.

Was wohl Rebeka in der Zwischenzeit getan hatte? Eilig ging er die Treppe hinunter.

Sie würde sowieso gleich etwas erleben …

25. Rebeka Ritter

1.

»Er kommt, seien Sie gewarnt!« Rebeka eilte in die Küche zurück. Ihr Puls raste.

»Wer kommt?« Kasimir zuckte die Achseln.

»Ralf!« Hastig trat sie vor die hinteren Schubladen, öffnete eine und wühlte in ihr herum.

»Was tun sie da?«

Ein dickes Messer fiel in ihren Blick. Es war lang, scharf, spitz. Sie griff danach und fuhr herum. Kasimir machte große Augen. »W-was haben Sie denn damit vor!«

Da waren Schritte auf der Treppe. Jemand näherte sich.

Rebeka streckte das Messer aus. »Achtung!«

Schritt, Schritt, Schritt … tap, tap, tap …

Ralf erschien in der Küche …

26. Ralf Ritter

1.

Ralf bog nach rechts in die Küche und blieb stehen. Der Makler war da. Er stand neben dem Tisch und musterte ihn mit großen Augen. Bei den hinteren Schränken entdeckte er Rebeka. Sie hielt ihm ein Messer entgegen. In ihren Augen lag Anspannung.

Dieses Miststück …

Ralf rannte vor. »Du …« Er schwang sein Messer.

»Hey!« Kasimir warf sich vor ihn. »Hey, Herr Ritter!« Er hielt ihn am Arm fest. Rebeka schnitt mit ihrem Messer durch die Luft. Sie zitterte.

Verdammt, dachte Ralf. Was sollte das denn jetzt?

Ralf trat zurück. »Gut …« Er atmete aus. »Ich mache nichts.«

Kasimir bedachte ihn mit einem fassungslosen Ausdruck. »Mein Gott, was ist denn in Sie gefahren!«

»Ich habe doch gesagt, dass er gefährlich ist!«, rief Rebeka. »Sehen Sie. Ich hatte es gesagt!«

»Du hast mich niedergeschlagen und gefesselt!« Ralf hörte das Klopfen seines Herzens.

»Du wolltest mich umbringen!«

»Okay, das reicht!« Kasimir ließ ihn los. »Hören Sie auf, sofort! Sie reißen sich jetzt beide zusammen!«

»Du kommst mir nicht zu nahe!«, drohte Rebeka. »Oder ich steche zu!«

Ralf zog den nächsten Stuhl heran und setzte sich.

Dafür würde das Miststück noch büßen … Früher oder später würde sie für das alles bezahlen.

Kasimir verschränkte die Arme vor der Brust. »Hören Sie, ich weiß nicht, was hier los ist, aber ich komme hierher und was sehe ich …« Seine Hand richtete sich auf Rebeka, dann auf ihn. »Sie sind am Durchdrehen und hier sieht es aus wie …« Er wandte sich Ralf zu. »Damit das klar ist. Für die Zustände hier kassiere ich Ihre Kaution, da können Sie sicher sein.«

Ralf winkte ab.

Der Makler trat einen Schritt zurück und deutete zu dem seitlichen Fenster. »Und was zum Teufel ist eigentlich da draußen los?«

Ralf holte tief Luft. Dann hob er den Kopf und lächelte. »Herzlich willkommen, Kasimir. Ich glaube, dass wir uns ruhig duzen können. Denn wir sitzen jetzt alle im selben Boot.«

Kasimir sah verwirrt drein. »Bitte was?«

»Wir sitzen hier fest!«, antwortete Ralf.

Rebeka deutete zu dem Fenster. »Sie sind jetzt mit dabei. Dieser Unhold lässt uns nicht mehr raus.«

Kasimir runzelte die Stirn. »Was genau ist hier passiert?«

»Es war nicht geplant«, sagte Ralf. »Zuerst haben wir die Nacht in diesem Haus verbracht. Alles friedlich und ordentlich.«

Rebeka hielt das Messer erhoben.

»Und am nächsten Morgen gingen wir Jagen«, fügte Ralf an.

»Und? Ist das etwas Schlimmes?«

»Es gab einen …« *Sag es nicht. Denn wenn du es sagst, dann verrätst du, was passiert ist, und dann hat er dich in der Hand.*

»Jaaa?«, bohrte Kasimir nach.

»Es gab einen Unfall«, sagte Ralf.

»Schwachsinn!«, rief Rebeka.

»Halt deinen Mund, du!« Ralf streckte einen Finger aus. Er merkte die Wut durch seine Brust rasen.

»Er hat ihn erschossen!«, erklärte Rebeka an Kasimir gewandt.

»Der Junge lief in die Kugel!«

Sie lief rot an. »Du hast auf mich gezielt und dann den Jungen getroffen!«

»HALT!«, schrie Kasimir. Sie verstummten. »Das ist ja nicht zum Aushalten. Welcher Junge und wer hat geschossen?«

Rebeka deutete auf Ralf. »Er war es. Und es war ein Junge aus dem Wald.«

Kasimir wandte sich an ihn. »Stimmt das? Haben Sie einen Jungen erschossen?«

Ralf erwiderte Kasimirs Blick. Dieser Makler hielt sich für zu wichtig. »Er ist in meine Kugel gelaufen, so war es. Und ganz nebenbei, woher zum Teufel kommt aus heiterem Himmel ein Junge daher? Kann mir das mal einer erklären?«

Kasimir hob fragend eine Hand. »Was?« Zitternd fuhr sich der Makler über das Kinn. »Sie haben also wirklich ein Kind getötet?«

»Dieser Junge … er war einfach da, als wäre er aus dem Nichts aufgetaucht. Und er sah auch nicht wie ein normales Kind aus. Vielmehr wie jemand, der sich schon lange im Wald herumtreibt.«

Kasimir spuckte fast. »Das darf doch nicht wahr sein!« Bestürzt rückte er ein Stück weg.

»Sie wissen etwas, oder?«, fragte Ralf nachdrücklich. »Sagen Sie schon. Was genau wissen Sie?«

2.

Kasimir holte tief Luft. »Ich weiß nicht, ob es stimmt. Es ist auch schon lange her.«

»Verdammt, sagen Sie, was Sie wissen!«, brüllte Ralf. Kasimir zuckte zusammen.

»Es ist einige Jahre her«, begann er langsam. »Und während wir das Haus umgebaut haben ... Wie gesagt, es war schwer, ein Unternehmen dazu zu bewegen, sich der Renovierung anzunehmen, und entscheidend war natürlich die Distanz zur Stadt, aber da war noch was ... Ich habe es erst später erfahren, als die Arbeiten bereits im Gange waren, und es waren auch nur Gerüchte. Gerüchte zwischen den Mitarbeitern. Einer von ihnen, ein Mann, fragte mich während einer Pause, ob ich von den Menschen im Wald gehört hätte ...«

»Welchen Menschen im Wald?«, fragte Ralf.

»Scheinbar soll es sie geben. Menschen, die fernab der Zivilisation leben. Noch abgeschiedener, als Rüdiger jemals gelebt hat, und sie sollen zwischen den Bäumen leben. Aber ... Es sind nur Gerüchte, mehr nicht. Beweise gibt es keine.«

»Doch, gibt es!«, warf Rebeka ein. »Wir haben sie gesehen. Dieses Kind ... es war mit dunkler Farbe angemalt und es trug einen Lendenschurz. Und seine Mutter war auch nicht normal.«

»Die Mutter hat gesehen, dass Sie ihr Kind erschossen haben?« Kasimir schüttelte entsetzt den Kopf.

»Es war ein Unfall!« Ralf schlug auf den Tisch. »Verdammt nochmal, ich wollte kein Kind erschießen.«

»Ha!« Rebeka streckte den Kopf vor.

»Auf einmal ist dann diese Frau aus dem Nichts aufgetaucht«, fuhr Ralf fort. »Eine seltsame Person in einem dunklen Umhang. Wir sind weggerannt, aber sie hat uns verfolgt. Zum Glück haben wir es rechtzeitig ins Haus geschafft. Aber dann ging der Irrsinn erst richtig los.«

»Was genau?«

»Sie kam wieder zurück. Diese Frau. Und sie hatte diesen Kerl dabei.«

»Er ist kein Kerl«, warf Rebeka ein. »Das ist kein Mensch. Das ist …«

»Ja? Was ist er denn?«, fragte Kasimir. »Das glauben Sie doch nicht im Ernst.«

Rebeka zuckte die Achseln.

Kasimir trat vor das Fenster. »Auf jeden Fall ist mir der Typ nicht ganz geheuer. Das kann ich sagen. Was genau tut er denn da draußen?«

»Er läuft um das Haus herum«, erklärte Rebeka. »Und hält uns gefangen. Das ist sein Auftrag. Und sobald wir nach draußen gehen, versucht er uns zu töten.«

»Was?« Der Makler drehte sich zu ihnen. In seinem Gesicht lag Fassungslosigkeit.

Natürlich, dachte Ralf … aber Kasimir hatte auch nicht erlebt, was er erlebt hatte. Allein sein Auto, der schöne Opel, steckte noch halb in einem den hinteren Bäume fest.

»Er ist stark … ich habe es selbst erlebt«, sagte Ralf.

»Also hat er sie beide angegriffen?«

»Ja!«, sage Ralf.

»Gut, dann überlassen Sie das mal mir.« Kasimir löste sich von dem Fenster, ging am Tisch vorbei und Richtung Durchgang aus der Küche hinaus.

»Wo wollen Sie hin?«, fragte Rebeka. »Hey!« Ihr Blick richtete sich auf Ralf. Die Klinge in ihrer Hand zitterte.

»Ich werde mich darum kümmern. Das wäre ja gelacht.« Kasimir sah zu ihnen zurück. »Wissen Sie, als der alte Handwerker mir von den Menschen im Wald erzählt hat, habe ich das auch nicht glauben können. Warum auch? Wir haben mindestens einen Monat hier oben verbracht. Geschlafen haben wir in Wohnwagen, die bis zum Waldrand gereicht haben, so viele waren das. Es ist viel Dreck verursacht worden, die Männer waren laut, es wurde gefeiert. Glauben Sie, dass auch nur einmal einer dieser speziellen Menschen aufgetaucht wäre? Natürlich nicht. Am Ende haben wir unsere Arbeit beendet und sind gegangen. Da war gar nichts. Und was diesen Kerl da angeht … Den werde ich mir schon vornehmen. Sie werden sehen.« Er verschwand auf dem Flur.

Rebeka sah zu Ralf, der den Blick erwiderte.

Dieser Idiot. Ralf sprang auf und lief Kasimir hinterher. Nach rechts bog er auf den Gang ab, Richtung Haustür.

»Warte!«, rief Ralf, während Kasimir vor der Haustür stehen blieb. »Hey. Das ist der falsche Weg!«

»Herr Barz, wenn Sie das tun, wird er Sie angreifen, kapiert?«, rief Rebeka. Sie hielt Abstand.

Kasimir lächelte, öffnete die Haustür und trat hinaus. Anscheinend wollte er nicht hören. »Warten Sie es ab, Sie werden sehen«, sagte er. »Ich kümmere mich darum.«

3.

Draußen bewegte sich das Gras im Wind.

Ralf folgte Kasimir hinaus. Der Kerl war doch verrückt!

Links, dicht an der Häuserwand, stand Kasimirs Auto, der schöne, noch unbeschädigte Mercedes. Er war noch heil und wenn alles klappte, dann … Vielleicht könnte er damit einen weiteren Fluchtversuch starten? Dafür bräuchte er aber den Schlüssel.

»Kasimir. Lass das!« Er winkte Kasimir zu. »Verdammt, ich habe erlebt, was er machen kann. Ich habe genauso gedacht wie du und bin in die Falle geraten. Er wird dich umbringen, verstehst du! Er zerreißt dich in Stücke!«

Kasimir entfernte sich von dem Haus. Dabei drückte er selbstsicher die Fäuste in die Taille und blieb schließlich mitten auf dem Gras stehen.

»Du bringst dich um!«, rief Ralf. Er trat die Stufen hinunter und stellte sich an die Häuserwand. Hier würde ihm der Unhold wohl nichts tun.

Im Türrahmen erschien Rebeka, das Messer in der Hand. Sie sah zuerst auf ihn, dann auf Kasimir.

Plötzlich erschien der Unhold. Der dunkle Rauch trat ihm aus dem Kopf und da waren auch die schrecklichen Augen und das Gitternetz, das sein Gesicht umspannte.

Er musterte sie. Rebeka und ihn. Dann blickte er nach vorn. Zu Kasimir.

Der Makler stand auf der Lichtung, aufrecht.

Noch.

Der Unhold kam näher.

»Warten Sie, bitte!«, rief Kasimir.

Der Unhold verkürzte den Abstand auf fünf Meter, vier, drei …

Grölend riss er den Mund auf.

Ralf spürte den Schweiß über seine Stirn laufen. Das würde nicht gut enden, gar nicht gut …

Mit beiden Armen fasste der Unhold nach Kasimir, der geschickt in die Knie ging und auswich. »So warten Sie doch. Hey! Ich möchte mit Ihnen sprechen.« *Das wird aber nicht funktionieren*, dachte Ralf. Er holte tief Luft.

Der Unhold trat vor und verpasste Kasimir einen Schlag gegen die Brust. Davon kippte der Makler nach hinten und landete im Gras. Langsam kam der Unhold auf ihn zu.

4.

Mit einem panischen Ausdruck im Gesicht kroch Kasimir weiter vom Haus weg …

»Kasimir!«, rief Rebeka. Sie verschwand.

Was hat die denn jetzt vor? Dann ein Schrei. Ralf sah, wie der Unhold die Arme ausstreckte. Der Rauch, der ihm aus dem Rohr im Kopf trat, wurde dichter.

Plötzlich ging der Unhold in die Knie und griff Kasimirs Hand. Es knackte laut.

Mein Gott …

Kasimir schrie.

Jetzt würde der Makler sterben …

Höher und höher reckte der Unhold den Makler. Kasimir war zwar nicht klein, aber der Unhold war deutlich größer und stärker. Als der Makler den Boden nicht mehr berührte, bildete der Unhold mit der freien Hand eine Faust.

Das war das Ende, dachte Ralf.

Erneut schrie Kasimir und dann waren rote Tropfen an seinem Arm zu sehen. Blut. Es kam von seinen Fingern.

»Scheiße«, keuchte Ralf.

Unvermittelt kam Rebeka wieder zurück. »Was ist da los?«, rief sie. »Mein Gott!«

Der Unhold winkelte seine Faust an und …

Kasimir schlug ihm gegen das Metallgitter. Schlagartig lockerte das Monster den Griff und ließ Kasimir fallen. Er landete auf beiden Füßen, drehte sich um und rannte davon.

Ob er … *Neeein*, dachte Ralf. Aber er schaffte es. Er konnte fliehen. Nicht mehr lange, dann würde der Makler den Wald erreichen und wäre in Sicherheit. Es wäre … Oh je …

Der Unhold richtete sich auf und sah Kasimir hinterher. Den Kopf legte er leicht schräg. Dann machte er
eine schnelle Bewegung mit der rechten Hand.

»Was?« Ralf blinzelte fassungslos. »Was war das?«
Etwas flog durch die Luft. Es flog und flog und flog
und … In der Ferne stolperte Kasimir, als wäre er
über einen Stein gelaufen.

PLUMP.

Und landete im Gras.

Dann war da wieder ein Schrei. Offenbar hatte der
Unhold etwas geworfen. Aber was?

5.

»Scheiße«, flüsterte Ralf. Entschieden setzte sich der Unhold in Bewegung.

»Ach, Mist!« Rebeka löste sich von der Tür und rannte die Stufen hinab.

Überrascht sah Ralf ihr nach. »Rebeka?« Sie achtete nicht auf ihn, sondern rannte über die Wiese, auf den Unhold zu.

Anscheinend wollte sie auch sterben.

In der Ferne wand sich Kasimir auf den Boden und hielt sein traktiertes Bein. Etwas schien darin zu stecken, das im Licht der Sonne glänzte.

Unverwandt näherte sich der Unhold. Eine große, mit Kasimirs Blut überdeckte Faust ging in die Luft.

Ralf hielt den Atem an.

Neeein.

Das war nicht möglich.

Dann war da Rebeka. Hinter dem Unhold hob sie das Messer und rammte es dem Kerl in den Rücken. *Zack!* Locker schien es einzudringen. Die Klinge blieb stecken.

Krächzend wand sich der Unhold hierhin, dorthin. Rebeka eilte um den Unhold herum, packte Kasimir am Kragen und bekam ihn mit Mühe auf die Füße. Dann humpelte sie mit ihm zurück Richtung Haus.

Ralf spürte seinen Herzschlag in der Brust. Langsam schritt er die Stufen hinauf und ging in das Haus.

Anscheinend hatte Rebeka Kasimir gerade das Leben gerettet, dachte er. Instinktiv drehte er sich um und rannte die Treppe hinauf in sein Zimmer. Dort machte er die Tür zu.

Aufgewühlt setzte er sich auf sein Bett.

Sollten die beiden doch machen, was sie wollten. Der Unhold hatte gerade bewiesen, dass er nicht nur jemand war, der einfach um das Haus lief, sondern, dass er etwas viel Gefährlicheres war. Eine Art Maschine? Ein unmenschliches Wesen? Solange er um das Haus lief, würden sie nicht von hier entkommen können. Rebeka hatte also recht gehabt. Der Unhold war kein Mensch. Er war ... was auch immer.

Sein Blick fiel auf die Kommode. Dahinter befand sich der geheime Raum mit den Papieren.

Vielleicht befand sich ja dort etwas, das ihn weiterbringen könnte. Ein Geheimnis, etwas Wirkungsvolles, um den Unhold und gleichzeitig Rebeka zu erledigen?

Einen Versuch wäre es wert ... Ralf lächelte. Und eines stand auf jeden Fall fest: Er würde nicht aufgeben ...

Niemals!

27. Rebeka Ritter

1.

Du Miststück.

Tut mir leid, mein Schatz, aber das hast du verdient.

Du hast es verdient.

Du hast es verdient.

Du bist schuld!

Und jetzt … Was willst du machen? Die Polizei rufen?

Du kannst doch nicht mal dir selbst helfen!

Du kannst mir nicht entkommen.

Nein, bitte, lasst mich los!

Miststück.

Du kannst nicht gewinnen, Rebeka! Denn ich werde dich besiegen. Früher oder später. HAHA!

Die Stimme verschwand.

Aufrecht stand Rebeka vor dem großen Fenster im ersten Stock. Seit der großen Rettungsaktion von Kasimir waren einige Stunden vergangen und eigentlich hätte sie jetzt zu Hause, in der Stadt sein können, aber das war sie nicht. Nein … Sie waren immer noch hier.

Kasimir lag jetzt in einem Gästezimmer und schlief. Als sie ihn in das Haus gebracht hatte, war Ralf nicht mehr da gewesen. Vermutlich hatte er sich auf sein Zimmer verzogen … wie auch immer.

Im Anschluss hatte sie Kasimir diesen langen Pfeil aus dem Bein gezogen, den der Unhold geworfen hatte, und dann seine Wunden versorgt. Danach hatte der Makler noch die Kraft gehabt, sich in eines der oberen Gästezimmer zu bewegen, bevor er eingeschlafen war.

Schnell drehte sie sich um und sah zu den Schatten, die den Treppenbereich ausfüllten. Von dort war nichts zu hören. Ralf war nicht zu sehen. Auch seine Zimmertür war geschlossen.

Gut so.

Ob er sich dort gerade in diesem geheimen Bereich aufhielt, den er gefunden hatte? Was war das für ein Ort?

Ein Labor vielleicht? Etwas von Rüdiger, dem ehemaligen Besitzer des Hauses? Sicherlich etwas, das Fremde nicht sofort entdecken sollten, dachte sie.

Es war ärgerlich, dass ausgerechnet Ralf diesen Ort gefunden hatte. Und dass der sich in *seinem* Zimmer befand. Damit hätte er alle Zeit der Welt, um diese ganzen Dokumente zu sichten, während sie …

Nein, nein, sie würde abwarten, bis der richtige Moment gekommen war. Dann würde sie schon ermitteln, was Ralf plante. Und er hatte etwas vor, das war klar. Das hatte er schon die gesamte Zeit über gehabt … In der Nacht, im Wald … Er war ein Mörder und auch noch im Vorteil.

Draußen versuchte der Unhold, sie zu töten, und drinnen Ralf … was für eine heikle Situation ...

Die Frage war aber immer noch … Warum?

Was trieb Ralf an? Spontaner Hass? Irrationale Wut? Etwas anderes?

Als sie ihn auf den Stuhl gebunden hatte, hatte sie das Gefühl gehabt, dass er es ihr gleich verraten würde …

Dass er nachgab, aber … Vielleicht würde sie es auch nie herausfinden …

Vielleicht, vielleicht, vielleicht …

Die Scheidungspapiere steckten nach wie vor in ihrer hinteren Hosentasche. Eigentlich war es der Plan gewesen, sie ihm zu geben, aber dazu war es auch nicht gekommen.

Und wann sollte sie sie ihm jetzt geben? Morgen?

Morgen wäre Sonntag und damit der letzte Tag der Woche.

Diese Woche, hatte sie Marko noch versprochen.

Demnach müsste sie Ralf eigentlich *morgen* die Dokumente geben, aber … Sie lächelte. Das wäre idiotisch. Zumal sie ja faktisch bereits geschieden waren. Vielleicht nicht juristisch, aber nach den Erlebnissen in diesem Haus konnte Ralf nicht glauben, dass sie noch länger zusammenblieben.

Ausgeschlossen.

Ein anderes Problem war weiterhin die Flucht.

Etwas Hilfreiches gab es im Augenblick nicht und auch einen neuerlichen Versuch mit Kasimirs Auto hatten sie nicht durchführen können, da Kasimir immer noch schlief. Das Schwierige war, dass sie diesen Ort nicht nur verlassen wollte, sondern auch, dass Ralf am besten nicht mitkam … Sollte ihn doch der Teufel holen.

Nur wie? Das war die Frage.

Sie sah durch das Fenster hinaus.

Mein Gott … Da waren sie wieder. Die weißen Punkte in der Nacht. Etwas entfernt vom Haus, aber sie waren da: glühende Augen, die sie durchdringend ansahen. Als würden sie eine geheime Botschaft übermitteln.

Rasch sah sie zurück zur Treppe, aber von dort war nichts zu sehen.

Langsam drehte sie den Kopf zurück. Die weißen Punkte hingen jetzt dichter zusammen und es waren ganz bestimmt Augenpaare. Nicht eines, sondern drei, nein vier oder fünf. Vielleicht sogar zehn Paare …

Aber zu wem gehörten sie?

Vorsichtig trat sie einen Schritt näher an das Fenster heran.

Was wäre, wenn diese Augen gefährlich waren? Zwar war bisher nichts Böses von ihnen ausgegangen, aber …

Plötzlich klappten weitere Augenpaare auf, an den Bäumen, auf der Lichtung, überall. Sie erschienen an verschiedenen Stellen, mal links, mal rechts, mal in der Nähe des Waldes, mal Richtung Haus. Zahlreiche Augenpaare, die blinzelten und dieses weiße Licht abstrahlten.

Das … war magisch, dachte sie. Ihr fiel ein, was Kasimir über die Menschen im Wald erzählt hatte.

Menschen, die fernab der Zivilisation lebten.

Vielleicht, aber nur vielleicht handelte es sich bei diesen Augen ja um genau diese Menschen?

Es knirschte hinter ihr.

2.

Hastig fuhr sie zurück. Fokussierte Ralfs Zimmertür. Hatte sie sich bewegt? Wollte er herauskommen?

Schnell sah sie zum Fenster zurück, aber da waren keine Augenpaare mehr. Nichts … Als wären sie niemals da gewesen.

Sie wandte sich ab und ging in ihr Zimmer. Die Tür machte sie hinter sich zu und schloss zweimal ab.

28. Ralf Ritter

1.

Oxide. Sulfide, Salze. Metallmischungen. Chemische Zeichen. Bedeutungen. Abstriche über die Zusammensetzungen von Steinen, von Kristallen. Diamanten und Eisen.

Das hier war tatsächlich ein Labor, dachte Ralf, während er die Papiere auf dem Boden richtete.

Jetzt lagen sie auf mehrere Stapel verteilt.

Zuerst hatte er versucht, Gemeinsamkeiten zwischen den Papieren zu finden. Er hatte sich die Zeichnungen angeschaut und die Texte gelesen, aber nicht viele Überschneidungen gefunden. Auf vielen war es um Metalle gegangen. Wie sie aussahen, was sie bewirkten und so weiter. Stahl, Eisen, Gallium und noch ein paar mehr. Auch die mit Bleistift gefertigten Skizzen von Objekten, die wie Kristalle aussahen, oder Salze, waren interessant. Manche Bilder waren bis in das kleinste Detail beschrieben, andere nur grob umrissen.

Auf anderen Seiten ging es um den Gebrauch von chemischen Apparaturen. Dazwischen hatte er Hunderte von Rezepten gefunden. Darunter Tipps zur Zubereitung von gewöhnlichen Speisen wie Nudeln mit Soße, Fleisch mit Gemüse und sogar Pfannkuchen.

Oftmals waren die Texte gar nicht mehr lesbar, da die Schrift entweder zu klein, zu krakelig oder zu verwaschen war. Auf anderen war der Text zwar noch zu lesen, aber kryptisch. Auf manchen hatte er immer wieder gelesen, dass das große Geheimnisvolle passierte, wenn … Ja, wenn was? Das war die Frage …

Auf den Seiten stand, dass Rüdiger über hohe Wasserabscheider, Zuläufe und andere Verbindungen und Fassungen verfügte, in denen die Mischung – so beschrieb er – brodelte und leuchtete … Aber wo? Wo waren diese Sachen? Und was genau hatte Rüdiger hergestellt? Den Stein der Weisen etwa? Ein göttliches Elixier?

Es gab keine deutlicheren Bezeichnungen, außer einer … Ein Name …

Galgiperat.

Auf anderen Seiten hatte Rüdiger sich mit der Anatomie des Menschen beschäftigt. Er schrieb über das Gehirn, das Nervensystem, die Funktionen der Augen, ihren Aufbau. Fast jeden kleinsten Bereich ging er durch und er ließ nichts aus.

Seufzend reckte Ralf den Kopf in den Nacken.

Gerade war es früh am Morgen. Die Sonne war erst zur Hälfte aufgegangen und er hatte noch etwas Zeit, bevor Rebeka oder Kasimir wach wurden. Es war Montag und damit eigentlich der Tag, an dem sein Vorhaben hätte ausgeführt sein sollen. Das Haus, Rebeka, aber egal, wie er es auch geplant hatte, es war immer wieder in sich zusammengebrochen.

Die letzten zwei Tage waren sie sich auch alle aus dem Weg gegangen. Rebeka hatte sich um sich gekümmert und Kasimir war ziellos durch das Haus gelaufen, und während die beiden nichts wirklich Produktives gemacht hatten, hatte er sich um seinen Plan gekümmert.

Oh ja … um einen neuen Plan, der alle Probleme lösen würde.

Das wichtigste Ziel war immer noch, aus diesem Haus zu entkommen … Vor allem, dass *er* hier rauskam.

Was dann mit seiner Exfrau passierte, war noch nicht ganz klar. Es könnte alles sein, aber sterben musste sie auf jeden Fall. Besonders nach dem, was sie getan hatte.

Er nahm ein Papier vom rechten Stapel und legte es vor sich auf den Boden. Darauf war der Umriss eines kleinen Gebäudes eingezeichnet, eines Schuppens. Und nicht irgendeines Schuppens, sondern genau der, der hinter dem Haupthaus stand. Also ganz in der Nähe.

Ralf seufzte. Dummerweise musste er in diesen Schuppen gelangen, denn auf dem Papier war es deutlich eingezeichnet: *Eingang,* und dann ein Pfeil, der auf den Schuppen zeigte.

Ja, was für ein Eingang?, dachte Ralf. Aber egal ... er würde es schon noch herausfinden.

Und das war der Plan.

Sie würden das Haus verlassen: Er und Kasimir. Und während Kasimir die Koffer aus dem ramponierten Opel am Rand der Lichtung holte, würde er in den Schuppen gehen und nach dem Eingang suchen. Rebeka müsste währenddessen im Haus warten und ... warten.

Sie wäre nicht wichtig für diesen Plan. Und der Unhold? ... Ja ...

Der dürfte sie natürlich nicht erwischen, was sich von selbst verstand.

Okay. Er stand auf. Die Muskeln in seinem Rücken knackten.

Heute war ein großer Tag. Zufrieden rieb sich Ralf die Hände. Heute würde sich ihr aller Schicksal entscheiden.

29. Rebeka Ritter

1.

Wing-Wing.

Was war das? Scheinbar irgendein Geräusch. Durch den Wind vielleicht?

Langsam öffnete sie die Augen. Erschrak.

Da war helles Licht, das sie blendete, sodass sie die Augen wieder schloss. Kurz wartete sie. Dann machte sie die Augen auf … Diesmal war das Licht nicht mehr so hell.

Wing-Wing.

»Was zum ...«

Wing-Wing.

Da war es wieder, dicht über ihr. Hastig senkte sie den Kopf auf eine harte Holzliege. Sie versuchte, ihre Arme und Beine zu bewegen, aber es ging nicht. Sie war gefesselt und direkt darüber … *HILFE!* … Das gewaltige Rad einer Windmühle.

Wo kam das her?, dachte Rebeka schockiert. Das war doch …

Neeeeein …

Die Flügel des Rades waren so gigantisch wie ein halbes Haus. Vier davon bewegten sich im Uhrzeigersinn über ihr. Sie hingen an einem teilweise verfallenen und morschen Gebäude dran.

Rebeka schluckte.

Es war wieder passiert. Ein Albtraum. Das letzte Mal in der Nacht, als sie auf dem Grund des Sees weggelaufen und in einer Höhle gelandet war, in die sie das Monster mit dem Gesicht auf der Zunge verfolgt hatte. Zwar hatte sie fliehen können, aber jetzt war sie hier, in einer neuen, düsteren Gegend.

Wing-Wing.

Scheiße.

Sie musste hier weg.

Jedes Mal, wenn einer der Flügel herunterschwang, war es, als würde er sie zerteilen.

Ganz ruhig, Rebeka. Nicht durchdrehen. Denk an deine Hände!

Sie begann, an den Fesseln zu rütteln. Es waren tatsächlich Seile, alte, faulige Seile, die sie festhielten.

»Mist!« Die Liege unter ihr knirschte.

»Aaaa … Komm schon!« Ihre Kraft ging verloren. Ohne Hilfe würde sie hier nicht wegkommen. Was sollte sie jetzt machen?

In der Ferne erkannte sie einige Bäume, die im Halbkreis um das Haus herumstanden. Die Bäume standen dicht und die Wipfel reichten hoch in den Himmel.

Dann war da noch das kurze Gras, das den Boden bedeckte. Es ähnelte dem Gras auf der Lichtung vor dem Haus.

Rüdigers Haus.

Wing-Wing.

Oh, Gott … Diese verdammten Flügel. Womit hatte sie das nur verdient?

Erneut zog sie an den Fesseln, aber sie lösten sich nicht. Viel Zeit hatte sie sicherlich auch nicht mehr …

Das Monster war bestimmt schon in der Nähe und wenn es kam, dann …

Plötzlich hörte sie Schritte.

Panisch hob Rebeka den Kopf, soweit sie konnte. Sah sich um.

Wing-Wing.

»Wo bist du?«, schrie sie.

Wing-Wing.

Verdammt nochmal. Wieder hörte sie Schritte. Diesmal

deutlicher und sie kamen nicht von hinten, sondern direkt von vorn.

2.

Erneut riss sie an den Seilen, zerrte. Heftig biss sie die Zähne zusammen, sodass ein tiefer Schmerz durch ihren Kiefer raste.

Erneut hob sie den Kopf ein Stück und ... Da hinten, ein paar Meter entfernt.

Es war etwas Weißes, eine Gestalt in einem weißen Kleid, die langsam aus der Ferne in ihre Richtung kam.

Wing-Wing.

Vor dem Gesicht trug sie einen Schleier und in der rechten Hand hielt sie einen einfachen Holzstock.

Die ... die Frau in Weiß, dachte Rebeka. Erleichterung durchströmte sie wie eine warme Welle. *Jaaaa.* Doch nicht das Monster mit dem Gesicht auf der Zunge.

»Heeeey! Hallo? Hier bin ich!«, rief sie, aber die Frau reagierte nicht. Sie kam einfach näher, bis sie mit etwas Abstand stehen blieb. Den Stock nahm sie in ihre Mitte.

»H-hallo?«, fragte Rebeka zögerlich.

Wing-Wing.

»Grüß dich, Rebeka. Ich sehe, dass du wieder da bist.«

»Ich war nicht wirklich lange weg, oder?«

»Nein, in der Tat nicht. Und wie immer steckst du in Schwierigkeiten.«

»Ich kann doch nichts dafür!«, klagte Rebeka. »Verflucht nochmal, ich hänge hier fest und komme nicht mehr los und warum? Waaarum?«

»Du rennst immer noch weg, Rebeka. Glaubst du denn, dass das ständige Fortlaufen dir Ruhe verschaffen wird?«

»Ich laufe weg, weil ich keine andere Wahl habe.«

Die Frau in Weiß nickte. »Ich verstehe. Aber jetzt kannst du nicht mehr weglaufen ... Du bist ja ziemlich fest auf dieser Liege dran …« Sie hob den Stock, zeigte auf sie. Dann senkte sie ihn wieder.

Rebeka nickte.

Wing-Wing.

»Bitte. Kannst du mir nicht helfen? Vielleicht noch das eine Mal? Ich komme hier nicht von selbst los.«

»Sag, hat dir mein Rat eigentlich geholfen?«

»Welcher?«

»Ja, es waren viele bisher. Aber offenbar hast du den letzten befolgt, denn du bist nicht mehr in unmittelbarer Gefahr. Zumindest für diesen Augenblick.«

»Was meinst du?« Sie schüttelte den Kopf.

»Oh je, so knapp mit dem Leben davongekommen und keine Ahnung, warum.«

»Ich verstehe nicht, was du meinst!«

»Dann denk nach, aber schnell. Ein weiterer Augenblick ist schon wieder vorbei ...« Sie zeigte mit dem Stock in die Luft.

Rebeka sah hinauf. *NEIN*! An einem der Flügel hing das Monster mit dem Gesicht auf der Zunge dran und jedes Mal, wenn der Flügel über ihr ankam, streckte es die langen, roten Arme nach ihr aus.

»AAAAAaaaaah!« Rebeka zerrte an den Fesseln.

Wing-Wing.

Das Gesicht auf der Zunge des Monsters lachte.

»Neeeeein. Lass mich!« Sie hörte auf zu zerren und zog den Kopf ein. Mein Gott … Wenn dieses Monster sie erwischte, wäre sie am Ende.

»Ich hole dich, Rebeka«, rief die quiekende Kinderstimme. Diesmal hörte sie sich rauschend an.

»Bitte hilf mir!« Hilflos sah sie zu der weißen Frau, die dastand und keine Anstalten machte, etwas zu unternehmen.

»Rebeka. Ich glaube, dass du da diesmal selbst raus-
musst.«

»Was? Ich kann nicht. Wie denn, verdammt? Neeeein!«

Wing-Wing. Wieder ragten die ausgestreckten Arme
in ihre Richtung ...

SCHWUNG. Und zogen hinauf.

»Ich komme, Rebeka. Gleich bin ich bei diiiiir«, rief
das Gesicht mit der schrecklichen Stimme.

Das hielt sie nicht aus, nein ... aber wie kam sie von
den Fesseln los?

»Es wird schlimmer, bevor es besser wird.« Mit ihrem
Stock deutete die Frau nach oben.

Nein, nein, dachte Rebeka ... bitte nicht ...

Plötzlich knallte es. Er kam von der Mühle. Holz
platzte von einer morschen Wand ab, und dann
krachte es erneut, als sich das Gebäude ein Stück nach
unten absenkte.

KAWUUUMM.

Wing-Wing.

3.

»Neeeeein.« Wieder schossen die Arme vor, glitten knapp an ihr vorbei.

»Scheeeeeiße!«, schrie Rebeka und zerrte an den Fesseln. Wenn sie nicht schleunigst freikam, würde das Monster sie erreichen. »Hillffeee. Oh Gott, bitte. Lass mich hier nicht sterben.«

»Du kannst nicht sterben, Rebeka. Du musst nur zulassen, dass es dich erreicht.«

»WAS?« Sie riss die Augen auf. »Das ist nicht dein Ernst!«

Die Frau schüttelte den Kopf. »Du hast mich um Hilfe gebeten, ich bin gekommen und ich sage es dir: Es ist ganz leicht.«

Wing-Wing.

»Ich kriege dich, Rebeka«, rief das Monster.

Rebeka schrie.

KAWUUUMM. Wieder sackte das Gebäude einen halben Meter herunter.

4.

»Oh neeeein!« Jetzt war das Schwingen der Flügel noch lauter. Nicht mehr viel, und die Arme würden sie erreichen.

»Lass es zu!« Die Frau in Weiß trat einen Schritt zurück.

Nein, dachte Rebeka. So würde das nicht enden ... So nicht!

»HÖR AUF!«, schrie sie, was die Frau in Weiß zum Stehen brachte. »Es reicht! Du wirst gefälligst tun, was ich dir sage!«

»So?«

Wing-Wing.

»Nein, du wirst tun, was ich dir *jetzt* sage, verstanden?«

Die Frau in Weiß legte den Kopf schräg. »Das halte ich für keine gute Idee, denn es wird dir nicht helfen.«

KAWUUUMM. Ein Dröhnen schoss durch das morsche Gestell des Gebäudes und ließ das braune Holzfundament erzittern.

»Scheiße. Nein!« Rebeka zog den Kopf ein. Mit einem Auge sah sie die schwarzen Hände des Wesens näherkommen, näher ... und vorbeiziehen. Ganz knapp.

»Mist, vorbei«, schimpfte das Monster.

Jetzt hatte sie nur noch Sekunden ...

»ICH BEFEHLE ES DIR!«, schrie Rebeka. »NA LOS! MACH ETWAS!«

Sie hatte nur noch Sekunden.

Wieder kam das Monster näher. Es erreichte den Zenit des Rades und schwang dann nach unten ab. Die Arme streckte es aus und öffnete das Maul. Das zweite Gesicht auf der roten Zunge grinste siegessicher.

Jetzt hatte es gewonnen.

Gleich ...

»Also schön, Rebeka. Wie du willst!«
Fünf.
Vier.
Drei.
Zwei …
Rebeka schloss die Augen.
Eins …
Sie hörte ein Fingerschnippen.

5.

Es klopfte an ihrer Tür. Rebeka öffnete die Augen.

Meine Güte ...

»Rebeka?«, kam es durch die Tür hindurch.

Das war Kasimir ... Was wollte er denn jetzt? Zum Glück hatte sie letzte Nacht die Tür abgeschlossen.

»W-was denn?« Sie rieb sich das Gesicht.

»Du müsstest mal runterkommen. Wir wollen bereden, wie es weitergehen soll. Ralf hat da einen Vorschlag.«

Rebeka machte große Augen. »Was? Nein! Keine Chance!«

»Hör mal, ich verstehe das ja alles zwischen euch, aber dieser Plan ist wirklich nicht schlecht. Komm ... hör es dir wenigstens an. Ihr müsst euch ja nicht nebeneinanderstellen.«

Ein Plan? Welcher Plan? Was hatte Ralf jetzt wieder vor?

Sie holte tief Luft. Sollte sie dem Mörder eine Chance geben? ... Immerhin wäre es auch in ihrem Interesse, wenn sie wusste, was in diesem Haus passierte.

Außerdem ... Sie hätte ja noch ein Messer ...

»Gut. Ich komme gleich!«

»Danke!« Schritte. Anscheinend entfernte sich Kasimir.

Rebeka schlug die Decke zurück und stand auf. Während sie sich anzog, fiel ihr ein, wie gut sich Kasimir seit dem Angriff des Unholds erholt hatte. Seinem Bein ging es wieder besser und auch seine rechte Hand tat nicht mehr so weh. Scheinbar schien er sich auch sonst zwischen ihnen verständigt zu haben. Dass Ralf einen Jungen getötet hatte, störte ihn nicht mehr wirklich. Vielleicht hatte er es aber auch vergessen.

Zwei Tage waren seit dem Angriff des Unholds vergangen. Zwei Tage, in denen sich nicht viel verändert hatte. Noch immer gingen Ralf und sie sich aus dem Weg und noch immer gab es keinen Ansatz, um von hier zu entkommen. Auch in Ralfs Zimmer hatte sie es bisher nicht geschafft.

Was er dort wohl schon alles gefunden hatte? Vielleicht hing das ja jetzt mit seinem Plan zusammen?

Die Hoffnung, dass jemand Fremdes zufällig an diesen Ort gelangte und sie auf diese Weise rettete, hatte sich auch nicht erfüllt. Es war sogar schlimmer. Da Kasimir seiner einzigen Mitarbeiterin für eine Woche freigegeben hatte, bestand auch keine Chance, dass sie vorzeitig nach ihm suchte. Großartig!

Rebeka ordnete ihr Bett und musterte ihre Handtasche. Mittlerweile hatte sie die Scheidungsunterlagen dort hineingetan. Viel konnte sie gerade nicht damit anfangen … es spielte also keine Rolle.

Sie nahm ihr Messer vom Nachttisch und ging zur Zimmertür. Langsam sperrte sie die Tür auf und sah hinaus. Niemand da.

Ralfs Zimmertür gegenüber stand offen.

Vorsichtig schälte sie sich hinaus und blieb mitten vor der großen Scheibe stehen. Nichts. Hier oben war sie allein.

Als sie nach rechts blickte, erkannte sie die schöne Lichtung. Draußen war es hell. Die Bäume standen im Kreis, das Gras bewegte sich sanft. Unweit des Hauses war die Spur sichtbar, die der Unhold kontinuierlich in das Gras stampfte.

Kasimirs Auto war schon in der ersten Nacht verschwunden. *Puff*. Als wäre es unsichtbar geworden. Ob der Unhold den Wagen allein oder mit Hilfe entfernt hatte, war bisher nicht klar. Vielleicht hatten ihm auch die weißen Augenpaare dabei geholfen, jedenfalls … Ändern konnten sie es nicht. Der Wagen war weg.

Sie wandte sich ab und ging zur Treppe. Von unten hörte sie leise Stimmen. Anscheinend unterhielten sich Ralf und Kasimir miteinander.

Vorsichtig ging sie hinunter.

Als sie den Durchgang in die Küche sah, wurde sie langsamer. Sie trat noch eine Stufe hinunter und wieder eine. Dann war sie da. Ralf und Kasimir beendeten ihr Gespräch und sahen sie an.

Ralf machte ein finsteres Gesicht, während Kasimir lächelte. Er trug weiterhin seinen schwarzen Rollkragenpullover und Ralf die grüne Jägerjacke. Im Gegensatz zu den letzten Malen hielt Ralf diesmal kein Messer umklammert.

»Rebeka, gut, dass du da bist«, sagte Kasimir.

Im Rahmen des Durchgangs blieb Rebeka stehen. »Was ist? Weshalb brauchst du mich?«

»Schön, dass du es auch endlich hierhergeschafft hast«, sagte Ralf ungehalten.

Rebeka hielt ihm das Messer hin. Wäre es notwendig, würde sie sich gegen ihn verteidigen. Keine Ausnahmen!

»Ralf hat einen Plan«, sagte Kasimir.

»Das habe ich gehört.«

Ralf räusperte sich. »Es wird nicht leicht sein, aber wir können nicht untätig bleiben. Ich habe eine Weile nachgedacht und mir ist etwas eingefallen. Kasimir und ich werden da rausgehen, und uns aufteilen. Er geht zu meinem kaputten Auto und holt unsere Koffer, während ich den Schuppen nach etwas Nützlichem durchsuche. Vielleicht finden wir ja so eine

Waffe, damit wir uns gegen den Unhold verteidigen können.«

Ach ja … Ralfs Wagen hatte der Unhold stehen lassen. Kasimir nickte. Besonders überzeugt schien er nicht zu sein, aber er protestierte auch nicht.

Rebeka beugte sich ein Stück vor. »Und darauf gehst du ein?«, fragte sie an Kasimir gewandt.

»Was wolltest du denn hören?«, fragte Ralf.

»Das ist kein Plan, Kasimir, das ist ein Himmelfahrtskommando. Entschuldige bitte, aber dabei kannst du draufgehen.«

»Wir können die Koffer wirklich brauchen«, meinte Kasimir achselzuckend. »Sonst haben wir ja nichts hier, außer Essen.«

Ralf nickte.

Rebeka schüttelte den Kopf. »Verzeihung, aber du wirst doch nicht dein Leben aufs Spiel setzen, um ein paar Klamotten zu besorgen. Hallo? Der Unhold wird dich kriegen oder hast du das schon vergessen?« Sie sah Kasimir an.

»Recht hat sie schon«, sagte Kasimir an Ralf gewandt. »So etwas sollte sich ja schon lohnen, oder nicht?«

»Was?« Ralf schien außer sich. »Warum sollte es sich denn nicht lohnen? Da sind unsere Sachen drin.«

»Ja … und?« Sie sah Kasimir an. »Es sind Klamotten, mehr nicht. Außerdem … warum sollte Ralf in den Schuppen gehen? Was wird da schon sein? Ein paar Greifzangen vielleicht? Das ist doch Unsinn.«

»Rebeka ...« Sie hörte seine Wut.

»Kasimir, das ist ein dämlicher Plan, glaub mir …«

»Hör auf!«, schrie Ralf.

Sie reckte das Messer.

»Beruhigt euch«, befahl Kasimir. »So kommen wir nicht weiter.«

»Es ist eine Chance, verstanden!« Ralf machte eine entschiedene Handbewegung. »Es könnte eine Möglichkeit sein, hier rauszukommen, verdammt nochmal!«

Rebeka hielt sich eine Hand an das rechte Ohr. »Kasimir, welche Chance soll das sein?«

»In meinem Koffer, da … befindet sich ein Funkgerät.« Ralf streckte das Kinn vor. »Ich weiß nicht, ob es klappt. Vielleicht ist es auch nur ein Gedanke, aber wenn wir Glück haben, dann könnten wir damit meinen Bruder erreichen. Er ist gerade im Barnim-Wald unterwegs und wir könnten durch ihn Hilfe holen.«

Sie schwiegen.

»Und das fällt ihm erst jetzt ein, oder was?«, fragte sie Kasimir.

»Ich musste mich erst daran erinnern, dass ich es habe«, rief Ralf aufgebracht. »Mein Gott. Es ist ziemlich viel passiert, Rebeka, also entschuldige bitte, wenn ich nicht gleich alles auf dem Radar hatte.«

»Das … hast du es wirklich dabei?« Kasimir hob einen Finger. »Wirklich?«

Ralf nickte. »Ja, es ist in meinem Koffer. Deshalb habe ich auch diesen Plan entwickelt. Und deshalb muss auch einer von uns die Koffer holen!«

Kasimir drehte sich zu ihr. »Rebeka, das wäre doch eine Chance?«

»Ich halte das für keine gute Idee. Wir wissen nicht, wie der Unhold reagieren wird … Es -«

»Hallo, deshalb trennen wir uns auch draußen!«, rief Ralf. »Wenn nur einer gehen würde, hätte der Unhold leichtes Spiel.«

»Warum geht er dann nicht die Koffer holen?«, fragte Rebeka Kasimir. »Es ist doch sein Koffer mit dem Funkgerät?«

»Herrgott nochmal!«

»Hey!«, rief Kasimir. »Ihr verhaltet euch wie Kinder.« Ralf kam einen Schritt vor. »Weil Kasimir größer ist als ich, stärker und mehr Koffer auf einmal tragen kann. Darum. Es macht also alles Sinn, wie du siehst.« Rebeka blies die Luft durch die Nase aus. »Er war schon immer klein.«

Ralf ballte eine Faust.

»Es reicht jetzt!« Kasimir schnitt mit einer Hand durch die Luft. »Wir gehen und Ralf hat recht. Das ist eine Chance und der Plan ist nicht schlecht. Besser wir versuchen es, als gar nichts zu tun.«

»Genau«, meinte Ralf.

»Aber ...«

»Rebeka«, sagte Kasimir freundlich. »Sei zuversichtlich. Wir werden das schon schaffen.«

»Ich glaube, das wird schiefgehen. Richtig schiefgehen. Du spielst mit deinem Leben, Kasimir.«

»Wir brauchen aber dieses Funkgerät. Und zu zweit können wir den Unhold austricksen. Also, wann fangen wir an?«

»Jetzt«, sagte Ralf. »Damit wir es hinter uns haben.«

»Gut.« Kasimir holte eine Pfanne aus dem unteren Küchenschrank. »Ich nehme die mit. Vielleicht kann ich mich damit verteidigen, wenn er einen seiner Pfeile wirft.«

Ralf nickte. Er ging an dem Tisch vorbei in Richtung Flur. Rebeka eilte die Stufen hinauf und verharrte mit etwas Abstand. Das Messer hielt sie vor sich.

Ralf musterte sie verächtlich. »Alberne Gans!« Dann ging er zur Haustür.

Kasimir kam hinter ihm aus der Küche. »Wir schaffen das«, meinte er. »Du wirst sehen. Und danach kommen wir von hier weg.«

Rebeka beschloss, nichts zu sagen. Sie beobachtete, wie Ralf die Haustür öffnete. Frischer Wind wehte herein.

Kasimir schloss zu ihm auf. Auf der ersten Stufe blieben sie stehen und Ralf musterte seine Armbanduhr. Dann rief er: »Jetzt!« Und sie liefen los, nach links.

Das wird in einer Katastrophe enden, dachte Rebeka. Sie eilte hinunter und schloss die Haustür wieder zu.

Gerade fühlte sie sich so leer, so …

Andererseits … Warum nicht?

Sie hatte eine Idee.

Rasch lief sie los, die Treppe hinauf und in Ralfs Zimmer.

Das war ihr Moment!

30. Ralf Ritter

1.

Sie rannten nach links, am Haus entlang und blieben an der Ecke stehen. Vorsichtig beugte sich Ralf vor. Der Unhold war nicht zu sehen.

Kasimir atmete hörbar.

»Los!«, rief Ralf.

Sie rannten weiter, bis zur nächsten Ecke, wo sie erneut stehenblieben. Ralf beugte sich vor. Gerade verschwand der Unhold an der gegenüberliegenden Hausseite.

Sehr gut! ... Jetzt hatten sie freie Bahn.

Er deutete auf sein altes Auto, weiter hinten, bei den Bäumen. Kasimir nickte. Er sah zwar nicht mehr so frisch aus wie vorhin, aber er würde es schon schaffen ...

»Viel Glück!«, flüsterte Ralf. Dann sprintete er los, vom Haus weg Richtung Schuppen. Zehn Meter von dem Gebäude entfernt, auf der linken Seite, befand sich das Häuschen. Ein Holzbau mit Tür, die über eine silberne Klinke verfügte. Das Dach war schief, aber im Großen und Ganzen schien der Schuppen dem Stress der letzten Jahre standgehalten zu haben.

Vor dem Schuppen bremste Ralf und packte die Klinke. Zog.

Nichts ... Sie ging nicht auf. *Verflucht.* Er zog erneut, kräftiger, dann brach die Klinke aus der Tür. Keuchend fiel Ralf nach hinten und landete im Gras. Ein schmerzhaftes Pochen raste seinen Rücken hinauf.

Scheiße nochmal. In der Ferne sah er Kasimir rennen. Dafür, dass ihn der Pfeil vor einigen Tagen fast schachmatt gesetzt hatte, war er schnell unterwegs.

Moment.

Ralf spürte, wie seine Kehle trocken wurde ... Direkt hinter Kasimir schwang der Unhold die Arme in die Luft.

2.

Mein Gott … Der Unhold war schnell.

Plötzlich schleuderte er wieder etwas.

Ralf riss den Mund auf … *Scheiße, er wird ihn treffen …*

Aber Kasimir drehte sich um. Schwang die Pfanne.

PLONG.

Der Pfeil stieß gegen die Außenseite der Pfanne und zerfiel in Einzelteile.

Schnell rannte Kasimir weiter Richtung Auto.

Ralf erhob sich auf die Füße und wandte sich zu der Holztür. Mit zwei Fingern griff er in das entstandene Loch auf Beckenhöhe und zog. Die Tür ging auf.

Hastig eilte er ins Innere und machte die Tür hinter sich zu. Jetzt war er in Sicherheit.

Er drehte sich um.

Der Schuppen war ziemlich vollgestellt. Rechts standen zwei Schränke, die fast vor Gartengeräten überquollen. Links gab es einen alten Tisch aus Holz mit Schubladen, auf dem zahlreiche Gegenstände lagen: Töpfe, Handschuhe, Lampen, Werkzeug, Taschen, andere Dinge.

Hinten rechts stand ein Rasenmäher.

Plötzlich drang von außen ein Schrei herein.

Verdammt. Nervös rieb sich Ralf die Hände. Hier arbeitete die Zeit gegen ihn.

Durch Lücken, Löcher und Einlässe an den Wänden fiel etwas Sonnenlicht herein. Rasch begann er zu suchen. Irgendwo musste er doch sein … der Eingang. Als er eine Schublade in dem seitlichen Tisch öffnete, entdeckte er einen Stapel unbeschriebenes Papier. In der nächsten Schublade befanden sich Nägel und in einer dritten bunte Kabel.

Komm schon … Er suchte weiter. Dabei flogen ein paar Teller zu Boden und zerbrachen in Einzelteile.

»Mist!«

Plötzlich drang ein herber Schrei herein.

Ralf fuhr herum. Die Zeit ....

Er suchte links, an der Wand entlang, aber nichts. Dann weiter unten, aber dort war auch nichts.

Aufgewühlt presste er sich zwei Finger gegen die Augen. Wo könnte sich dieser Eingang denn befinden? Vielleicht außerhalb des Schuppens? Vielleicht war die Tür des Schuppens auch selbst der Eingang? Vielleicht, vielleicht, vielleicht ...

Gott, diese verdammten Rätsel!

Wütend trat er auf. Es knackte und dann fiel etwas von der hinteren Wand. Ralf nahm die Hände herunter und bemerkte eine Zeichnung, die jemand mit Wachs auf das Holz gemalt hatte.

Es war der Umriss eines Ahornblattes.

Erstaunt machte er große Augen. Was ... bedeutete das?

Erneut knackte es aus der Wand. Weiter unten, im geraden Verlauf der Zeichnung, brach ein Stück Holz ab und enthüllte den Umriss eines Pfeils, der nach unten zeigte. Schnell ging Ralf in die Knie. Knapp unterhalb des Bodens öffnete sich eine Nische und eine Art Metallhebel fiel nach vorne.

3.

Ob das hier der Eingang war?, dachte er. Behutsam berührte er den Hebel.

Vielleicht müsste er einfach …

Ralf drückte den Hebel nach unten und … Nichts.

Wo war jetzt der Eingang?

Er bewegte ihn erneut, hoch, runter, hoch, runter, bis … KNACK … Der Hebel brach aus der Fassung.

»Scheiße!« Ralf prüfte die Stelle, an der der Hebel gesteckt hatte, aber das Holz war jetzt durchgebrochen.

Scheiße.

Plötzlich hörte er ein Knistern. Schlagartig öffnete sich eine weitere Nische und es fiel etwas heraus.

Etwas Schwarzes.

Vor ihm, auf dem Boden, blieb es liegen.

Ralf streckte eine Hand aus. Hob es hoch.

»Hm.« Dieses Ding … Es war klein, schwarz und erinnerte an eine Brosche, nur dass es über keine Anstecknadel verfügte. Darauf, etwas exponiert, prangte der Umriss eines Ahornblattes aus Gold.

Ob das wertvoll war?, überlegte er. Neugierig besah er es von allen Seiten.

Wieder drangen laute Schreie in den Schuppen.

Kasimir …

Hektisch drehte Ralf sich um. Kasimir brauchte wohl Hilfe. Und die Koffer mussten in das Haus!

Er stand auf und steuerte die Tür an. Plötzlich knarrte es hinter ihm. Ralf blieb stehen und drehte sich um. Was war das jetzt wieder?

Unvermittelt klappte etwas von der Decke und flog auf ihn zu.

Ralf schrie: »Waaaas!« Dann schlug ihm ein roter Ball ins Gesicht.

Rückwärts taumelnd schlug er gegen die Tür und fiel ins Freie.

31. Rebeka Ritter

1.

Okay, Rebeka, jetzt hast du Zeit. Nutze die Gelegenheit.
Vor Ralfs Zimmertür blieb sie stehen. Ob er sie abgeschlossen hatte? Vorsichtig legte sie eine Hand auf die Klinke und … Sie war nicht abgeschlossen.

Drinnen sah sie Ralfs unordentliches Bett. Rechts ragte die große Wand auf, die wieder abgesenkt war.
Ihre Finger kribbelten.

Und wie kam sie jetzt hinter diese Wand in den geheimen Bereich? Wenn Ralf ihn gefunden hatte, müsste sie doch auch …

Zuerst untersuchte sie die Kommode. Sie bückte sich, steckte den Kopf hinein und ging alle Ecken durch, aber bis auf einen kleinen Knopf, der beim Betätigen nichts bewirkte, war da nichts.

Danach prüfte sie die seitlichen Stellen um die Kommode herum. Mit beiden Händen fuhr sie über die Wand drüber. Hoch, runter, links, rechts …

Klick. Spürte eine Unebenheit.

Unvermittelt hob sich die Wand mit einem leisen Rauschen in die Decke hinein.

Aha. Rebeka stand auf. Als die Wand oben verschwand, war der gesamte Bereich sichtbar … Wow … Da hatte Ralf ja ganze Arbeit geleistet.

Die Papiere hingen jetzt nicht mehr verteilt, sondern waren auf drei Stapeln in der Mitte des Raumes geordnet. Dazwischen lagen noch Akten, Ordner …

Ganz vorn sah sie ein einzelnes Stück Papier auf dem Boden liegen.

Interessiert ging sie hin und nahm es auf.

»Hmm, also deshalb wolltest du unbedingt in den Schuppen.« Sie überblickte die Zeichnungen und Pfeile auf dem Papier. »Du kleiner Dreckskerl.«

Deshalb hatte er also diesen Plan ausgeheckt, aber nicht für sie oder Kasimir, sondern für sich selbst. Damit er allein von hier fliehen konnte …

Plötzlich war ein lauter Schrei zu hören.

Rebeka zuckte zusammen. Der war von Kasimir gekommen. Hastig ließ sie das Papier fallen und eilte zu dem seitlichen Fenster, das eine Sicht auf die Lichtung ermöglichte.

Erschrocken drückte sie sich beide Hände vor den Mund.

Mein Gott …

Ralf war nicht zu sehen, aber dafür Kasimir, der das kaputte Auto erreicht und die Koffer aus dem Wagen gezogen hatte. Dabei griff ihn immer wieder der Unhold an, was es dem Makler schwer machte, sich gegen ihn zu verteidigen. Ständig sprang er nach hinten, wich aus, die Pfanne und die Koffer umschlungen, und schien dabei nicht wirklich von der Stelle zu kommen.

Das kann doch nicht … Und wo war Ralf? Sie starrte zu dem Schuppen, aber Ralf war nicht da. Anscheinend hatte er sich im Inneren verschanzt, um … Ja … Den Eingang zu finden?

Welchen Eingang?

Sie drehte sich um. Kniete sich vor den Stapeln hin. Auf dem einen Papier war die Skizze eines Schuppens erkennbar, über dem ein Pfeil prangte.

Daneben stand … *Eingang.*

Hm … Vermutlich war das der Schuppen draußen.

Es war …

Schnell überflog sie ein paar weitere Papiere, aber besonders viel stand da nicht. Teilweise ging es um Metalle, dann irgendwelche Formeln.

210

Das machte doch keinen Sinn.

Und was war jetzt mit Kasimir? Sollte sie ihm helfen? *Moment.* Hatte Ralf nicht hier vor der rechten Wandseite gestanden? Ein Fach war dort aufgeklappt gewesen und er hatte etwas hineingelegt, etwas Leuchtendes. Eine Lampe vielleicht?

Eilig trat sie vor die Wand, aber das Fach war nicht da.

Da war … nichts!

Verdammt.

Was sollte sie jetzt machen? Etwas hatte Ralf gefunden, um das Fach in der Wand zu öffnen, aber wo genau und wie?

Wieder erklang ein Schrei.

Keuchend stürzte sie zu dem Fenster und sah, wie Kasimir einer Faust des Unholds auswich. Geschickt sprang er von dem ramponierten Dach des Autos runter und außer Reichweite. Nur leider hatte er die Koffer nicht mehr. Sie lagen jetzt am Heck des Wagens im Gras.

Er brauchte Hilfe, dachte Rebeka.

Plötzlich knirschte es. Rebeka schrie. Panisch hob sie die Arme, aber … da war kein Angriff, sondern …

Meine Güte … Mit großen Augen betrachtete sie das felsige Loch neben dem Schreibtisch, das vorhin noch nicht da gewesen war und jetzt … Wie aus dem Nichts hatte sich etwas zurückgeschoben und eine Treppe offengelegt, die in die Finsternis hineinführte. »Das ist doch nicht möglich …« Vorsichtig näherte sie sich dem Loch. Es war groß genug, um hindurchzugehen, und die Stufen schienen an der Hauswand entlang in die Tiefe zu führen. Von dort kam kein Licht.

Nur der Geruch von Tod und Fäulnis war deutlich wahrnehmbar.

2.

»Ist das …« Sie hielt sich eine Hand vor den Mund. Der Gestank war fürchterlich. Aber was genau war hier passiert?

Erneut war ein lauter Schrei zu hören.

Verdammt.

Sie lief vor das Fenster und sah, wie der Unhold Kasimir an einem Bein gepackt hielt. Der Makler hatte seine Pfanne verloren und versuchte, sie zu erreichen, aber der Unhold war unnachgiebig. Er zerrte Kasimir immer dichter zu sich heran.

Er wird sterben, wenn du ihm nicht hilfst.

Plötzlich schlug die Tür des Schuppens zurück und Ralf landete im Gras. Reglos blieb er liegen, als hätte er vergessen, wo er sich befand.

»Das darf doch nicht wahr sein!« Entsetzt sah Rebeka zu Kasimir, der schrie. Er hatte nur noch Sekunden.

Was sollte sie jetzt machen? Entweder sie ging diese Stufen hinunter, um zu sehen, was sich dort befand, oder … Sie half Kasimir!

Scheiße, Rebeka. Jetzt mach doch was!

Loch. Kasimir.

Loch. Kasimir.

Kasimir schrie.

»MIIIIIST!« Sie hechtete aus dem Raum und die Stufen hinunter zur Haustür.

Draußen lief sie um die Ecke und immer geradeaus, bis sie Ralf im Gras liegen sah. Er rieb sich den Kopf.

Etwas weiter weg kämpfte Kasimir mit dem Unhold. Dieser holte mit seiner Faust aus …

»Neeeein!« Rebeka rannte vor. Mit beiden Armen winkte sie hin und her. »Komm schon!«

Bitte.

Der Unhold hielt inne, sah sie an. Sie bückte sich und hob die Pfanne auf, die Kasimir verloren hatte. »Hier bin ich!«

Der Unhold ließ Kasimir los und kam auf sie zu. »Los doch, du Hund!« Langsam setzte sie einen Schritt nach hinten. Dann noch einen.

Mist. Jetzt würde sie sich etwas einfallen lassen müssen.

Hinter dem Unhold kämpfte sich Kasimir wieder auf die Beine.

»Kasimir. Nimm die Koffer!«, rief sie ihm zu.

»Aber ...« Unsicher biss er sich auf die Unterlippe. Währenddessen bewegte sich der Unhold auf sie zu.

»Los! Ich kümmere mich darum. Lauf zum Haus zurück!«

Er nickte und lief davon, zu den Koffern.

Komm, du Mistkerl. Rebeka nahm die Pfanne in beide Hände. Sie fokussierte sich auf die Brust des Unholds. Als er nahe genug herangekommen war, schwang sie die Pfanne und traf seine rechte Hand. Ohne eine Miene zu verziehen, senkte der Unhold die Hand und hob sie dann sofort wieder.

»Aaaaah!«

Ein langer Arm schoss vor.

Rebeka wich aus. Der Unhold wendete und kam erneut auf sie zu. »Lass mich, du Penner!« Sie schlug zu. Einmal, nochmal.

Der Unhold packte die Pfanne, riss sie ihr aus der Hand und warf sie von sich.

Oh nein ... Jetzt hatte sie ein Problem. Langsam wich sie zurück, weiter ... Dann machte der Unhold einen Satz vorwärts.

Panisch riss Rebeka den Mund auf. Vor ihr landete der Unhold. So dicht, dass sie seinen Geruch nach kochendem Fleisch einatmete.

Zitternd hob sie den Kopf. Sah in sein Gesicht. In die von Drähten eingespannten Augen. Sie starrten auf sie herunter …

3.

Rebeka schrie. Dann spürte sie einen Schlag gegen die Stirn. Keuchend landete sie im Gras und sah die Sonne am Himmel durch die blaue Wolkenwand brechen. Neben sich hörte sie Schritte, bevor ein blauer Mantel in ihr Blickfeld fiel.

Der Unhold.

Sie versuchte sich aufzurichten, aber es ging nicht. Die Schmerzen …

Sie war am Ende. Jetzt würde sie sterben …

»Laaaaass sie loooooos!« Eine Stimme näherte sich.

Kasimir.

32. Ralf Ritter

1.

Halte mich, Ralf. Halte mich einfach fest.

Ja … Er streckte die Arme nach ihr aus, wollte sie zu sich ziehen, umarmen. Bei ihr sein.

Wie schön sie aussah ... Die blonden Haare fielen ihr in die Stirn und mit ihrer verschmitzten Art weckte sie ein Gefühl von Wärme in seiner Brust.

»Komm her zu mir, bitte.« Sie kam, langsam, aber sie kam. Mit ihren wehenden Haaren eilte sie dem Wind entgegen.

Ich komme, um bei dir zu sein. Für immer, flüsterte sie. Er nickte.

Ralf, bitte …

»Was bittest du?« Er berührte ihre Schultern, als sie ihn erreichte. Behutsam ging sie in die Knie. Mit einer sanften Kopfbewegung schwang sie ein paar goldene Haare zurück.

Sie war so wunderschön.

Wirst du mich immer halten, Ralf?

»Ja. Für immer.« Ihre Lippen … ihre … Sie küsste ihn, süß, saftig, mit dem Geschmack nach Rosen … Nein. Keine Rosen.

Er riss die Augen auf.

Ein runzliger Finger lag auf seinem Mund. Er gehörte nicht zu der schönen Frau, sondern zu …

Die alte Nonne.

Sie hatte ihre Kapuze zurückgezogen. Auch der schwarze Umhang fehlte, sodass ihre schlaffen Brüste zu sehen waren.

Mit ihrer schneeweißen Haut und den Falten im Gesicht sah sie wie ein halb verbranntes Tierfell aus. Ihre klaffenden Augen richteten sich auf ihn.

Ralf schrie. Unvermittelt ergriff sie ihn am Hals. »Kein LEBEN!« Sie beugte sich zu ihm. Dabei streiften ihre Lippen sein Ohr. »Ab damit!«

2.

Ralf schrie … Und öffnete die Augen.

Über ihm strahlte der blaue Himmel. Die Nonne war verschwunden.

Rasch hob er den Oberkörper.

Plötzlich waren Schreie zu hören.

Er wandte den Kopf und sah den Unhold mit Kasimir kämpfen. Kasimir wich ihm immer wieder aus, wobei er sich Mühe gab, den Händen des Unholds nicht zu nahe zu kommen.

In der Nähe, im Gras, lag eine Gestalt.

Rebeka, dachte Ralf und stand auf. Was tat sie denn hier draußen?

Kasimir schrie, wich einem Angriff aus und sah ihn neben dem Schuppen stehen. »Raaaalf!« Er duckte sich.

Dieser Idiot …

Ralf fasste sich an die Stirn. Sie schmerzte, als ob er einen Schlag abbekommen hätte. Etwas …

Dann war es klar … Der Schuppen, das Papier in dem geheimen Bereich seines Zimmers, dann die Zeichnung in der hinteren Wand. Immer tiefer war er den Spuren gefolgt, bis er diesen Hebel gefunden hatte. Er hatte ihn betätigt, aber es war nichts passiert und dann … dieser rote Ball.

Kasimir schrie. Knapp verfehlte ihn der Unhold an der Schulter.

Dann … war alles rot geworden. Nein, schwarz. Vorsichtig beugte sich Ralf nach vorne, sodass er in das Innere des Schuppens schauen konnte. Drinnen, an der Decke, hing eine Stahlstange, die mit einem roten ballonartigen Aufsatz versehen war.

Vermutlich eine Falle.

»RAAAALF!«

Ralf fuhr herum. Kasimir rannte auf ihn zu. Plötzlich machte der Unhold einen Sprung, landete neben Kasimir und brachte ihn zu Fall.

Kreischend schlug der Makler auf den Boden.

Nein … das war nicht sein Problem. Ralf drehte sich um und rannte los, Richtung Haus.

Sollten die beiden sich doch von dem Unhold zerfleischen lassen, dachte er, als er die seitliche Hauswand erreichte. Er würde zurück in das Haus gehen, in Sicherheit sein und dann weitermachen …

Vor der Haustür wurde er langsamer und atmete tief durch.

Wie schön es hier doch war … Entspannt ließ er die Arme sinken.

Diese Gegend zum ersten Mal ohne Auto oder den Unhold zu sehen, war erfrischend. Da waren keine Schmerzen mehr, kein Pochen und keine Wut. Gerade gab es nur ihn und diese Welt, die Natur. Die Bäume und ewigen Frieden …

Leichtfüßig setzte er einen Schritt nach vorne. Dann kam alles zurück: die Angst, die Wut, das Wissen … Vielleicht war dieser einzelne Schritt schon ein Fehler gewesen?

Es lag ja am Unhold, oder nicht? Vermutlich wusste er genau, wer wann das Haus verließ und in welche Richtung er floh. Er wusste, wann er kommen und seine Pfeile verschießen musste.

In Gedanken sah Ralf ihn kommen … den Unhold, wie eine Lawine, die sich ihren Weg durch Stock und Stein, Stadt und Land bahnte und …

Moment.

Die BROSCHE! Dieses schwarze Teil.

Sie musste wichtig sein.

Verdammt.
Er hatte sie liegenlassen.

3.

Schnell machte er kehrt und erreichte die seitliche Hauswand. Von dort schlich er an dem Gebäude entlang Richtung Schuppen. Davor kämpften der Unhold und Kasimir miteinander. Wild schwang der Unhold seine groben Arme hin und her, aber Kasimir konnte ihnen ausweichen.

Noch …

»Kasimir!« Ralf blieb stehen.

»Ralf, verdammt!«, schrie Kasimir. »Hilf mir endlich! SCHNEEELL!« Kasimir sah zu dem Unhold zurück. Stolperte über seine Füße. Schreiend landete er auf dem Rücken.

Ralf schluckte. Das sah nicht gut aus. Aber wo war die Brosche? Angestrengt fokussierte er sich auf das Gras vor dem Schuppen. Er hatte sie hier doch noch in der Hand gehabt …

Ächzend versuchte sich Kasimir aufzurappeln, aber der Unhold trat nach ihm. Die Haut an seinem nackten Bein war faltig und grau.

Jetzt war alles für Kasimir zu Ende, dachte Ralf. DA! Da lag die Brosche.

Er eilte hin, aber … der Unhold beobachtete ihn. Seine schrecklichen Drahtaugen waren auf ihn gerichtet.

Ralf zögerte. Langsam bückte er sich, tiefer, bis er die Brosche umfasste. Dann wandte der Unhold den Blick ab.

»Neeeeein!« Kasimir schlug zu, aber der Unhold beugte sich hinunter und packte ihn am Kragen seines Pullovers. »Raaaaaaalf!«

Ralf trat zurück.

Energisch zog der Unhold Kasimir zu sich, sodass sich ihre Gesichter auf einer Höhe befanden. Der Makler schrie. Seine Arme schlugen aus, bis … Er verstummte. Nur noch seine Augen starrten groß, weit und angsterfüllt. Etwas Rotes breitete sich auf seiner Stirn aus.

Ist er ... ist er tot? Ralf hörte seinen eigenen Puls.

Etwas packte ihn am Arm. Er fuhr herum und sah Rebeka, die ihm ins Gesicht schlug. BAATSCH.

Ralf keuchte und stürzte zu Boden. Die Brosche fiel ihm aus der Hand ...

33. Rebeka Ritter

1.

»Wollen wir einen Tee trinken?«

»Was?« Rebeka rieb sich den Kopf. Was war das?

»Einen Tee, Liebes?« Die Stimme schien von überall zu kommen. Rebeka öffnete die Augen. *Wo bin ich?*

Da war Holz … sogar viel Holz. Ein ausgehöhlter Baumstamm!

Rechts prangte eine kleine Tür in der Wand und die wenigen Fenster, die in den Stamm geschlagen waren, waren schief und krumm.

Wieder war die Stimme zu hören: »Rebeka?«

Sie wandte den Kopf. Die Frau in Weiß saß in einem gemütlichen Schaukelstuhl. Weder ihr Gesicht noch ihr Körper waren erkennbar.

War das etwa wieder ein Albtraum? Dabei steckte sie doch mitten im Kampf mit dem Unhold fest und … Kasimir? Ging es ihm gut? Und was war mit ihr?

Sie zuckte zusammen, während sie ihren Körper abtastete.

»Bin ich tot?«

Die Frau lachte. »Nein. Bist du nicht. Aber kurz davor.«

»Was?« Sie sprang von dem morschen Bett. Es knarzte unter ihr. »Das heißt, ich sterbe?«

Wieder schüttelte die Frau den Kopf. »Nein, nein. Das heißt, dass du sterben kannst, wenn du nicht vorsichtig bist. Hast du nicht versprochen, vorsichtig zu sein?«

Ihr Herz schlug heftig. »I-ich habe doch alles versucht … Was hätte ich denn tun sollen? Etwa Kasimir sterben lassen?«

»Achte mehr auf dich selbst, Rebeka. Und nicht immer auf die anderen.«

»Ist das dein Rat?« Rebeka schüttelte den Kopf. »Das ist doch Unsinn. Was ist das hier überhaupt für ein Ort?«

»Das …«, die Frau in Weiß sah sich um, »scheint mir ein gemütlicher Platz für zwischendurch zu sein, falls du verstehst?«

»Nein, tue ich nicht.«

»Du kannst ja jederzeit wieder gehen.«

»Tatsächlich?«

»Sobald du willst.«

»I-ich muss dringend zurück. Kasimir braucht meine Hilfe.«

»Die braucht er. Aber denke daran: Wenn du nicht auf dich selbst achtest, kommst du vielleicht nicht mehr zurück.«

»Verstehe.« Sie wandte sich zu der Tür.

»Und, Rebeka …« Die Frau in Weiß hob eine Teetasse.

»Wir sehen uns wieder. Ganz bestimmt.«

Rebeka öffnete die Tür und trat ins Licht.

2.

Die Sonne schien hell vom Himmel. Von irgendwo war das Zwitschern eines Vogels zu hören. Eigentlich friedlich, wenn nicht …

Ein Schrei.

Und er war ganz nah.

Rebeka richtete sich auf. Dort hinten am Schuppen waren Ralf und der Unhold zu sehen. Kasimir wehrte sich gegen den Unhold, aber … Ralf tat nichts.

Nichts!

Er stand nur da, starrte …

Erneut ein Schrei.

Rebeka rappelte sich hoch und rannte los. Schneller, noch schneller …

Als sie Ralf erreichte, verpasste sie ihm einen heftigen Stoß, der ihn zu Boden beförderte. Dann warf sie sich mit aller Kraft gegen den Unhold. Ihr Puls rauschte in ihren Ohren.

Der Unhold fiel nach hinten. Die Drähte in seinem Gesicht knackten, als er aufschlug. Mehr Rauch drang ihm aus dem Rohr im Kopf.

Entschlossen packte sie Kasimir am Arm und zog ihn von dem Unhold weg. Kasimir sagte nichts. Mit geweiteten Augen starrte er an sich herunter, fassungslos, entgeistert.

Weiter zog sie ihn, weiter … Hinter sich hörte sie ein Knacken. Sie sah zum Unhold, der sich wie eine Maschine auf die Beine stellte. Erschüttert blieb Rebeka stehen. Der Unhold richtete seine schrecklichen Augen auf sie, dann auf Ralf, der noch im Gras lag.

Langsam näherte sich der Unhold Ralf …

»Kasimir!«, rief Rebeka. »Kasimir!« Sie klopfte ihm gegen die Wange.

Er sah sie an, versonnen, als wäre er in einem Traum gefangen.

»Hey! Aufwachen! Jetzt komm schon …«

Er öffnete den Mund, sagte nichts. Das reichte! Sie hakte ihren Arm unter seinen und brachte ihn auf die Füße. »Komm schon!« Dann stand er. Leicht gebeugt, aber er hielt sich. »Lauf zurück! Hörst du mich?!« Plötzlich riss sich Kasimir los und hechtete am Gebäude entlang. Den Kopf zog er zwischen die Schultern.

Weiter hinten bog er plötzlich ab und verschwand.

Sowas …

Etwas war hinter ihr. Sie drehte sich um und …

»Aaaaaa!« Ralf warf sich gegen sie und brachte sie zu Fall. Schreiend landete sie im Gras. »W-was … geh runter von mir, hau ab!«

Ralf schlug ihr ins Gesicht. Rebeka hielt den Atem an. Schmerzen rasten über ihre Wange bis in die Stirn. Keuchend stemmte sich Ralf hoch und hechtete los, am Haus entlang davon.

Rebeka sah ihm nach. Wut durchfuhr sie wie ein elektrischer Schlag.

Es knackte.

Rasch wandte sie den Kopf und …

Neeein! Der Unhold streckte eine Hand nach ihr aus. Seine Drahtaugen drehten sich. In seinem offenen Mund prangte rotes Fleisch.

34. Ralf Ritter

1.

Nach Luft schnappend stürmte Ralf in das Haus und lief den Flur entlang. Sein Herz raste und der Schweiß tropfte ihm von der Stirn. Rechts sah er Kasimir im Wohnzimmer stehen. Unweit des Sofas entdeckte er die beiden Koffer. Also hatte er es doch geschafft, sie reinzubringen.

»Sehr gut, Kasimir!« Er keuchte. »Du hast es hingekriegt ...«

Er trat ins Wohnzimmer.

Wie er dastand ... Der Makler ... als hätte er einen Sprung in der Schüssel. Sein Oberkörper war stark nach links geneigt. Die Hände hielt er senkrecht nach oben gestreckt. Das rechte Bein war leicht angewinkelt, das linke stand steif.

»Äh ... Kasimir?«

Ihm fiel Rebeka ein, die vermutlich noch mit dem Unhold rang. Ob sie überleben würde?

Das war auch egal.

Er streckte eine Hand aus. »Kasimir?«

Der Makler fuhr zu ihm, grinsend, mit roter Farbe in den Augen. Plötzlich lief sein ganzes Gesicht rot an. Er formte die Lippen zu einem halben Strich und stieß ein lautes: »Sssssssssssssszzzzz« hervor.

Dann schwang er einen Arm.

Ralf ächzte. Schmerzen rasten ihm durch den Schädel, als Kasimir ihn gegen die Stirn traf. Seine Sicht verschwamm ... Dann wurde es dunkel.

35. Rebeka Ritter

1.

Rebeka machte kehrt und rannte Richtung Haustür. Der Unhold folgte.

Sie lief um die Ecke und sah die Tür. Sie stand offen.

Gott sei Dank. Sie beschleunigte, stolperte fast. Mühsam erreichte sie die Stufen und fiel auf der obersten hin. Als sie zurücksah, kam der Unhold näher. Seine Drahtaugen fixierten sie … Dann holte er aus …

»Neeeeeeein!« Sie stieß sich ab und kroch in das Haus. Mit einem Bein trat sie gegen die Tür und sie schwang zu. *Buuuuf.*

Der Unhold war nicht mehr zu sehen.

Keuchend lauschte Rebeka dem Heben und Senken ihrer Brust. Dann fiel ihr Ralf ein. Er war vor ihr in das Haus gelangt.

Ruckartig drehte sie den Kopf, aber er war nicht zu sehen. Langsam stand sie auf. Dummerweise hatte sie das Messer oben in Ralfs Zimmer liegen lassen. Gerade jetzt hätte sie es brauchen können.

Vorsichtig ging sie vor und sah zuerst nach links, in die Küche. Dort war niemand. Dann nach rechts.

»Mein Gott!«

Kasimir lag auf dem Boden. Auf dem Bauch, die Arme ausgestreckt. Er rührte sich nicht. Sie betrat den Raum und wich erschrocken zurück. Ihr Atem ging schnell.

Da war Ralf. Er lehnte an der Wand, die Augen geschlossen.

Auch er rührte sich nicht.

36. Ralf Ritter

1.

Ralf öffnete die Augen.

Wo ... Wo war er hier?

Er sah sich um. Anscheinend befand er sich im Wohnzimmer des Thera-Hauses. Rechts stand das Sofa. Durch das Fenster an der Wand strahlte Licht herein.

Was war gerade passiert?

Er stand auf. Es war unnatürlich ruhig, als wäre niemand da, aber das konnte doch nicht sein ... Kasimir war doch gerade noch hier gewesen und ...

Moment. Er erinnerte sich. Hatte Kasimir ihn nicht angegriffen? Einfach so, aus heiterem Himmel?

Ralf sah zur gegenüberliegenden Wand. Die Koffer waren ebenfalls verschwunden.

»Hallo?«, rief er, aber es kam nichts zurück.

Wo waren sie denn hin? Waren sie etwa geflohen und hatten ihn hier zurückgelassen?

»Neeein. Das ist Unsinn.« Nachdenklich trat er aus dem Wohnzimmer auf den Gang. Dort blieb er stehen. Das war doch ... »Haaaallo?«

Nichts.

Auch in der Küche befand sich niemand. Dann vielleicht oben? Er betrat die erste Stufe, als ...

Ein Knacken. Von draußen.

Ralf drehte sich um und sah zur Haustür. Sie stand offen, Licht fiel herein.

Waren sie draußen auf der Lichtung? Um gegen den Unhold zu kämpfen?

Das war doch verrückt.

Eilig verließ er die Treppe und blieb im Rahmen der Haustür stehen.

»Scheiße ...« Sie waren da, die beiden.

Aber nicht Rebeka und Kasimir, sondern der Unhold und die schwarze Frau … Die Nonne.

Sie standen dicht an dicht und fixierten das Haus. Dem Unhold drang kein Rauch aus dem Kopf. Er wirkte inaktiv. Wie abgestellt.

»Na wartet! Euch zeige ich, was los ist!« Das war jetzt alles zu viel. Die Sache mit dem Jungen im Wald, der Unhold und nicht zuletzt diese seltsame Frau.

Sie war der Schlüssel, dachte er.

Er ging auf die beiden zu. Sie schienen ihn nicht zu beachten, als wäre er Luft. Mit etwas Abstand zu der Frau blieb er stehen. Die Wut raste durch ihn hindurch.

»Hör zu, du … Weibsbild!« Er zeigte auf sie. »Ich weiß nicht, wer du bist, aber du hast uns die letzten Tage mit so viel Scheiße beladen, dass ich dir am liebsten den Hals umdrehen möchte. Verstehst du das?! Ich habe die Schnauze sowas von voll von diesem Unhold. Der Junge ist tot, mein Gott! Und nun? Er ist selbst schuld, was musste er mir auch vor die Büchse laufen!«

Unvermittelt sprang die Frau vor und biss ihm den Finger ab.

Schockiert taumelte Ralf rückwärts. Als er auf seine Hand blickte, fehlte der Finger. Aber da war kein Blut … keine Hautfetzen … Der Finger fehlte nur.

Die Nonne kaute. Dann war ein Schlucken zu hören.

Diese … Hexe … Ralf musterte sie fassungslos. »Jetzt wirst du sterben!« Er packte sie am Hals. Drückte zu. Dabei gab die Nonne kein Geräusch von sich. Ralf verstärkte seinen Griff … Er schüttelte sie …

Plötzlich rutschte ihre Kapuze nach hinten.

Ralf ließ los.

Das war nicht die Nonne … Es war Rebeka.

»Was …« Verwirrt taumelte er zurück. Was tat Rebeka hier und wo war die Nonne?

War das ein Traum?

Auch der Unhold war verschwunden. Es gab nur noch sie beide …

»Rebeka … k-kannst du das erklären? Was ist hier eigentlich los?«

Sie lächelte, was kleine Fältchen entlang ihrer Mundwinkel bildete. Langsam kam sie auf ihn zu. Ralf blieb stehen. Sein Herz schlug schnell.

Knapp vor ihm verharrte sie. Dann legte sie den Kopf schräg.

Was hatte sie vor?

Unvermittelt öffnete sie den Mund und pustete. Ihr Atem traf auf sein Gesicht.

Ächzend ruderte Ralf mit den Armen und flog nach hinten.

Als er im Gras landete, schien die Sonne nicht mehr hell und Schreie drangen an sein Ohr, die aus jeder Richtung zu kommen schienen. Dunkle Wolken zogen über den Himmel und da war Blut, viel Blut. Es lief über sein Gesicht, floss über seine Hände.

Rebeka lächelte, drehte sich um und ging davon. Ralf stieß ein irres Lachen aus … Diese Hure … Sie hatte das alles zu verantworten.

»Ja komm nur«, rief er und spuckte Blut aus. Rebeka blieb stehen.

»Bist du zufrieden? Denkst du etwa, ich weiß es nicht? Ich weiß alles über dich.« Er holte tief Luft. »Du hast mich betrogen. Ich habe dich gesehen. Du und dieser Marko! Jaaaa, in unserem Schlafzimmer …« Er zitterte. Blutstropfen lösten sich von seinen Fingern und fielen auf seine Jacke. »Du bist schuld, Rebeka.

Du hast alles zerstört.«

Sie legte den Kopf schräg.

»Geh nur … geh und brenne!«

Sie drehte sich um, lächelte. Ralf senkte den Kopf in das Gras und musterte die dunklen Wolken am Himmel.

Er wollte nur noch schlafen. Nur noch … Ruhen und …

37. Rebeka Ritter

1.

»Geh nur … geh und brenne!«

Rebeka ließ die Seile los, mit denen sie Ralf die Arme auf dem Sofa festgebunden hatte.

Sie setzte sich.

Das war es also. Deshalb wollte er ihren Tod. … Wegen ihrer Beziehung zu Marko. Dann hatte er es schon die ganze Zeit gewusst und sich deshalb diesen Plan mit dem Haus einfallen lassen.

Das war krank. Nicht nur verrückt, sondern vollkommen wahnsinnig!

Fassungslos legte sie sich die Hand auf die Brust. Atmete ein, aus. Wieder ein …

Jetzt ergab alles einen Sinn. Das Haus mitten im Wald … die Übernachtung … die Jagd …

Rebeka stand auf und zog die Fesseln an Ralfs Händen stramm. Die müssten halten.

Dieses kranke Schwein. Gott, war sie wütend auf ihn. Dann hatte er sie also beim Sex beobachtet und im Anschluss seine wahnhaften Ideen ausgearbeitet.

Dieser Mistkerl! Aber immerhin war er jetzt gefesselt. Erleichtert dehnte sie den Rücken. Und Kasimir?

Er lag immer noch auf dem Bauch hinter dem Sofa und rührte sich nicht.

»Kasimir?« Sie eilte zu ihm und drehte ihn auf den Rücken. »Bist du verletzt?« Er hatte die Augen geschlossen und atmete sanft. Scheinbar schlief er.

»Hallo?« Sie berührte ihn an der Schulter, aber nichts. Der Makler schlief weiter.

Hm, vielleicht brauchte er das auch. Nach dem Kampf mit dem Unhold …

Rebeka stand auf und drehte sich zu den Koffern. Dass Kasimir es geschafft hatte, sie in das Haus zu bringen, war ein Wunder.

Sie ging hin, öffnete Ralfs Koffer. Darin befand sich neben der kaputten Büchse, einem gelben Funkgerät und der schönen Holzkiste, auch eine Pistole.

Aha … Interessant.

Sie nahm die Pistole und steckte sie in ihre Hosentasche. Um den Rest würde sie sich später kümmern.

Sie nahm ihren Koffer und verließ das Wohnzimmer.

Leise pfeifend ging sie in ihr Zimmer hoch und legte den Koffer auf das Bett.

Gut … Jetzt war sie bereit.

Mit der Pistole verließ sie ihr Zimmer und ging in Ralfs, in den geheimen Raum. Es war alles noch an seinem Platz. Genau wie das Loch in der rechten Wandseite.

Vor dem Loch blieb sie stehen und musterte es. Noch immer war dieser Geruch nach Fäulnis wahrzunehmen, aber nicht mehr so stark. Dunkel lagen die Stufen vor ihr aus.

»Hm, ohne Licht wird das nicht klappen!« Sie seufzte. Rasch machte sie kehrt und eilte in die Küche hinunter. Aus der Vorratskammer holte sie eine Taschenlampe und rannte dann wieder die Treppe hinauf, in den geheimen Raum zurück. Vor dem Loch blieb sie stehen.

Jetzt war sie soweit …

Okay.

Sie aktivierte die Lampe und leuchtete auf die Stufen. Dann setzte sie den ersten Schritt.

2.

Die Stufen fühlten sich stabil an. Genau wie die Wände bestanden sie aus festem Stein.

Vorsichtig schritt Rebeka Stufe für Stufe hinunter, immer tiefer und tiefer. Zuerst führte die Treppe geradeaus, bis sie eine Biegung nach links machte. Rebeka folgte ihr und erreichte wenig später eine große Höhle.

Ob das eine Falle war?, dachte sie.

Mit dem Lampenschein leuchtete sie durch die Höhle. Sie war sehr groß. Ein paar Tropfsteine wuchsen von der Decke und das leise Rauschen von Wasser war zu hören. Unten führte die letzte Stufe auf einen sandigen Boden. Weiter hinten standen mehrere Tische nebeneinander, auf denen zahlreiche Glasgefäße, Flaschen, ungewöhnliche Apparaturen und Behälter platziert waren. An der gegenüberliegenden Wandseite entdeckte sie ein Zeichen. Eine Art Gravur ... den Umriss eines Ahornblattes.

Moment. Das hatte sie schon mal gesehen.

Sie griff in ihre Hosentasche und holte die Brosche hervor, die Ralf in der Hand gehalten hatte. Sie hatte sie ihm abgenommen. Vermutlich hatte Ralf sie in dem Schuppen gefunden, aber was bedeutete sie? Und wofür stand dieses Zeichen?

Sie steckte die Brosche wieder ein.

Zögerlich trat sie die Stufen hinunter, eine nach der anderen.

Einige Ecken und Kanten der Höhle lagen so verborgen, dass das Licht dort nicht hinreichte.

Beklommen näherte sie sich den Tischen. Dann zögerte sie ... Gleich rechts, neben den Tischen befand sich ein Podest aus Stein. Eine Art Postament und darauf ... Sie ging hin und blieb stehen. Da lag eine kleine

Phiole, die mit einer glänzenden gelben Flüssigkeit gefüllt war.

Hm … Sie streckte eine Hand aus.

»Vorsicht!«

Rebeka schrie auf. Zitternd fuhr sie herum, die Pistole erhoben. Dort stand jemand, in den Schatten, eine … eine Gestalt …

Ihr Atem wurde flach.

»W-wer ist da?«

Ein Fingerschnippen erklang, dann loderten mehrere Fackeln am Rand des runden Sandareals auf.

Rebeka senkte die Lampe. Aus einer der Felsspalten kam eine Person hervor, die … *Nein!* …

Es war die Nonne. Die alte Frau.

3.

Rebeka zielte auf sie. »Warte! Komm nicht näher!«

Das Gesicht der Frau war unter der Kapuze verdeckt. Nur ihre weißen Hände ragten unter dem Umhang hervor. Am Rand des Areals blieb die Frau stehen. Die Fackeln warfen einen langen Schatten hinter ihr über die Wände.

»Sie sollte aufpassen, was sie tut«, sagte die alte Frau.

Rebeka spürte den Schweiß ihren Rücken herunterlaufen. Was würde die Nonne jetzt tun? Sie angreifen?

»Sie hat Angst.«

»Ja«, gab Rebeka zu. »Wundert dich das?«

»Sie muss es verstehen.«

»Was soll ich verstehen?«

Die Nonne breitete die Arme aus. »Sie hat *seinen* Raum gefunden.«

Rebeka sah sich um. »Wessen Raum? Rüdigers?«

Sie nickte. »Alt ist diese Höhle. Älter als das Haus. Sogar älter als mancher Baum. Meine Angehörigen kennen diese Höhlen schon lange.«

»Angehörige? Du … du gehörst zu diesen Menschen aus dem Wald, richtig?«

»Wir sind viele.« Sie deutete auf den Umriss an der Wand … Das Ahornblatt. »Wir kennen jeden Baum, jedes Gras, jeden Halm. Wir wissen, wo das erste Blatt im Frühling gedeiht, und wir wissen, wo das letzte im Herbst auf die Erde fällt. Wir sind … Viele. Und wir wissen …«

Rebeka schluckte. »Aber was willst du von mir? Ich habe deinen Jungen nicht umgebracht. Das war Ralf. Er ist dort oben gefesselt. Du kannst ihn haben, wenn du willst!«

Die Frau senkte die Hand. »Sie … hat eine Chance.«

»Wer? Ich?«

Die Frau nickte. »Sie wird es schaffen, wenn sie will.«

»Was?«

»Sie kann entkommen, wenn sie es richtig macht.«

Rebeka schluckte. Hatte sie das richtig gehört? Entkommen?

»Äh … ich weiß nicht, ob ich dir folgen kann.«

»Sie weiß, was mit Graaarzchew passiert ist.«

Rebeka beugte sich vor. »Mit wem?«

»Graaarzchew. Meinem Sohn.«

»Ääh … Ralf hat deinen Jungen getötet, nicht ich.«

»Sie sollte wissen, dass er dafür verurteilt wurde. Sein Schicksal ist besiegelt.«

»Was heißt das?«

»Er kann diesen Ort nicht verlassen. Niemals. Aber sie … sie kann gehen, wenn sie es schafft.«

»Und … wie? Da oben läuft der Unhold rum und lässt mich nicht gehen.«

»Sie muss erfahren, dass *er* sie geschaffen hat.« Sie zeigte nach rechts.

»Was?« Rebeka drehte den Kopf. »NEIN!« Sie wich zurück. Ein kalter Angstpfeil bohrte sich in ihre Brust. Im Schein der Fackeln entdeckte sie eine groteske Gestalt in einer der Felsnischen. Dieser Haufen war seltsam aufgebläht. Die Haut war grau, die Augen trüb und in dem offenstehenden Mund fehlten die Zähne. Die eine Hand war nach oben gereckt, während die andere nach unten eingedreht war. Der linke Arm verschwand unter dem Körper. Die noch sichtbaren Finger waren verbogen und der Hals war verdreht. Knochen ragten der Gestalt aus dem Rücken. Die Füße waren ineinander verknotet.

Und, nein … Da war …

Metall.

4.

Es wuchs durch den Körper wie eine Schlange. Es stach heraus, hinein, heraus ... Bohrte sich durch die rechte Schulter hinein und durch die linke wieder hinaus, bildete ein grässlich groteskes Gestell. An einer anderen Stelle bohrte sich das Metall durch die Beine, die Arme, aus der linken Schläfe hinaus, in den Rücken, die Füße ...

»W-wer ... was ist das?«

»Er hatte viele Fragen und er war ständig auf der Suche. Zuerst haben wir uns nicht um ihn gekümmert, aber dann ... Dann haben wir ihm gesagt, was er wissen wollte.«

Eine Gänsehaut lief Rebeka über den Rücken. Sie drehte sich wieder um. »Ist das etwa Rüdiger?«

Die Frau nickte.

Der einsame Rüdiger?, dachte Rebeka. Der vor einigen Jahren spurlos verschwunden war?

»Sie muss wissen, dass wir sie Wächter nennen. Es sind keine reinen Menschen. Sie bestehen zur Hälfte aus Maschinen und zur anderen aus Mensch. *Er* ...«

Sie zeigte auf Rüdiger, »war entschlossen, sie zu bauen, damit sie ihm Arbeit abnehmen. Für das Haus, für diese Höhle. Er wollte Helfer, und er wollte auch uns welche machen ... «

Wächter ... Also war der Unhold einer dieser Wächter?

»Und ... was ist dann passiert?« Sie sah wieder zu dem leblosen Haufen zwischen den Felsen.

»Er ist gescheitert. Immer wieder. Er ist so oft gescheitert, dass er sich das Leben nehmen wollte, bis wir ihm etwas gegeben haben. Etwas Seltenes. Das nur wir kennen. Und nur wir wissen, wo es zu finden ist. Es ist gefährlich. Es ist mächtig ...«

»Und was ist es?«

Die Frau deutete auf das Postament. Rebeka sah zu der Phiole, die mit der gelben Flüssigkeit gefüllt war. »Der Name lautet Galgiperat.«

Galgiperat … Das hatte sie doch schon mal auf einem der Papiere oben gelesen.

Die Nonne nickte. »Er hat viel gebraucht, damit hat er die Wächter erschaffen konnte.«

»Das Galgiperat … « Rebeka zeigte auf die Phiole, »erschafft einen Unhold?«

Die Frau nickte. »Aber sie muss vorsichtig sein. Ein Tropfen zu viel oder zu wenig und die Schäden können schrecklich sein.«

»Warte mal, dann war der Unhold da draußen einmal ein Mensch?« Ihr klappte der Mund auf.

»Sie muss wissen, dass die Menge entscheidet. Nimmt man zu viel …« Sie deutete auf den leblosen Haufen.

Rebeka schluckte. »Ich verstehe. Aber warum hat er es selbst genommen?«

»Er wollte besser sein. Stärker. Größer … Er wollte zu viel.«

Wieder überlief sie eine Gänsehaut. »U-und was soll ich jetzt machen?«

»Sie kann gehen, wenn sie will.«

»Aber wie? Wenn ich rausgehe, greift mich der Unhold an ...«

Die Frau hob eine Hand. »Sie muss ihn haben.«

»Was muss ich haben?«

»Den Schwarzling. Sie muss ihn bei sich tragen. Immer.«

Welchen Schwarzling, was meinte sie …?

Moment.

Sie griff in ihre Hosentasche und holte die Brosche heraus, die sie von Ralf genommen hatte.

Die Frau nickte. »Das ist der Schwarzling. Sie muss ihn bei sich behalten. Immer.«

»Okay und ... was bringt er?«

»Sie ist verborgen. Die Wächter sehen den nicht, der den Schwarzling trägt.«

Rebeka machte große Augen. Bedeutete das ... das ... »Du willst mir also sagen, dass ich jetzt, in diesem Moment das Haus verlassen könnte? Einfach, indem ich diese Brosche halte?«

Die Frau nickte. »Sie kann.«

Das ... war ja wunderbar. Damit wäre sie frei und sie könnte endlich wieder... Zu Marko.

Ein warmes Kribbeln überlief sie.

»Sie sollte wissen, dass die Wächter ihr helfen können.«

Rebeka sah auf. »Wobei? Beim Fliehen?« Sie lächelte. Schnell steckte sie die Brosche in ihre Hosentasche.

»Die Wächter können ihn bestrafen, wenn sie will.«

»Wen, Ralf?«

Die Frau nickte. »Er ist verurteilt.«

»Warte ... du meinst, dass der Unhold ins Haus kommen soll, um Ralf zu töten?«

Die Frau nickte.

»Wie?«

»Sie muss verstehen, dass er nicht in das Haus kann.«

»Ja, warum nicht?« Rebeka erinnerte sich, wie der Unhold auf das Haus zugelaufen und sich wenig später wieder abgewandt hatte.

Außerdem ... wenn er in das Haus könnte, hätte er es doch schon längst getan! Etwas musste ihn also draußen halten.

Die Nonne hob einen Finger. »Er hat sie entwickelt.« Sie zeigte auf Rüdiger. »Sie ist mit den Wächtern verbunden.«

»Was ist mit den Wächtern verbunden?«

»Eine Laterne«, erklärte die Frau.

Rebeka hob die Hand. »Eine Laterne … Moment … ich glaube ...«

»Sie muss sie abschalten … danach kann der Wächter in das Haus.«

Ja, natürlich … hatte Ralf nicht eine Laterne in der Hand gehabt, als sie ihn in dem geheimen Bereich gesehen hatte?

»Und was geschieht dann?«

»Sie kann gehen, wenn der Unhold sie nicht sieht. Aber er … muss bleiben.«

»Ich muss also die Lampe deaktivieren und dann mit dem Schwarzling fliehen? Und der Unhold kümmert sich dann um Ralf?«

Die Frau nickte.

»Ich verstehe … aber warum hilfst du mir, obwohl das mit deinem Jungen passiert ist?«

»Sie ist nicht verurteilt … er ist es.«

Rebeka atmete erleichtert auf. »Und was passiert damit? Sollten wir nicht verhindern, dass es in falsche Hände gelangt?« Sie zeigte auf die Phiole.

Die Frau trat rückwärts. Vermutlich wollte sie wieder gehen. »Sie muss vorsichtig sein. Ein Tropfen zu viel und die Schäden können schrecklich sein.« Weiter rückte sie, bis sie in der Felsspalte verschwand. Dann wurde es still in der Höhle.

Rebeka überlief eine Gänsehaut. Zögerlich betrachtete sie die Phiole.

Damit hatte sie nicht gerechnet … Dass tatsächlich die Nonne erschien und ihr half. Aber es stimmte … Ralf war der Schuldige und nicht sie. Er musste also bestraft werden, nur … Wollte sie das?

Für seine Mordversuche müsste er eigentlich brennen
...

Sie schüttelte den Kopf.

Außerdem, was wäre, wenn er doch noch am Ende von diesem Ort entkam? Würde er sich dann nicht als gerissener Anwalt aus allen Verfahren befreien können? Vermutlich. Und würde er sich an ihr nicht für alles in diesem Haus rächen wollen ... Auch vermutlich.

Wollte sie also in ständiger Angst vor ihm leben müssen?

Willst du ein Opfer sein?

Rebeka lachte. Niemals. Rasch steckte sie die Phiole ein und drehte sich zu dem toten Rüdiger.

JA ... Ralf würde für seine Taten bezahlen ... Und jetzt wusste sie auch wie ...

38. Ralf Ritter

1.

Es war so eng hier. Oder nicht? Vielleicht bildete er sich das auch nur ein, aber … Es war schon ziemlich eng.

Über ihm da … da war ein Geräusch, als würde jemand atmen. Ein Grunzen, nein … ein Zischen vielleicht?

Langsam öffnete er die Augen. »Neein!« Er zuckte zusammen. Was zum … Er bewegte die Arme und die Beine, aber es ging nicht wirklich. Blinzelnd starrte er an sich hinunter.

Er war gefesselt. Und über ihm …

Kasimir grinste breit, während er das gelbe Funkgerät in den Händen hielt. Seine roten Augen glühten und der Speichel tropfte ihm von den Lippen.

Ralf spürte eine Eiseskälte an sich herunterrieseln. »Kkasimir … was?«

Kasimir grunzte und sprang euphorisch in die Luft.

Schockiert stieß Ralf den Atem aus. »Kasimir … was hast du mit dem Funkgerät vor?«

Kasimir blickte auf das Funkgerät. Mit zwei Fingern zog er die Antenne aus dem Gerät und grinste wieder.

Oh nein … NEIN … Was hatte er vor? Und wo war Rebeka?

Rasch sah er sich nach allen Seiten um. Er lag auf dem Sofa und … seine Arme und Beine waren gefesselt. Es war … Er rüttelte, zerrte, aber die Seile ließen nicht nach.

Kasimir entfernte sich ein Stück, bis er neben dem Fenster stehen blieb. Grinsend tippte er auf dem Gerät herum und dann … Pieeeep …

Ralf hob den Kopf. »Kasimir! Lass das!«

Diese Augen, dachte er. Diese schrecklichen roten Augen.

Pieeeep.

Erneut sprang Kasimir in die Luft. Wie ein Affe.

Pieeeep.

»Kasimir, bitte! Hör auf!«

»Raaaarraaarrraaaraa!«, rief Kasimir.

»Was?« Hatte Kasimir gerade was gesagt? Er war ja nicht mehr bei Sinnen.

Pieee -

»Ja? Ralf, bist du es?«

Ralf riss die Augen auf. Nein ... Hans!

»Kasimir!«

»Raaaaraaaaaarrraaaara!«, rief Kasimir in das Gerät.

»Raaarraaaaaarrrrrrrrraaaaraaarraar.«

»Was? Hallo? Ist die Verbindung so schlecht?«

»Haaaans!«, schrie Ralf. Sein Herz pochte. »Bitte, Hans! Es ist alles in Ordnung! Hör nicht auf ihn!«

»Raaaraaaaraaaarrraaaaraaaaaar!« Kasimir tanzte im Kreis, das Funkgerät gegen den Mund gepresst. »Aaaarraarrrrraaaar!«

»Hallo?«, drang es aus dem Gerät. »Ich verstehe kein Wort. Offenbar stimmt die Verbindung nicht. Warte mal ...«

Es piepte. Das Gespräch endete.

»Neein!« Ralf zerrte an seinen Fesseln. »Was soll das? Warum machst du das?«

Kasimir senkte das Gerät. Das Grinsen verschwand aus seinem Gesicht. Zügig bewegte er sich an dem Sofa vorbei nach hinten. Dort verstaute er das Funkgerät wieder in dem Koffer.

»Kasimir! Was tust du?!« Ralf zerrte an den Fesseln. Sie gaben einfach nicht nach.

Kasimir schloss den Koffer und legte sich dann flach auf den Boden hinter das Sofa, sodass er fast nicht mehr zu sehen war. Dann … nichts mehr. Kein Geräusch, keine Bewegungen. Nichts.

»Hallo? Kasimir? Was ist denn hier los? Hiiiiiilllffee?«
Schritte.

Ralf wandte den Kopf, aber das Sofa nahm ihm die Sicht. Plötzlich betrat jemand den Raum.

Ein Schritt erklang, dann noch einer.

Dann erschien Rebeka.

Sie hielt ein Messer in der Hand.

2.

Ralf entspannte seine Muskeln. Natürlich, dachte er
… Wie hätte es auch anders sein sollen? Seine dämliche Frau hatte ihn gefesselt und plante jetzt etwas …

In der anderen Hand hielt Rebeka einen Stuhl, den sie
mit etwas Abstand zum Sofa aufstellte. Ausatmend
setzte sie sich und überschlug die Beine.

Durchdringend sah sie ihn an.

»Was starrst du so? Redest du etwa wieder mit mir?«,
fragte Ralf.

»Hör einfach zu, Ralf! Dann wird es einfacher für uns
beide.«

Ralf lachte. »Ach so, dann willst du mir eine Stand-
pauke halten? Ich schlage *dir* was vor: Binde mich los
und wir regeln das auf alte Weise.«

Rebekas Augen blitzten. »Ich bin nicht hier, um mit
dir zu verhandeln. Dazu bist du auch gar nicht in der
Position.«

»Gut!«, rief Ralf. »Denn du kannst mich mal.«

Rebeka blickte nach rechts, aus dem Fenster. Die Sonne strahlte herein. Draußen würde wohl noch der
Unhold seine Runden ziehen, dachte Ralf.

»Seit wann hast du es gewusst?« Sie sah ihn an.

»Hä? Bitte was?«

»Marko … du hättest das nie erfahren sollen!«
Ralf stieß die Luft aus. »Woher weißt du, dass ich es
weiß? Ich habe dir das nicht erzählt!«

»Du hast geredet, Ralf. Im Delirium. Du hast dich
verraten. Und damit du Bescheid weißt: Für deine
Mordversuche wirst du bezahlen. Aber bevor das
passiert, möchte ich dir noch eine Chance geben. Ein
letzter Akt der Gnade sozusagen, bevor -«

»Für wen hältst du dich eigentlich!« Ralf spürte Hass
in sich aufsteigen. »Du hast mich betrogen, Rebeka!

Du bist hier die Schuldige, nicht ich!«

Rebeka spuckte aus. »Für wen hältst *du* dich? Ich bin nicht dein Eigentum, Ralf, kapiert? Ich kann leben, mit wem ich will!«

»Ach ja?! Dass du mit einem anderen fickst spielt keine Rolle? Als ich dich auf ihm gesehen habe … da habe ich dich in diesem Moment abstechen wollen, verstehst du! Ich wollte euch beide töten, aber ich habe es nicht getan. Noch nicht ...«

Rebeka schwieg. Dann meinte sie: »Ich gebe dir noch eine Chance, Ralf. Eine einzige.« Sie richtete das Messer auf ihn. »Sag mir, wo die Lampe ist, und ich werde dir nicht wehtun!«

Schweigen.

Schweigen.

Ralf lachte. Er lachte so laut, dass es in seiner Brust schmerzte. Keuchend lehnte er den Kopf zurück. »D-du … du willst die Lampe haben? Welche Lampe denn? Willst du einen Raum beleuchten oder was?«

Rebeka verzog keine Miene. »Ich weiß, dass du sie in der Hand hattest, Ralf. Sie ist dort oben, in deinem geheimen Raum in der Wand und ich möchte sie haben, jetzt gleich. Also … wie öffnet man das Fach?«

Ralf hustete. »D-das Fach … woher weißt du von dem Fach?«

»Ich habe dich gesehen.« Jetzt lächelte sie. »Dummerweise weiß ich nicht, wie du es öffnen konntest, sonst würden wir jetzt nicht miteinander reden. Also sag mir jetzt wie!«

Ralf streckte das Kinn vor. »So, so … und wenn ich es dir nicht sage, dann stichst du mich mit dem Messer ab?«

Rebeka stand auf. »Fünfzehn Minuten hast du. Dann will ich eine Antwort haben.«

»Warte. Was hast du vor?«

Rebeka nahm den Stuhl und ging.

»Warte! Bitte! Kasimir … er lebt!«

Sie blieb stehen, wandte den Kopf. »Was ist mit Kasimir?«

»Er … ist irgendwie durchgedreht und hat mit dem Funkgerät herumgespielt. Gerade eben, bevor du gekommen bist. Er macht dir etwas vor!«

Rebeka zog die Stirn kraus. Ihr Blick ging zu Kasimir, der ungerührt auf dem Boden lag. »Er schläft, Ralf. Und das hast du zu verantworten! Du hättest ihm da draußen ruhig helfen können!«

Sie drehte sich um. »Jetzt sind es noch vierzehn Minuten.«

»Nein, Rebeka, komm zurück! Lass mich hier nicht mit dem Verrückten allein. Heeey!«

39. Rebeka Ritter

1.

In ihrem Zimmer schloss sie die Tür und setzte sich auf ihr Bett. Sie atmete durch. Das Messer legte sie neben sich.

Bist du sicher, dass das der richtige Weg ist?

Sie seufzte. Nein, natürlich nicht, aber was sollte sie sonst tun?

Sie könnte das Haus verlassen. In der Nacht. Geschützt durch den Schwarzling und ein für alle Mal weg von hier … Aber was, wenn Ralf auch irgendwann die Flucht gelang und er sie verfolgte?

Sie schloss die Augen.

Nein, Ralf würde sie nie in Ruhe lassen. Er hatte es verdient zu sterben, nicht sie. Die alte Frau hatte ganz recht.

Sie sah zu ihrer Handtasche. Ihre Scheidungsunterlagen befanden sich darin. Vielleicht hätte sie sie ihm einfach früher geben sollen … das hätte einige Probleme erspart.

Sie stand auf und stellte sich vor das hintere Fenster. Draußen schien noch die Sonne. Die Zeit lief.

Wie schön wäre es doch, jetzt zu Hause zu sein, an ihrem Schreibtisch, ohne Ralf … Was wohl Tina und Marko gerade dachten? Ob sie sich Sorgen machten?

Ein Knoten bildete sich in ihrer Brust, wurde enger.

Diese eine Sache musste sie jetzt noch durchstehen, dann wäre sie frei.

Rebeka ballte eine Hand zur Faust. Sie würde es tun! Wegen Ralfs Mordversuchen! Für den Tod des Jungen!

Für … alles …

Und sie würde schon noch herausfinden, wie sie an
die Lampe kam. Und dann ... dann wäre dieser Albtraum vorbei ...
Sie sah auf ihre Armbanduhr.
Noch sechs Minuten...

40. Ralf Ritter

1.

Gott, wie er sie hasste. Dieses dämliche Weibsstück! Wagte es, ihm zu drohen. Ihn erneut zu fesseln … Das konnte doch nicht wahr sein!

Aaaaa! Er unterdrückte einen Schrei. Seine Gedanken rasten.

Wenn er sie nur in die Finger bekommen könnte. Einfach nur … aber er kam nicht los. Die Fesseln waren zu fest. Ein Messer war auch nicht in der Nähe … es war … verdammt ungünstig.

Gott. Er schloss die Augen. Warum hatte er sie überhaupt heiraten müssen? Hätte er damals schon gewusst, was sie für eine Hure war, hätte er sie nicht mal mit einer Zange angefasst.

Baaa! Er würgte.

Ein Geräusch. Von rechts.

Ralf streckte den Kopf nach hinten und spähte leicht um das Sofa herum. Oh nein … Kasimir. Er erhob sich wieder auf die Beine.

Sollte er vielleicht Rebeka rufen?, dachte Ralf. Eine Gänsehaut überlief ihn. Nein! Sicher nicht!

Im Stehen ließ Kasimir seinen Rücken knacken. Dann wandte er sich Ralf zu.

»Aaa!« Ralf zuckte zusammen. Kasimirs Augen leuchteten rot. Die Lippen spaltete er zu einem diabolischen Grinsen.

Das war doch nicht … Etwas stimmte nicht mit ihm. Als wäre er jemand anderes.

»Dididi didiadidi didiadidi …« Langsam rückte Kasimir näher. Dabei folgte er dem Takt seiner summenden Melodie. Mal ging er vor, dann wieder zurück, dann vor. »Diidia aaaddididi didiaadidiad.« Schließ-

lich blieb er neben Ralf stehen. Aus seiner Hosentasche fischte er ein kleines Messer.

Ralf riss die Augen auf. Wo hatte er das denn her? Er
wand sich, kämpfte gegen die Fesseln.

»Neeee -« Eine Hand landete auf seinem Mund. Fest,
entschieden.

Kasimir nickte, die Augen aufgerissen. Wieder lächelte er.

Ralf zuckte … Dann legte sich Kasimir die Messerklinge an die Lippen.

Ralf hielt inne. Langsam löste Kasimir die Hand von
seinem Mund. »W-was willst du?«, fragte Ralf. In
seiner Brust nagte die Angst wie eine Ratte.

Kasimir drehte das Messer und bohrte sich die Klinge
in die linke Handfläche.

Fassungslos beobachtete Ralf, wie sich Blut von Kasimirs Handfläche löste und auf den Boden tropfte.

Tropf. Tropf.

Noch ein Tropfen.

Tropf.

Das war doch verrückt!

»Gaagagaaagga!«, lachte Kasimir. Er ließ das Messer
fallen und griff nach Ralf.

»Aaaaa -« Presste zwei Finger in seine Wangen.

Ralf würgte. Erneut kämpfte er gegen die Fesseln,
aber sie lösten sich nicht. Behutsam navigierte Kasimir die blutende Hand zu ihm, weiter, noch ein Stück
…

Neeeeein, dachte Ralf. Er spannte die Schultern an, zog
an den Fesseln. Er drückte, schob … Näher kam die
Hand, noch näher …

»Gaaagagraggaaag!«

Neeeeeeeeeeeeeeeein. Dann landete sie auf seinem
Mund. Ralf schmeckte Blut. Warmes Blut.

Dann nichts mehr …

41. Rebeka Ritter

1.

Gut, die Zeit ist um.

Sie nahm ihr Messer, öffnete ihre Zimmertür und trat hinaus. Der Augenblick der Wahrheit war gekommen. Mit einem nervösen Kribbeln im Magen schritt sie die Treppe hinunter und wurde auf den letzten Stufen langsamer.

Hörte sie da ... Wasser? Einen laufenden Hahn? War Kasimir wieder erwacht?

Sie ging hinunter und sah nach links, ins Wohnzimmer. Kasimir lag auf dem Bauch, den Kopf gesenkt und schlief noch. Aber das hieß ... Ruckartig sah sie in die Küche.

NEIN.

Sie trat hinein und verharrte. Das ... das ... konnte doch nicht wahr sein!

Ralf stand dort. Er war ... frei und wusch sich gerade die Hände. Gehört hatte er sie anscheinend nicht, denn er drehte sich nicht um.

Das kann doch nicht ... Wie war das möglich? Sie hatte ihn doch mit den Seilen festgebunden und ... Ihr Herz schlug schnell. Zitternd hob sie das Messer.

»R-ralf?«

Ralf hob den Kopf. Die Hände legte er an den Rand des Waschbeckens.

»Ralf, was soll das? Wie hast du es geschafft, dich von den Fesseln zu befreien?«

Nichts. Keine Reaktion.

»Ralf?« Langsam kam sie vor und blieb vor dem Tisch stehen.

Ralf schaltete das Wasser aus, drehte sich langsam um.

»Mein Gott. Was hast du getan?« Entsetzt wich sie zurück. In ihrer Brust begann es zu brodeln. Ihr Blick fiel auf das Messer in seiner Hand.

Es war voller Blut.

»Hallo, Rebeka … gefalle ich dir?« Er grinste.

Wie Blitze zogen sich klaffende Wunden über seine Nase zum Mund, über die Stirn zu den Schläfen. Rote, fleischige Schnitte. Das Blut floss ihm zum Kinn, in seinen Augen glänzte es rötlich.

Rebeka trat einen Schritt zurück. Verstohlen sah sie hinter sich zu dem Durchgang. Wenn sie schnell wäre …

Ralf sprang vor und schwang das Messer. Keuchend wich Rebeka nach links, verlor den Halt und landete hart auf dem Küchenboden.

»Gefalle ich dir?«, fragte er. Seine Stimme hatte sich verändert. Sie war jetzt sehr viel höher.

Demonstrativ versperrte er den Ausgang.

Rebeka kroch rückwärts und traf gegen die Wand. Ralf streckte den Rücken durch. Richtete seine roten Augen auf sie. Das Messer hielt er erhoben.

»Ralf! … Wir bleiben jetzt ruhig, okay?!« Ihre Atmung beschleunigte. Sie fühlte es kribbeln, in den Beinen, den Armen.

Ralf kam näher.

»Ralf!« Sie drückte sich an der Wand hoch. »Komm nicht näher, ich habe ein Messer!«

»Ich möchte dir gefallen, Rebeka, damit wir wieder zusammen sein können. Siehst du …« Mit der blutigen Messerspitze zeigte er auf sein entstelltes Gesicht.

Wieder tropfte ihm Blut in das rechte Auge. Irgendetwas musste mit ihm passiert sein.

»Ralf, ganz ruhig. Du brauchst Hilfe. Lass mich dir helfen.«

Er legte den Kopf schräg.

»Ralf, nimm doch Vernunft an. Das führt doch zu nichts.«

Eilig sprang sie nach rechts zu den Schränken mit den Schubladen. Hinter dem Tisch blieb sie stehen.

»Reeeebeeeeka?« Ralf erreichte den Tisch. Rebeka bewegte sich nach rechts, aber er ging ebenfalls in diese Richtung, sodass sie stehenblieb.

Dann eben links, dachte sie, aber er folgte ihr.

Nervös blieb sie stehen. Was sollte sie jetzt tun?

»Ralf!« Ihre Stimme zitterte. »Ralf, zwing mich nicht dazu.«

Ralf lächelte. Blut lief ihm über das Kinn. Dann rückte er den Tisch nach vorn, sodass die Stühle umkippten und sie mit dem Rücken gegen die Küchenarmatur stieß. Der Tisch quetschte sie ein.

»AAAAAAAAH!« Rebeka stach zu, traf Ralf an der Schulter. Ralf knurrte und stieß sein Messer vor. Wie ein Blitz streifte die Klinge sie am linken Arm. Heiß raste der Schmerz durch sie hindurch. »Aaaaah. Scheiße! Du DRECKSKERL!« Erneut rammte sie das Messer vor und traf ihn wieder an der Schulter. Diesmal blieb das Messer stecken.

Schreiend wich Ralf zurück. Zuerst musterte er das Messer, dann packte er es mit der freien Hand.

Rebeka schob den Tisch von sich. Ralf zog das Messer heraus und warf es weg. Dann fasste er den Tisch von der anderen Seite.

In der Mitte verharrte der Tisch.

Oh neeeein, dachte Rebeka. Sie drückte, fester, aber es half nicht. Langsam rückte sie nach hinten.

Ralf war stärker als sie.

»Aaaaa! Neeeeein!« Sie sah zurück zu der Armatur und dann wieder zu Ralf. Blut lief ihm über das Gesicht in seinen offenen Mund. Seine Augen funkelten.

»Lieb mich, Rebeka … wie früher.«

Was? Hatte er den Verstand verloren? Egal. Sie hatte eine Idee. Mit einem Satz sprang sie hoch und landete auf dem Tisch. Ralf schob weiter. Dann hielt er inne.

Rebeka holte aus, trat ihm ins Gesicht.

WAAATSCH.

Ralf stöhnte. Er verdrehte die Augen und kippte nach hinten. Hart landete er auf dem Boden und ließ sein Messer fallen.

Das war die Chance! … Eilig sprang sie vom Tisch und hechtete auf den Durchgang zu. Nicht mehr weit und …

Sie schrie.

Schlagartig verlor sie den Halt und krachte auf den Boden. Der Schmerz presste ihr die Luft aus der Lunge. Ruckartig drehte sie den Kopf und sah Ralf. Er hielt ihr Bein gepackt.

2.

»Neeein. Laaaass mich loooos! Hiiiilfe!« Sie trat zu. Wie eine Schlange bewegte er sich zu ihr, hin und her, bis er mit dem Kopf ihre Beine erreichte.

Sie traf ihn an der Wange, an der Stirn, aber das war ihm egal. Genüsslich schloss er die Augen und streckte die Zunge raus.

»Aaaaah. Lass das!« Wieder trat sie zu. Wieder. Dann kroch er auf ihren Körper. *Igitt!* Weiter, höher, bis sich ein Schatten über ihr Gesicht legte. Seine Hände umfassten ihren Kopf, links, rechts, hoben sie hoch und … DONG! … Schlugen sie mit dem Hinterkopf auf den Boden.

Rebeka würgte.

»Liebe mich, Rebeka! Bitte!« Er hob sie erneut hoch. DONG.

Rebeka sah Sterne aufkommen. Die Wände verschwammen. Schmerzen jagten durch ihren Körper.

»Nimm mich zurück. Bitteeee!« Wieder hob er ihren Kopf an. DONG.

Dort hinten. Im Wohnzimmer … War das eine Gestalt?

Rebeka keuchte. Die Farben liefen vor ihren Augen ineinander. Es war, als würde dort hinten eine Gestalt stehen, aufrecht, mit leuchtend roten Augen. Diese Gestalt kam näher. Ein Schritt, noch ein Schritt. DONG.

Rebeka fühlte Blut über ihre Lippen laufen. DONG.

Die Gestalt erreichte die Küche.

»Laaaaass mich!«

Wer war das? Augenblicklich verschwand das Gewicht von ihr. Sie drehte den Kopf und sah Ralf hinter sich knien. Seine Augen leuchteten nicht mehr. Er keuchte, würgte, schnappte nach Luft, als würde er ersticken.

Angestrengt zog sich Rebeka nach vorn, ein Stück, noch ein Stück. Ihre Sicht drehte sich wieder. Sie packte den nahen Stuhl und schleuderte ihn gegen Ralf.

Ralf stöhnte und fiel zur Seite. Er rührte sich nicht mehr.

Rebeka kämpfte sich auf die Füße.

Sie musste sich hinlegen … Schnell. Wankend schritt sie zum Durchgang, der aus der Küche führte. Mitten auf dem Gang lag Kasimir auf dem Bauch und schlief. Aber … hatte er nicht vorhin im Wohnzimmer gelegen? Und hatte Ralf nicht etwas über ihn gesagt? Dass er gar nicht schliefe, sondern … Zuckte da einer seiner Finger? Tat er also nur so?

Erschrocken wich sie zurück in die Küche. Neben Ralf lag der Stuhl. Schnell nahm sie ihn an sich und verließ die Küche. Auf dem Gang hob sie den Stuhl hoch und … BRAAAATZ. Der Stuhl zerbrach, als sie Kasimirs Kopf traf.

Gut! Damit war das auch erledigt.

Rebeka wandte sich nach links, zur Treppe. Erstmal müsste sie sich hinlegen und wieder zu Kräften kommen. Es wäre besser und …

Dunkle Schleier mischten sich in ihre Sicht.

Oh neein … Sie kippte nach hinten …

Landete auf Kasimir … Verlor das Bewusstsein …

42. Ralf Ritter

1.

»Hier, geben Sie mir Ihre Hand.«

Ralf erhob sich. Skeptisch musterte er den Mann vor ihm, der ihm ähnlich sah, aber einen anderen Namen hatte. Dennoch trug er einen schönen Anzug.

»Warum? Es ist doch alles geklärt?«

»Damit es gilt, wissen Sie!« Der Andere erhob sich von dem grauen Sofa.

»Verstehe … Aber ich denke nicht, dass das notwendig sein wird.« Ralf lächelte. Er drehte sich um und steuerte den Ausgang des spartanisch eingerichteten Zimmers an. Seine Aufgabe hier war erledigt.

»Sind Sie sich absolut sicher?«

Vor der Tür blieb Ralf stehen. Langsam drehte er sich zu der anderen Person. »Was meinen Sie?«

Der Andere verharrte im knappen Abstand. »Wir sind Anwälte, nicht wahr? Wir wollen Sicherheiten. Und ich kann Ihnen sagen, wenn Sie durch diese Tür gehen, ohne einzuschlagen, werden Sie nicht mehr derselbe sein.«

»Ich verstehe nicht.« Wovon sprach dieser Kerl? Sie hatten doch alles geklärt.

»Nein …« Der Andere senkte das Kinn. »Wir haben die Bedingungen für Ihre Rückkehr festgehalten, aber …« Er streckte die rechte Hand aus. »Noch ist es nicht besiegelt. Jetzt liegt es an Ihnen.«

»Ich habe unterschrieben«, sagte Ralf.

»Ja. Aber das hier ist der letzte Schritt.« Er hielt ihm die offene Hand hin.

Ralf zögerte. Woher kannte er diesen Kerl eigentlich?

Langsam kam er näher, hob die rechte Hand.

»Ich muss Sie warnen«, sagte der Andere.

»Warum?« Ralf zögerte.

»Es wird wehtun, wenn alles wieder da ist.«

»Alles?«

»Ja … wirklich alles. Sie werden es spüren, aber es wird schnell vergehen. Vertrauen Sie mir.«

Natürlich vertraute er ihm nicht. Dennoch schob er die Hand vor, weiter, bis seine Finger die des Anderen berührten.

Sie schlossen die Hände.

Der Andere nickte und nahm seine Hand wieder zurück. »Sehr gut. Sehen Sie, das war es schon.«

»Aber … ich habe nichts gespürt.«

Der Andere deutete auf die Tür. »Gehen Sie. Sie werden sehen. Leb wohl, Ralf. Es war schön, dich gekannt zu haben.«

Ralf schüttelte den Kopf. Dieser Mann kam ihm seltsam vor.

Nachdenklich drehte er sich um und näherte sich der Tür. Als er sie öffnete, gab es dahinter kein Licht.

Tief luftholend schritt er in die Dunkelheit …

2.

Ralf öffnete die Augen.

»Aaaa Aaaaaaaaa!« Er rappelte sich hoch und blickte auf seine Hände. Sie waren voller Blut und sein Gesicht ... sein Gesicht! Es tat so weh.

Als er es berührte, explodierten die Schmerzen.

»Scheeeeeiße!« Rasch sah er sich um. Gerade befand er sich in der Küche, aber ...

Er stand auf und hechtete los ... vor dem Durchgang blieb er stehen. Rebeka und Kasimir lagen da und sie auf ihm drauf. Beide schienen nicht bei Bewusstsein zu sein.

»Aaaah!« Diese Schmerzen. Hastig stieg er über sie hinweg und dann die Treppe hinauf in das Badezimmer. Vor dem Waschbecken blieb er stehen und betrachtete sein Gesicht im Spiegel.

Was zum ... Er wich zurück. Er schwankte. Sein Gesicht, das ... Es war komplett zerschnitten. Das Blut an seinen Wangen war getrocknet, aber darunter lag rotes Fleisch. Offen, glänzend. Es klaffte entlang seiner Augen, der Stirn. Überall.

Keuchend sah er auf seine Hände. War er das etwa gewesen?

»AAAAA!« Er aktivierte den Wasserhahn und hielt seine Hände unter den Strahl. Eilig wischte er, bis das getrocknete Blut von seinen Fingern gespült war. Dann fuhr er sich mit den Händen durch das Gesicht. Einmal. Nochmal. »AAAAAAAAAAA. SCHEEEEI-ßE!« Er wischte weiter. So lange, bis ... Erschöpft sackte er auf den Boden und atmete heftig. Wassertropfen perlten von seinem Kinn. Sie glänzten rötlich.

Zitternd öffnete er die kleine Kommode unterhalb des Waschbeckens. Darin befand sich Verbandszeug. Er holte es heraus, öffnete die Verpackung und nahm die

Rolle Verband an sich. Seine Sicht verschwamm, aber es gelang ihm, den Verband abzuwickeln.

Dann legte er die erste Lage über seine Stirn und wickelte. Weiter, immer mehr. Von seiner Stirn zu seinem Kinn, dann wieder über seine Wangen hinauf. Eine Lage, noch eine. Nur seine Augen ließ er frei und den Mund.

Als er zufrieden war, knotete er das letzte Ende fest und stand auf. Seine Glieder zitterten.

Im Spiegel sah er sich an. Es war gut geworden … Ein bisschen sah er jetzt aus wie eine Mumie.

Immerhin schmerzte sein Gesicht nicht mehr so stark.

Mit weichen Beinen trat er hinaus und die Stufen hinunter.

Da lagen sie. Rebeka und Kasimir. Übereinander wie ein Haufen Scheiße.

Ralf ballte eine Hand zur Faust.

Er trat hinunter und schälte Rebekas Körper von Kasimir. Der Makler hatte die Augen geschlossen und sah nicht so aus, als würde er schlafen. Was immer auch mit ihm passiert war, gerade war er willenlos.

»Du Schwein!«, entfuhr es Ralf. Seit dem Kampf mit dem Unhold war der Makler nicht mehr normal … Irgendetwas war da passiert, das ihn verändert hatte. Und seitdem war er … anders. Aber damit war jetzt Schluss.

Ralf packte Kasimir an den Armen und zog ihn ins Wohnzimmer. Die Schnitte in seinem Gesicht brannten jedes Mal, wenn er sich anstrengte.

Mitten im Wohnzimmer ließ er Kasimir liegen und eilte in die Küche. Er griff einen der heilen Stühle und ging damit zurück ins Wohnzimmer. Dort stellte er ihn auf, griff Kasimir unter die Arme und wuchtete ihn auf den Stuhl. »Aaaaa!« Sein Gesicht pochte. Keuchend drückte sich Ralf die Hände auf die Knie.

Dann ging er zu dem Sofa und nahm die Fesseln an sich, die Kasimir durchtrennt hatte. Mit den Seilen band er den Makler an den Stuhl. Fest. Richtig fest.

So fest, dass er sich niemals von dort befreien würde. Er band seine Beine an, dann die Arme, dann den Hals. Dann die Brust. Alles zog er straff und als er fertig war, trat er ein paar Schritte zurück.

Gut, dachte er. Das würde halten.

Kasimir hielt den Kopf zur Seite geneigt, die Lider geschlossen. Gerade war ihm das Grinsen vergangen, aber … irgendwann würde er schon wieder aufwachen.

Dann war jetzt Rebeka dran.

Er drehte sich um.

Moment … Nein!

Sie war weg …!

3.

»Nein!« Eilig sprang er vor, aber … Sie war nicht da.
»Scheiße!«

Wo war sie hin? In ihr Zimmer vielleicht? Wahrscheinlich. Viel Auswahl bot dieses Haus ja nicht.

»Huuuurre!«, schrie er. »Warte nur, ich kriege dich!«
Stille.

Er fuhr herum und eilte zu seinem Koffer, den sie
unten gelassen hatte. Davor kniete er sich hin und
klappte ihn auf.

Sein Funkgerät lag noch darin, genau wie die hölzerne Kiste. Seine Klamotten und die Büchse waren
ebenfalls da, aber … Er wühlte durch die Klamotten.
Wo war denn … Wo …

Sie fehlte. Wo war die Pistole hin?

Erneut wühlte er durch die Sachen. Nein, weg. Sie
war …

Er drehte den Kopf nach hinten.

Rebeka. Natürlich. Sie musste sie gestohlen haben.
Diese hinterhältige Kuh!

Er stand auf. Sein Blick blieb an dem Funkgerät hängen. Kasimir hatte daran herumgedreht und Hans
hatte sich gemeldet. Was, wenn er … Ralf verdrängte
den Gedanken.

Schnell verließ er das Wohnzimmer und eilte die
Treppe hinauf. Vor Rebekas Tür verharrte er einen
Moment und drückte dann die Klinke hinunter.

Sie war unverschlossen.

Ihr Zimmer war leer. Sie war nicht da. Ihr Bett war
gemacht, aber sie war nicht da.

Wo war sie dann?

Er ging hinaus und blieb vor dem großen Fenster
stehen. Wenn sie nicht in ihrem Zimmer war, dann …

Scheiße. Seine Zimmertür stand offen. Er ging hin und blieb im Türrahmen stehen.

»Das darf doch nicht ...« Aber sie hatte es getan. Sie hatte den geheimen Raum geöffnet und ... *Natürlich*. Hatte sie nicht gesagt, dass sie ihn dabei beobachtet hatte, wie er die Lampe versteckt hatte?

Die Lampe! Was hatte sie mit der Lampe gewollt?

Er musterte die rechte Wandseite. Das Fach war noch verschlossen – gut!

Er sah nach links und zu dem Loch in der Wand. Das war vorhin noch nicht da gewesen.

Langsam ging er hin und blickte in die Dunkelheit. Der Geruch nach Moder schlug ihm entgegen.

Ob sie dort hinunter gegangen war? Woher kam dieses Loch überhaupt?

»Rebeka!«, rief er in die Finsternis.

Nichts. Keine Antwort.

Dennoch musste sie sich dort unten befinden. Wo sollte sie sonst sein?

Er stand auf und betrachtete die Papiere auf dem Boden. Auf einem prangte die Zeichnung des Schuppens, mit dem Pfeil, an dem *Eingang* stand.

Hm ... Ob dieses Loch durch den Hebel im Schuppen entstanden war? Es wäre möglich. Dumm nur, dass Rebeka es vor ihm entdeckt hatte.

Er verließ den Bereich, ging aus seinem Zimmer, die Treppe hinunter, bis er in der Küche ankam. In der Vorratskammer fand er eine Taschenlampe mit noch etwas Saft. Er nahm sie mit und holte aus einer der Schubladen in der Küche ein Messer. Dann kehrte er vor das Loch zurück.

Das Licht richtete er auf die Stufen, die in die Tiefe führten. Gut ... Es wäre Zeit.

Er ging vor, auf die erste Stufe. Glücklicherweise war es hier nicht feucht, sodass er nicht Gefahr lief, auszurutschen.

Lange dauerte es nicht und der Weg machte eine Biegung nach links. Er folgte und sah Licht, das nicht von seiner Lampe stammte. Kurz darauf erreichte er eine beleuchtete Höhle mit hoher Decke.

»Meine Güte«, raunte Ralf. Er senkte das Messer und die Lampe. Offenbar handelte es sich um Rüdigers geheimes Labor, von dem er gelesen hatte. Dazu passten zumindest die langen Tische, von denen es mehrere gab. Auf ihnen standen Dutzende chemische Apparaturen, Gläser, Gefäße und Schalen.

Von der Decke hingen Tropfsteine und in der Ferne rauschte fließendes Wasser. Fackeln waren am Rand eines sandigen Areals errichtet und erhellten den Raum.

Unten angekommen, steuerte Ralf die Tische an. Die Geräte waren scheinbar seit geraumer Zeit nicht mehr benutzt worden.

Hier hatte Rüdiger also seine Zeit verbracht, dachte Ralf. Langsam schritt er nach rechts. An der großen, flachen Steinwand gegenüber sah er den gewaltigen Umriss eines Ahornblattes. Ein Symbol, oder nicht? Etwas Wichtiges vermutlich und etwas … hatte er das nicht schon einmal gesehen?

Moment.

War er dabei nicht außerhalb des Hauses gewesen? Nachdenklich tippte er sich gegen das Kinn.

Aber … Doch. Im Schuppen. Dort hatte er etwas gefunden, etwas Kleines, Schwarzes. Es war eine Art Brosche gewesen und … wo war sie jetzt?

Schnell griff er in seine rechte Hosentasche, aber da war sie nicht. Dann in die linke, aber da auch nicht.

Gottverdammt … Er musste sie irgendwann während der Kämpfe verloren haben.

Sein Blick fiel auf ein steinernes Postament in der Nähe, auf das man Gegenstände platzieren konnte. Dieser Sockel wirkte gewöhnlich, aber so wie er in dieser Höhle positioniert war, schien er speziell zu sein, als hätte sich etwas Wertvolles darauf befunden.

»Was ist hier passiert?«, flüsterte Ralf leise. Hier stimmte etwas nicht.

Zögerlich ging sein Blick nach rechts weiter. Dort hinten, in einer der Spalten befand sich etwas. Ein Ding, ein … Was war das?

Er ging näher und beugte den Kopf. Dort, in der Ecke, es …

Moment.

Ralf wich zurück. Das war … ein Mensch …

»Mein Gott!« Entsetzt starrte er den schrecklichen Haufen an. Er war seltsam aufgebläht. Die Haut grau, die Augen trüb und er war mit Dutzenden Metallstangen durchbohrt.

Rüdiger, dachte Ralf fassungslos. Diese Gesichtszüge ähnelten dem Bild, das er auf dem Personalausweis gesehen hatte. Er war es, keine Frage, aber was war mit ihm passiert?

Ein Rascheln.

Er fuhr herum. Rebeka kam hinter einer Felsspalte hervor. Sie hielt die Pistole in der Hand und zielte auf ihn.

4.

»Duuuu«, rief Ralf.

»Hallo, Ralf. Gut siehst du aus.«

»Halt doch dein Maul! Ich wusste es. Ich habe es gleich gewusst. Du hast mich betrogen und du hast meine Sachen gestohlen.«

Sie verzog das Gesicht. »Ach, weißt du ….« Sie hob die Pistole, »ich denke, dass sie bei mir besser aufgehoben ist als bei dir. Findest du nicht?«

»Und meine Brosche? Die hast du doch auch? Sie gehört mir, Rebeka. Mir! Ich war dort draußen und hab sie geholt, also gib sie mir zurück.«

Sie lachte. »Was denn für eine Brosche? Bist du irre?«

Sie log. Keine Frage. »Ich weiß, dass du sie hast, also hör auf, mich anzulügen. Außerdem, das alles hier …« Er deutete um sich. »Habe ich entdeckt. Nicht du! Was hier liegt, gehört mir.«

»Bitte.« Sie zuckte die Achseln. »Ich möchte hier nichts haben. Du kannst das alles behalten, auch ihn da …« Mit dem Lauf der Pistole deutete sie auf den toten Rüdiger.

Ralf schluckte. »Das ist …«

»Der verschollene Rüdiger, Ralf … da versteckt er sich also«, sagte sie. »Oh, ist das nicht interessant? Aber es erklärt auch, warum ihn bisher niemand gefunden hat. Hier hat keiner nach ihm suchen können.«

»Das ist doch egal! « Er streckte einen Finger aus. »Für das, was du mir angetan hast, wirst du bezahlen!«

»Du bist nicht das Opfer, Ralf!« Sie senkte die Mundwinkel. »Ich wollte einfach nur mit Marko zusammen sein, das ist alles.«

»Und das in unserem Haus? In unserem Bett? Schämst du dich überhaupt nicht?«

Sie zog die Stirn kraus. »Ganz ehrlich? Nein!« Sie schüttelte den Kopf. »Nein, tue ich nicht. Durch Marko fühle ich mich endlich wieder frei und lebendig. Er versteht mich. Er respektiert mich. Er ist für mich da. Du ... du bist einfach nur erbärmlich.«

Diese Hure ... Ralf zischte.

»Ja, Konkurrenz kannst du nicht ertragen. Aber weißt du was? Du bist doch keine Konkurrenz für ihn. Du kannst ihm nicht mal ansatzweise das Wasser reichen.«

Ralf streckte das Messer vor. »Ich stopfe dir noch den Mund, glaub mir. Ich -«

»Hier ist dein Spiel zu Ende!« Sie lächelte. »Noch letzte Worte?«

»Warte!« Meinte sie das etwa ernst?

Ralf räusperte sich. »Nun gut, Rebeka ... du hast hinter den Vorhang geblickt. Glückwunsch, aber was genau hast du jetzt vor? Mich erschießen? Hier? Und dann? Wenn ich tot bin, bleibt alles immer noch an dir hängen. Der Mord des Jungen. Der Unhold. Kasimir, der durchgedreht ist. Vielleicht sogar der eine oder andere Polizist. Und nicht zuletzt ... ich selbst. Denn wie möchtest du das den Leuten erklären? Dass ausgerechnet du als einzige Überlebende aus diesem Haus entkommen konntest? Wie, Rebeka? Und dass man meine Leiche niemals finden wird? Das wird deiner Karriere gar nicht guttun ...« Er deutete auf den toten Rüdiger. »Und was ist damit? Glaubst du etwa, dass du einfach so ohne Schramme aus der ganzen Sache rauskommst? Bist du wirklich so naiv?«

Sie schien nachzudenken. Dann richtete sich ihr starrer Blick auf ihn. »Wo ist die Lampe, Ralf? Sag's mir, dann lasse ich dich am Leben.«

Die Lampe, dachte er.

»Äh … was meinst du?«

»Stell dich nicht dumm! Sag mir, wo sie ist.«

»Warum willst du diese Lampe haben?«

»Ralf … Gib sie mir einfach oder ich schieße dir in den Kopf!« Sie kam einen Schritt näher.

Ralf senkte das Kinn. Sollte er es ihr sagen? Sollte er fliehen? Sie hinhalten?

Moment …

Ein Problem gab es … Wenn er Rebeka das Geheimfach zeigte, wer garantierte, dass sie ihn dann nicht trotzdem tötete? Dass sie diese Lampe unbedingt haben wollte, machte sie besonders. Also sollte sie sie nach Möglichkeit lieber nicht bekommen.

»Wusstest du, dass Kasimir sich verändert hat?« Sie zog eine Braue hoch.

»Inwiefern?«

»Etwas ist passiert, zwischen ihm und dem Unhold. Da draußen vor dem Schuppen. Und jetzt … ist er nicht mehr er selbst.«

»Verstehe. Nun … sicherlich gibt es dafür eine Erklärung.«

»Oh ja ...« Ralf lächelte. Die Schnitte unter dem Verband brannten. »Er hat mich so verunstaltet. Er hat mich dazu gezwungen, das zu tun. Ich wollte das nicht.«

»Aha. Die Lampe, Ralf! Jetzt!«

»Hier hast du sie!« Er warf das Messer.

Die Klinge flog durch die Luft und traf Rebeka mit der stumpfen Seite gegen die Brust. Sie schrie. Ein Schuss löste sich aus der Waffe. Zischend rauschte das Geschoss gegen die Decke.

Ralf rannte vor und packte Rebeka an den Armen.

»Neeeein, Ralf!«

»Gib mir die Pistole!«

Sie trat nach ihm.

»Looos doch!«, rief er.

»Nein!« Gemeinsam stürzten sie und rollten über den Boden. Ralf fasste die Pistole und riss sie ihr aus der Hand. »Aaaa!« Rebeka schrie, holte aus und schlug ihm gegen die Verbände.

Ruckartig ließ Ralf die Waffe fallen. Sterne bildeten sich vor seinen Augen. »Aaaaa!« Diese Schmerzen. Er merkte, wie sich Rebeka von ihm befreite.

»Du bist sowas von tot«, schrie sie.

»R-rebeka ...« Sein Atem ging schnell.

Weitere Schmerzwellen liefen über sein Gesicht. »R-rebeka, bitte.« Dann konnte er sie wieder sehen. Sie stand mit etwas Abstand zu ihm und hielt die Pistole umklammert. Der Lauf zitterte.

»Die Lampe, Ralf. Sag mir, wo sie ist.«

»I-ich ... ich ...« Er würgte. »R-r-rebeka ...«

»Ralf, zwing mich nicht dazu.«

Niemals würde er es sagen. Niemals. »Du kannst mich mal, Rebeka!«, flüsterte er. »Ich mach dich fertig, ich mach dich so -«

Sie drückte ab. Die Kugel schlug vor ihm in den Sand. Dieses Miststück! Das hatte sie nicht gewagt ... Nein ... diese ... HUUUURE.

Ein Piepen begann in seinen Ohren. »Mach das nicht nochmal!«, drohte er.

Sie hielt sich einen Finger an die Lippen. Prüfend ging ihr Blick hierhin, dorthin, als würde sie lauschen ...

Was hatte sie denn jetzt?

»Rebeka!«

»RUHE!« Wieder blickte sie hin und her.

Was ... Was war jetzt los? Angestrengt richtete er sich auf.

»Ich höre was«, sagte Rebeka leise.

»Was? Da ist nichts.«

»Doch. Ich … Nein.« Unvermittelt rannte sie los. Die Treppe hinauf, immer höher und höher, bis sie oben verschwand. Ihre Schritte verklangen.

Jetzt war er allein …

»Neeeeein!« Sein Blick streifte die Tische, das Ahornblatt auf der Steinwand, Rüdigers tote Augen. Sie waren direkt auf ihn gerichtet.

Sein Atem beschleunigte …

Ab damit!

43. Rebeka Ritter

1.

Oben stürmte Rebeka aus Ralfs Zimmer und die Treppe hinunter. Gegenüber befand sich die Haustür. Sie riss sie auf und trat hinaus. Von dort war das Geräusch gekommen.

»Neeeein!« Rebeka verharrte auf der letzten Stufe. Der Wind wehte ihr entgegen und trug laute Schreie mit sich.

Rebeka schluckte.

Das war Hans mit seiner Frau Julia. Und … *Nein*, die kleine Lucy war auch dabei … Mit ihrer hellgrünen Jacke, den schwarzen Stiefeln und den blonden, kurzen Haaren stand sie da und schrie aus voller Kraft. Der Unhold hielt Hans am Hals gepackt und hob ihn hoch. Julia war bereits tot. Sie lag ein paar Meter entfernt im Gras. Ihre Augen trüb, kalt … leblos.

Nein, nein, nein … Wie war das möglich? Wo kamen die plötzlich her?

Lucy schrie.

»Luuuucy!« Rebeka lief los.

Der Unhold bewegte die Hand und es knackte. Hans senkte die Arme. Sein Gesicht lief weiß an.

Er war tot.

»Neeeein!« Rebeka erreichte Lucy. Packte das Mädchen am Arm.

Der Unhold drehte sich zu ihnen, sah Lucy an.

Der Schwarzling, dachte Rebeka. *Er kann mich nicht sehen.*

Lucy kämpfte gegen sie. Sie wollte zu ihren Eltern. Mit ihren Armen schlug sie aus, trat zu.

Rebeka hob sie hoch und lief los.

Keuchend erreichte sie die Stufen zur Eingangstür und betrat das Haus. Die Tür machte sie hinter sich zu.

Drinnen sah sie eine Bewegung auf den hinteren Treppenstufen. Ralf …

Er zog sich zurück und war kurz darauf verschwunden.

Dieser …

Plötzlich schlug oben eine Tür zu.

»Nein. Nein. Mama. Paaaaapa!«, schrie Lucy und weinte. Rebeka spürte einen Kloß im Hals. Sie drückte Lucy an sich und strich ihr über das Haar. »Schsch … Lucy. Ich bin da. Dir passiert nichts.«

Lucy wurde etwas leiser.

Erleichtert lockerte Rebeka den Griff um sie.

Das hätte nicht passieren dürfen, dachte sie. Tränen drangen an ihre Augen. Warum waren die drei nur gekommen?

Warum?

»I-i-ich will zu Mama und Papa«, sagte Lucy leise. »Ich ...«

»Lucy«, sagte Rebeka und streichelte ihre Wange. »Lucy. Du musst jetzt tapfer sein. Mama und Papa sind … Wir können ihnen nicht mehr helfen.«

Sie spürte Tränen an ihren Wangen. Mein Gott … sie konnte sie einfach nicht mehr zurückhalten.

»Nein, sie sind nicht tot!«, rief Lucy. »W-wir … wir haben kommen wollen. Papa hat gesagt, dass er Onkel Ralf gehört hat und er Hilfe braucht. Wir wollten helfen, aber da war dieser Mann. Er ist … groß und er hat uns angegriffen, einfach so. Dabei wollten wir doch nur helfen!«

»Ich weiß, Lucy. Verdammt, ich weiß.« Rebeka

schluchzte. »Es tut mir so leid, mein Schatz. Das hätte nicht passieren dürfen. Es ...«

»Ich will zu Mama und Papa.« Lucy sah ihr in die Augen. »Bitte. Ich ... muss!«

»Lucy ...« Rebeka schüttelte den Kopf. »Es geht nicht. Das ist gefährlich. Der böse Mann wird dir wehtun.«

Lucy senkte den Kopf, wimmerte. Dann entwand sie sich aus ihrem Griff und stürmte die Treppe hinauf.

»Lucy!« Rebeka fasste nach ihr, aber Lucy war schneller. Kurz darauf war sie im Obergeschoss verschwunden.

Rebeka sah ihr nach. Sollte sie nachlaufen, oder ... Vermutlich wäre es das Beste, sie erst mal in Ruhe zu lassen. Diesen Verlust zu verarbeiten würde dauern, falls das überhaupt möglich war.

Und Ralf ... Dieser Feigling.

Sie griff nach der Pistole, die sie sich in die Hose gesteckt hatte, und stand auf. Ihr Kreislauf spielte ein bisschen verrückt.

Erschöpft ging sie vor und blieb vor dem Durchgang ins Wohnzimmer stehen. Kasimir saß dort auf einem Stuhl. Er war gefesselt. Den Kopf hielt er zur Seite geneigt und er sah aus, als würde er schlafen.

Hm ... Hatte Ralf nicht irgendetwas gesagt ... Dass Kasimir verrückt wäre?

Vorsichtig näherte sie sich ihm. Neben dem Sofa blieb sie stehen.

Kasimir schien zu schlafen. Ruhig, bedächtig. Genau wie vorhin, wobei ... Sie erinnerte sich, als Ralf ihr den Kopf auf den Boden geschlagen hatte, da hatte sie eine Gestalt im Wohnzimmer erkennen können. Eine Gestalt wie Kasimir. Und war er dann auch nicht mehr im Wohnzimmer gelegen, sondern vor der Küche?

Es war seltsam.

Rechts sah sie Ralfs offenen Koffer. Seine Klamotten lagen darin verteilt. Darunter befanden sich die hölzerne Kiste, das Funkgerät und die Reste der Büchse.

Rebeka musterte das Funkgerät. Jemand musste es benutzt haben. Vielleicht Ralf, nachdem er sich von den Fesseln befreit hatte. Damit wäre er im Grunde auch Schuld daran, dass Lucys Eltern tot waren. Denn durch ihn waren sie überhaupt erst hierher geraten.

Mein Gott … Sie wischte sich über das Gesicht.

Und was jetzt?

Lucy war im Haus, was die ganze Sache mit Ralf nicht einfacher machte. Wie sollte sie denn jetzt den Unhold hereinlassen, wenn Lucy auch hier war? Das ging auf gar keinen Fall.

Und Ralf? Er müsste ihr immer noch sagen, wie sie die Lampe bekam. Freiwillig würde er das nicht tun, also müsste sie ihn zwingen.

Verdammt … Sie drehte sich um und verließ das Wohnzimmer. Oben blieb sie vor dem Gang nach links stehen. Ralfs Zimmertür war geschlossen, genau wie eine andere Tür weiter hinten. Vielleicht hatte sich Lucy dahinter verschanzt?

Ob sie jetzt hingehen sollte, um sie zu trösten?

Nein, eher nicht. Noch nicht. Erstmal brauchte Lucy Ruhe.

Rebeka betrat ihr Zimmer und schloss die Tür zweimal ab. Dann setzte sie sich auf das Bett und atmete aus.

Vor ihr stand ihr Koffer, den sie von unten geholt hatte. Wie wäre es, wenn sie sich erst mal etwas Frisches anzog?

44. Ralf Ritter

1.
Ralf öffnete seine Zimmertür und sah hinaus. Rebekas Tür war zu, was gut war. Gerade war nichts zu hören. Durch das große Fenster strahlte noch etwas Sonnenlicht herein, aber nicht mehr viel.

Er trat hinaus und bog nach links ab. Vor der Tür in eines der Gästezimmer blieb er stehen.

Er klopfte leise.

»Lucy? Bist du da?«

Schweigen.

Er öffnete. Dahinter entdeckte er ein Bett. Lucy saß darauf und musterte ihn mit großen Augen. Auf ihren Wangen prangten die Spuren ihrer Tränen.

»Onkel Ralf«, sagte sie leise.

Ralf schloss die Tür und setzte sich zu ihr auf das Bett. Sie musterte ihn von oben bis unten. »W-was ist mit deinem Gesicht passiert?«

»Nichts Schlimmes«, sagte Ralf. »I-ich … ich hatte nur ein paar Probleme, mehr nicht. Alles gut.«

»Eigentlich will ich allein sein …«

»Das verstehe ich, Lucy, aber ich musste dich sehen. Ich wollte nicht, dass du denkst, dass ich das nicht will.«

»Warum sollte ich das denken?«

»Weil … nun, Rebeka hat dir geholfen und nicht ich. Ich war zu spät, tut mir leid.«

Lucy senkte den Kopf. »Papa ist tot. Und Mama auch.«

»Ich weiß.« Ralf holte tief Luft. »Mein Gott. Ich wünsche, ich könnte es ungeschehen machen.« Er schluchzte. »Tut mir leid!« Er legte sich eine Hand auf die Brust. »Tut mir leid, das … das kam jetzt einfach so.«

Er spürte eine Berührung an seinem Arm. Es war Lucy. »Er wollte dir helfen«, sagte sie leise. »Er wollte gucken, was mit dir ist.«

Ralf nickte. Die Trauer schnitt ihm fast die Luft ab. »Ja … ich weiß.«

Sie lächelte traurig, bevor sie sich wieder zurücklehnte. »Bitte, lass mich jetzt allein.«

Ralf nickte. »Ja, ich … ich lasse dich allein.« Er stand auf und öffnete die Tür. »Äh, Lucy ...« Ralf räusperte sich. »Weißt du, Rebeka und ich, wir … wir haben Streit in letzter Zeit. Sei nicht böse, wenn es laut wird, okay?«

Sie nickte. »Okay.«

Ralf trat hinaus und machte die Tür zu. Als sie zufiel, war von drinnen ein leises Wimmern zu hören.

Rasch lief Ralf den Gang entlang, an seiner Tür vorbei und die Treppe hinunter in die Küche. Dort nahm er ein Messer aus einer Schublade und rannte in das Wohnzimmer.

»Du elender …!«

Kasimir öffnete die Augen. Er lächelte hellwach und sein starrer Blick verstrahlte rotes Licht.

»Du wagst es!« Ralf hob das Messer und packte ihn am Kragen. Dann ließ er das Messer herunterfahren.

»Brrraaarraa!«, gab Kasimir von sich. Die Klinge verharrte über seiner Stirn. Ralf keuchte. Sein Puls raste.

»Du bist schuld an ihrem Tod!«, flüsterte er und trat zurück. »Du hast meinen Bruder ermordet und seine Frau!« Er zeigte zu dem Funkgerät auf dem Boden. »Dafür wirst du bezahlen.« Ralf spürte Tränen in den Augen. »Nenn mir einen Grund, warum ich dich nicht sofort umbringen sollte?«

Kasimir legte den Kopf schräg. Seine roten Augen strahlten.

Das war doch nicht normal, dachte Ralf. Verstand er überhaupt selbst, was er sagte? Kasimir war ...

Fassungslos wich Ralf zurück und stieß gegen das Sofa. Auf einmal fühlte er sich so schwach, so ... entkräftet.

»I-ich muss es beenden. Und zwar jetzt«, flüsterte er. »Mein Gott! Es bringt mich noch um den Verstand, das alles hier. Jeder Augenblick in diesem Haus zehrt an meinen Kräften.« Und warum gelang es ihm nicht, Kasimir zu töten? Ausgerechnet ihn? Diesen dämlichen Makler, der seine Familie getötet hatte.

Das war alles nicht normal.

Kasimir lächelte. »Raaraarr.«

Verrückt!

Ralf schüttelte den Kopf. Und jetzt war auch Lucy da. Das machte die Sache nicht einfacher.

Dennoch ... Ralf ballte die Faust. Rebeka hatte genug angerichtet ... Sein Blick legte sich wieder auf Kasimir. »Du wirst sterben, Kasimir. Früher oder später. Und weißt du was ... ich werde es genießen.«

Er rannte aus dem Wohnzimmer und die Treppe hinauf, bis er vor Rebekas Zimmertür ankam. »Rebeeeeeka!« Er öffnete die Tür und trat in das Zimmer. »Wo bist du? WO -«

Sie war nicht da. Ihr Koffer stand an der Wand, aber mehr auch nicht.

Ralf japste und stürmte wieder hinaus. »Neeein, nein, nein. Nicht schon ...« Er öffnete seine Zimmertür und starrte zu dem düsteren Loch. War sie etwa schon wieder da unten?

Er griff die Taschenlampe von seinem Nachttisch und steuerte das Loch an. Auf dem Weg schaltete er das Licht ein. Der Lichtkegel vertrieb einige Schatten. Er trat auf die erste Stufe …

»Ralf!«

2.

Ralf hielt inne. Drehte sich um. Rebeka schloss die Tür, die Pistole in der Hand. »Hier bin ich.«

Er kam aus dem Loch heraus. »Dir scheint das ja Spaß zu machen! Mir aufzulauern ...«

»Ist dieser Ort nicht die Antwort auf alle Fragen?«, fragte sie.

»Vielleicht gibt es Antworten, Rebeka. Vielleicht auch nicht. Mein Bruder ist tot und meine Nichte hat keine Eltern mehr, das ist eine Antwort! Auch wenn ich die Frage dazu nicht kenne.«

»Ich war dabei, Ralf, als es passiert ist. Du bist verschwunden und hast sie allein gelassen, also warum beantwortest du nicht diese Frage?«

Ralf schäumte. »Ich habe sie nicht allein gelassen. Was hätte ich denn tun sollen?«

»Nichts.« Rebeka nickte. »Vermutlich hättest du nichts tun können und das ist auch besser so.«

»Kasimir ... er hat das Funkgerät benutzt und Hans angerufen. Er hat das mit Absicht gemacht. Ich habe ihn gesehen.«

»Kasimir?« Rebeka verzog das Gesicht. »Bisher hat er nur geschlafen, Ralf. Wann soll er denn das Funkgerät benutzt haben? Nein, ich denke eher, dass du das warst. Nachdem du dich befreit hast, hast du deinen Bruder um Hilfe gebeten und dann sind sie gekommen.«

»Er verstellt sich!«, rief Ralf. »Er tut so, als würde er schlafen, aber in Wahrheit manipuliert er mich. Greift mich an. Er plant etwas ...« Ralf wandte den Blick ab. »Oh ja, er hat etwas vor.« Ruckartig drehte er sich wieder zu Rebeka. »Ich bin gekommen, um das zu beenden, Rebeka. Das alles hier.«

»Was beenden? Etwa deinen mörderischen Plan, mich hierher zu locken und umzubringen?«

»Du kannst froh sein, dass ich es nicht schon früher getan habe. Ich hätte es schon vor Monaten tun können, als ich dich mit ihm erwischt habe, aber ich dachte mir, abwarten, lieber durchatmen, bevor man voreilig handelt und wer hätte denn ahnen können, dass dieser blöde Junge im Wald auftaucht. Wer?« Er holte Luft und spuckte auf den Boden.

Rebeka sah zur Decke hoch. »Dieser Junge geht auch auf dein Konto, Ralf, so wie das alles hier. Ich glaube übrigens, dass er versucht hat, mich zu beschützen.«

»Was?«

»Doch. Mir kam es so vor, als hätte mich der Junge warnen wollen. Vor dir. Er hat bestimmt gesehen, dass du deine Waffe auf mich richtest, und er wollte mich warnen.«

Ralf zuckte die Achseln. »Das ist sein Pech.«

Rebeka verzog das Gesicht. »Ralf ... Es ist so viel falsch an dem, was du sagst und tust. Fällt dir das nicht selber auf? Gerade als Anwalt ... Hast du keine Selbstzweifel?«

»Zweifel? Natürlich habe ich die. Immer wieder, jeden Tag, aber weißt du was ... Ich bin nicht derjenige, der fremd gegangen ist. Du hast es getan und hast mich betrogen! Und dafür kann es nur eine Strafe geben ...«

»Du redest Unsinn! Hörst du dir eigentlich selbst zu? Unsere Ehe war schon längst keine Ehe mehr. Das war nur noch eine Farce. Hatten wir uns noch irgendetwas Wichtiges zu sagen? Haben wir unser Leben noch miteinander geteilt? Nein. Wir haben uns über die Jahre voneinander entfernt und wenn dir das nicht aufgefallen ist, dann ist dir nicht zu helfen!«

»Es ist mir aufgefallen.«

»Na also. Und bevor ich in dieser lieblosen Ehe versauert wäre, habe ich mich neu orientiert. Das hättest du auch machen können.«

Ralf legte sich eine Hand auf die Brust. »So etwas traust du mir zu? Wie kannst du es wagen? Zweifelst du an meiner Ehre?«

»Ach, Ralf.« Sie schüttelte den Kopf. »Daran merkst du doch, wie krank das alles ist. Und jetzt hat auch noch die arme Lucy ihre Eltern verloren ... Das hätte nicht passieren dürfen, verdammt nochmal!«

Ralf platzte fast vor Wut. »Das war Kasimirs Schuld. Und es ist auch deine ... weil du unfähig bist, die Wahrheit zu sehen!«

»Die Wahrheit? Ich kann dir sagen, was die Wahrheit ist! Der Unhold ist da, weil du den Jungen erschossen hast. Wir sind hier, weil du mich hergelockt hast. Also, wer ist schuld? He?«

Ralf atmete aus. »Ich sage dir eins, Rebeka. Das alles hätte man verhindern können, wenn du dich dazu entschlossen hättest, eine gute und faire Scheidung vorzubereiten. Glaubst du, ich bin blöd? Natürlich habe ich gesehen, dass es nicht mehr gut zwischen uns lief. Was glaubst du, warum ich so oft in meinem Büro geschlafen habe? Ich hatte auch keine Lust, nach Hause zu kommen. Aber ich hätte wenigstens den Mut besessen, meinen Partner um eine ordentliche Scheidung zu bitten, bevor ich mit jemand anderem ins Bett steige. Du hingegen bist erbärmlich. Sogar mehr als das ... Du bist eine lächerliche, billige Autorin, die nicht mal den Mumm hat, ihren Mann um eine Trennung zu bitten.«

Rebeka senkte den Kopf. »Okay«, hauchte sie. »Genug der Nettigkeiten. Es führt ja zu nichts … Kommen wir zum Wesentlichen.«

Sie zog den Schlaghebel der Pistole zurück und zielte.

3.

Scheiße ... Was hatte sie jetzt schon wieder vor?

»Ich habe eine Botschaft für dich, Ralf: Für deine Taten werde ich dich zum Tode verurteilen, und ja, dieses Urteil stammt von mir, aber weißt du was ... Ich bin nicht allein. Es gibt viele, die deinen Tod wollen. Sehr viele sogar und ich werde sie nicht enttäuschen.«

»Was redest du da?« Langsam wich er zurück. Hatte sie jetzt komplett den Verstand verloren?

»Ich weiß, was hier los ist. Aber keine Sorge ... ich habe nicht vor, diejenige zu sein, die die Axt auf dich fallen lässt. Gib mir die Lampe!«, sagte sie streng.

»Sofort. Ich zähle bis drei und dann sagst du mir, wie ich sie bekomme. Eins!«

»Warum brauchst du diese Lampe?« Der Schweiß brach ihm unter den Achseln aus.

»Das muss dich nicht kümmern. Gib sie mir, Ralf. Zwei!« Sie schien es ernst zu meinen. Der Lauf der Waffe zielte auf ihn. In ihrem Blick lag Vehemenz.

Was sollte er jetzt tun? Waaaas?

Verdammt.

Jedoch ... Moment. Hatte sie nicht gesagt, dass nicht sie diejenige war, die die Axt niederfahren ließ? Würde sie ihn also nicht töten? Verflucht, was war hier los? Allerdings könnte sie ihm ja immer noch ins Bein schießen ... Damit würde sie ihn zwar nicht töten, aber verletzen.

»Rebeka! Was soll denn mit dieser Lampe sein? Wenn du mir wenigstens das sagen könntest, dann ...« Er bewegte sich nach links, dann rechts.

»Falsche Antwort. Drei!«

»AAAAaaaaah!« Ralf ließ sich auf den Boden fallen. Einen Arm drückte er sich vor die Augen.

Er atmete ein, aus, ein, aus.

Dann nahm er den Arm herunter.

Was?

Da war ein Geräusch, ein Brausen in der Luft. Es kam von draußen.

Rebeka senkte die Pistole und drehte sich zu der Tür. Rasch trat sie nach vorne und öffnete sie.

Tatsächlich, da war es. Dieses Geräusch. Als würde sich ein Auto nähern.

»Das … kenne ich doch.« Sie eilte hinaus und die Treppe hinunter.

Ralf kämpfte sich auf die Füße und folgte ihr. Die Schnitte in seinem Gesicht taten wieder weh.

Unten sah er Rebeka die Haustür öffnen und nach draußen hechten. Dann war ein Schrei zu hören.

Was war das jetzt? Er näherte sich der Tür und erreichte die oberste Stufe. Ruckartig blieb er stehen.

Nein! Neeein, nicht so …

NEEEEEEEEEEEEEEEEEEEIN!

45. Rebeka Ritter

1.

»Maaaaarko!« Sie breitete die Arme aus und warf sich ihm um den Hals. Sie berührte ihn an der Schulter, am Nacken. Sie küsste ihn auf den Mund, so oft, dass er sich womöglich fragte, was hier los war. Vermutlich wollte er auch etwas sagen, aber das würde sie nicht zulassen. Nein, nicht jetzt …

»R-rebeka, was … Hallo? Ich freue mich auch, dich zu sehen …«

In seinen Augen lag etwas Warmes, Erwachendes. Etwas Schönes.

»Marko …!« Sie kämpfte gegen die Tränen an. »Wie hast du mich gefunden? Gott nochmal, wie ist dir das nur gelungen?«

Langsam setzte er sie auf den Boden ab. Hastig sah Rebeka nach rechts, zum gegenüberliegenden Ende des Hauses. Noch war der Unhold nicht zu sehen. Sie hatten nur Sekunden.

Schnell.

»Ich -«

»Komm mit, Marko! Wir müssen uns beeilen!« Sie packte ihn am Arm und zog ihn zu den Treppenstufen.

»Warte mal, Rebeka. Was ist denn los?«

Gemeinsam erreichten sie die Eingangstür und betraten das Haus. Drinnen wollte Rebeka die Tür zuziehen, als der Unhold an der Häuserecke auftauchte.

Rasch drehte sie sich zu Marko. Berührte ihn an den Schultern.

Marko wirkte verwirrt. »Schatz? Kannst du mir das bitte erklären?«

»Marko … hör mir zu, okay? Du musst mir jetzt zuhören!«

Er nickte.

Zehn, neun, acht …

»Wir sind hier gefangen, verstehst du das? Wir alle. Du, ich, auch die kleine Lucy. Und so schnell kommen wir hier nicht weg!«

»Gefangen? Ich verstehe nicht …«

… Fünf, vier, drei …

»Hör zu! Gleich wirst du etwas sehen. Etwas Schreckliches. Wir nennen ihn den Unhold, aber egal, was passiert, du darfst ihn nicht angreifen, okay? Er ist größer und stärker als du und er ist es, der uns hier festhält. Da. Gleich.« Sie ließ ihn los. Zeigte hinaus.

Zwei, eins …

Dann erschien der Unhold.

Rebeka spürte, wie sich etwas in ihrer Brust zusammenzog. Das bizarre Metallgitter umspannte den Kopf des Unholds und aus dem Rohr drang der schwarze Rauch. Zuerst beachtete er sie nicht, aber dann wandte er sich ihnen zu.

»Mein Gott«, rief Marko. »Was ist das denn?« Er trat zur Tür, aber Rebeka hielt ihn zurück. »Nein, Marko. Es geht nicht.«

Fassungslos sah er sie an. »Was meinst du, es geht nicht? Dieser Kerl macht dir Angst? Den werde ich mir schon vornehmen. Es -«

»Nein!« Sie machte eine entschiedene Handbewegung. »Nein, glaub mir bitte. Wir haben es versucht. Niemand kann ihm schaden. Wirklich nichts kann das. Er ist unglaublich mächtig.«

Marko sah wieder nach draußen, aber der Unhold war nicht mehr zu sehen. Rebeka zog ihn ins Haus und schloss die Tür.

»Komm bitte … Es ist wichtig.«

»Rebeka, ich glaube, ich verstehe nicht.«

»Ich weiß.«

Wo wohl Ralf steckte? Vorhin hatte sie ihn noch bei der Haustür gesehen, aber offenbar war er wieder geflohen.

Oh mein Gott, dachte sie. Markos Anwesenheit würde die Situation mit Ralf auch nicht leichter machen. Weder für Lucy noch für sie …

»Rebeka, ich möchte eine Erklärung haben, bitte. Weißt du eigentlich, wie ich mich fühle? Du meldest dich das ganze Wochenende nicht, obwohl ich dich tausend Mal angerufen habe. Und jetzt finde ich dich hier und …«

Wie viel Wahrheit konnte er vertragen?, überlegte sie.

»Rebeka?«

»Ja?« Sie sah ihn an.

»Hörst du mir überhaupt zu? Ich habe mir Sorgen um dich gemacht!«

»Ich weiß, Marko. Ich weiß und ich wollte mich auch melden, aber ich konnte nicht. Hier ist kein Empfang.« Sie bildete eine Faust und schlug sie in die andere Handfläche. »Verdammt nochmal. Wenn es hier Netz geben würde, hätte ich mich doch gemeldet. Und dann kam auch noch dieser Unhold und wir kamen hier nicht weg.«

Er wirkte verunsichert. »Du willst mir also erzählen, dass dieser Typ da draußen euch nicht mehr rauslässt? Warum nicht? Lauf doch einfach weg, wenn er hinter dem Haus ist?«

»Es geht nicht, Marko. Bitte versteh das. Ich weiß, es ist viel, aber du musst mir glauben. Wir haben es versucht, aber er ist zu schnell und er kann etwas abschießen. Gefährliche Pfeile, die dich auf mehrere Meter treffen können. Wir kommen hier nicht weg.«

»Wer zum Henker ist denn wir?«

Sie seufzte. »Es ist … Ralf ist auch hier.«

Marko machte große Augen. »Was? Er ist hier?«

Sie nickte. »Vermutlich oben. Er … hat mich hierher eingeladen.«

»Und du hast angenommen?« Jetzt wirkte er verletzlich, so betrübt.

»Ja, habe ich, aber ich wollte mich von ihm scheiden lassen, Marko. Nur deshalb habe ich zugestimmt.«

»Und?« Er breitete die Arme aus. »Hast du es vollbracht?«

Sie nickte. »Ja … ha. Er … weiß es jetzt.«

Er lächelte. »Aber das ist doch wunderbar, Schatz. Genauso wollten wir es doch?« Zufrieden drückte er sie an sich. Sein warmer Atem und der frische Geruch nach Duschgel und Deo drang ihr in die Nase. Ah, wie sie das vermisst hatte.

Marko ließ sie wieder los. »Gut. Also … am besten wir gehen, bevor Ralf kommt, was meinst du?«

Rebeka seufzte. Natürlich hatte Marko es nicht verstanden.

»Komm mit!« Sie packte ihn am Arm und zog ihn Richtung Treppe. Wenn alles gut lief, dachte sie, dann hielt sich Ralf jetzt nicht in unmittelbarer Nähe auf und sie könnte ...

»Was ist denn mit dem los?« Überrascht blieb Marko stehen. Rebeka drehte sich um. Sah in das das Wohnzimmer. *Kasimir.* Den hatte sie ganz vergessen. Der Makler saß noch auf seinem Stuhl und schlief.

»Und warum ist er gefesselt?«

»Komm mit. Dann erkläre ich es dir«, sagte Rebeka. Sie zog ihn die Treppe hinauf.

»Warte.« Auf der obersten Stufe blieb sie stehen, lauschte. Nichts. Da war nichts zu hören.

Auch Ralfs Zimmertür war geschlossen, genau wie Lucys weiter hinten. Dann hatte sich Ralf nach Markos Ankunft wohl doch zurückgezogen.

»Okay, wir können!« Hastig zog sie Marko in ihr Zimmer, schloss die Tür und drehte zweimal den Schlüssel. Dann wandte sie sich an ihn.

Marko legte die Stirn in Falten. »Schatz … ich glaube, ich bin im falschen Film gelandet.«

Rebeka deutete auf das Bett. »Setz dich … Es gibt einiges, dass du nicht verstehst.«

Er setzte sich.

»Marko …« Sie kam auf ihn zu. »Ich brauche deine Hilfe, okay. Und ich möchte, dass du mir vertraust. Vertraust du mir?«

Er nickte.

»Gut. Was ich dir unten gesagt habe, stimmt. Wir kommen hier nicht mehr weg, zumindest nicht auf dem normalen Weg. Dieser Unhold … Er ist stark und wenn wir hier rauswollen, dann werden wir etwas tun müssen, das dir vermutlich nicht gefallen wird.«

»Wir? Wer denn noch?«

»Lucy. Ralfs Nichte. Sie ist auch hier.«

»Lucy? Etwa die kleine Lucy?« Er machte ein erschrockenes Gesicht.

Sie nickte. »Ja. Leider gab es …« Sie schluckte. »Es gab ein tragisches Ereignis und jetzt ist sie hier. Und sobald wir fliehen, wird sie mitkommen. Das ist ganz wichtig. Wir können sie nicht zurücklassen.«

Er zuckte die Achseln. »Ja, von mir aus.«

Sie hob einen Finger. »Marko, was ich dir jetzt sage, wird dich verunsichern, aber es ist die Wahrheit. Und wir haben leider keine andere Wahl.«

Er zog eine Braue hinunter. »O-kay ... «

Sie legte ihm eine Hand auf die Schulter. »Wenn wir hier wegwollen, dann ... wird Ralf sterben müssen!«

46. Ralf Ritter

1.

Mörderisches Pack. Schlampige, dreckige Hure.

Sein Atem ging stoßweise.

Wie sie mit ihm fickt, nicht wahr, Ralf? Das fandest du doch schön, oder nicht?

Ich finde, dass er besser ist als du. Er ist so groß, du so klein. Natürlich hat sie dich für ihn verlassen.

Er besorgt es ihr bestimmt so richtig.

Sie sind zwei, Ralf. Und du allein. Du hast verloren. Kapier das doch endlich?

Neeeeeeein.

Dieser Marko … Wie hatte er sie gefunden? Wieeee? Das konnte doch nicht sein. Und von allen, die dieses Haus hätten finden können, kam ausgerechnet er. Warum nicht Frau Meiersdorf, diese Schabracke, die bereits zu lange für ihn arbeitete? Warum nicht ein Polizist oder jemand anderes?

Mit all diesen Leuten wäre er fertig geworden, aber Marko? Der Bundeswehr-Marko?

Er war groß. JA. Er war stark. JA.

Und jetzt waren sie auch noch zu zweit hier.

Neeeeein.

»I-ich … ich kann nicht!«

Er hatte verloren. Diese widerliche, dreckwerfende, todbringende HURE. Wie hatte sie ihm das nur antun können?

Scheiße. Nach der ganzen Zeit in diesem Haus war er gescheitert?

GOTT. Er hätte Rebeka schon in der ersten Nacht das Messer in den Rücken rammen sollen. Denn Marko würde sie beschützen, das war klar. Rebeka wird ihm alles erzählen und damit … war er erledigt.

»Aaaaaah!« Mühsam kämpfte er sich auf die Füße. Die Schmerzen unter den Verbänden fingen an zu rasen. Seine Sicht verschwamm.

Nein, dachte er. Nicht so …

TU ETWAS, Ralf. Du kannst hier nicht einfach liegen und auf dein Schicksal warten.

Du wanderst ins Gefängnis. Du wanderst ins Gefängnis.

»Neeeein. Lass mich in Ruhe!«

Würden sie bald kommen? Marko und Rebeka? Diesmal gemeinsam, um alles zu beenden?

Das waren deine Worte, Ralf. Die Stimme hallte in seinem Kopf. *Erinnerst du dich? Du wolltest, dass es aufhört.*

»Jaaa, das stimmt. Aber ich kann nichts mehr machen!«

Ralf bedeckte seine Augen.

»AAAAAaaaaaah!«

Nein … Er würde ihr die Lampe nicht geben. Und wenn es das Letzte war, was er tat!

Eher würde er verbrennen oder sich selbst den Hals umdrehen, als dieser Hure zum Sieg zu verhelfen.

»Er wird seine Augen aufmachen!«

2.

Was? Hatte er da gerade eine Stimme gehört?

Rasch sah er sich um. Links, rechts, über die Tische, zu Rüdiger, dann nach hinten, zu den Felsen ... Dort! Bei einer der Felsspalten.

Oh nein ...

Ralf wich nach hinten. Die Nonne. Die alte Frau mit dem schwarzen Umhang kam hervor. Ihre weißen Finger glänzten im Licht der Fackeln. Am Rand des sandigen Areals blieb sie stehen.

Ihr Gesicht war nicht zu sehen.

Meine Güte ... Als er sie das letzte Mal gesehen hatte, schien eine Ewigkeit her zu sein.

Und was wollte sie jetzt hier? Ihn umbringen? Für den Tod ihres Sohnes?

»Du ... du bist die Frau!« Ralf zeigte auf sie. »W-was willst du von mir? Geh weg!«

»Ich bin eine Frau, er ist ein Mann.«

»Warum bist du hier? Willst du es beenden?«

Die Nonne rückte ein Stück zur Seite. »Er weiß nicht, was das hier ist, nicht wahr?«

Ralf sah sich um. »Ein Labor, oder nicht?«

»Diese Höhle ist älter als das Haus. Sogar älter als manche Bäume. Meine Angehörigen kennen diese Höhlen schon sehr lange.«

»Angehörige? Das heißt, es gibt noch mehr von euch?«

»Wir ... sind viele. Und wir wissen.« Sie deutete auf das Zeichen an der Wand ... Das Ahornblatt. »Wir kennen jeden Baum, jedes Gras, jeden Halm. Wir wissen, wo das erste Blatt im Frühling gedeiht, und wir wissen, wo das letzte im Herbst auf die Erde fällt. Wir sind ... Viele. Und wir wissen ...«

»Aha … Ihr wisst … Dann wisst ihr auch, wie man diesen Unhold da oben abstellen kann? Er hört einfach nicht auf, um das Haus zu laufen.«

»Er muss erfahren, dass *er* sie geschaffen hat.« Sie zeigte nach rechts. Ralf sah zu Rüdigers zerstörtem Körper in der Ecke.

»V-von ihm? Rüdiger hat das gemacht?« Aber ja …

»Er war auf der Suche. Er muss wissen, dass wir sie Wächter nennen. Sie sind keine reinen Menschen, sondern bestehen zur Hälfte aus Maschinen und aus Mensch. Er …« Sie zeigte auf Rüdiger, »war entschlossen, sie zu bauen, damit sie ihm Arbeit abnehmen. Für das Haus, diese Höhle.«

Das war verrückt, dachte Ralf. Aber deshalb hatte auf den Papieren so viel über Metalle gestanden. Langsam ergab das alles einen Sinn …

»A-also … er scheint es ja auch geschafft zu haben«, meinte Ralf.

»Er ist gescheitert, bis wir ihm etwas gegeben haben, etwas Seltenes. Etwas, das nur wir kennen und wovon nur wir wissen, wo man es findet. Es ist gefährlich. Es ist mächtig …«

»Warte!« Ralf schnippte mit den Fingern. »Ist es …« Gott, wie war nochmal der Name? »Galgiperat?«

Die Nonne nickte. »Er hat viel gebraucht. Und er hat einige geschaffen.«

»Was? Von den Wächtern? Und wo sind die jetzt? Wie viele gibt es denn?«

»Das muss er nicht wissen. Aber wenn die Zeit es verlangt, kommen sie, um zu helfen. Das war sein Versprechen.« Sie zeigte auf Rüdigers Körper.

Ralf schloss die Augen. »Okay, also … Rüdiger hat euch diese Halbroboter gebaut. Und dann?«

»Er wollte mehr.« Wieder ging sie ein Stück am Rand des Sandareals entlang. »Immer mehr. Wir haben ihm gesagt, dass er aufhören soll, aber er wollte nicht hören ...« Sie ballte die Hände zu Fäusten, sodass blaue Adern hervortraten. »Er war ... krank.«

»Was ist passiert?«

»Er hat es an sich selbst angewendet.«

»Was?«

»Er wollte einer von ihnen sein. Groß, stark, mächtig ... Aber es hat nicht funktioniert ...« Ihre Finger gingen auf, als würde sie einen Gruß in seine Richtung schicken.

Ralf drehte sich zu dem toten Körper. Kalt lief es ihm den Rücken runter. »Mein Gott. Das glaube ich nicht ... Und was jetzt?«, fragte Ralf. »Warum erzählst du mir das? Du könntest mich auch einfach umbringen und dann hättest du es hinter dir.«

»Wir wissen, was sie getan hat«, erklärte die Nonne.

Ständig dieses *Er*, dachte Ralf ...

»Sie? Ich verstehe nicht.«

»Seine Frau. Sie hat ihn betrogen. Mehrmals. Wir wissen das. Deshalb ist er hier.«

»Jaa!« Ralf spürte ein warmes Flimmern in der Brust. »Und genau deshalb soll sie auch sterben. Weil sie eine Betrügerin ist!«

»Er muss wissen, dass der Wächter das Haus nicht betreten kann, solange es hell ist.«

Hell?, dachte Ralf.

»Er kennt den Ort, an dem sie versteckt ist.«

»Was? ... Moment. Etwa die Lampe?«

Die Nonne nickte. »Solange es hell ist, kann der Wächter nicht in das Haus.«

»Moment! Heißt das ... dass ich die Lampe abschalten muss und dann ...«

Langsam rückte die Nonne zurück. »Er weiß, was er vorher nicht wusste.« Weiter trat sie rückwärts. »Nur noch eine Sache muss er wissen. Seine Frau … Sie besitzt etwas von großem Wert. Wir nennen ihn den Schwarzling und wer ihn besitzt, den sieht der Wächter nicht.«

»Warte!« Ralf streckte eine Hand aus. »Warum erzählst du mir das? Dein Junge ist tot. Du müsstest mir nicht helfen!«

»Wir bestrafen immer den Schuldigen.« Sie verschwand in der Felsspalte. Wie ein Geist.

Aufgewühlt sackte Ralf zu Boden.

Das war doch … Es war …

Mein Gott!

Jetzt ging es nur noch um ihn, Rebeka, Marko und … natürlich Lucy.

Ralf lachte.

Hatte er vorhin wirklich gesagt, dass Rebeka im Vorteil war? *Nein*. Niemals.

Sie würde sterben. Eiskalt, schmerzhaft und das schon sehr bald …

Ralf lächelte.

Es war alles wieder da … ein Plan, Hoffnung …

Die Schuldige war gefunden und sie würde bluten …

47. Rebeka Ritter

1.

Sie sah sich um. Nach rechts, dann links, aber da war nichts Gefährliches auszumachen. Behutsam folgte sie dem diffusen Gang, in dem es nach Asche, Rauch und Abfall roch. Von der Decke lösten sich kleine Tapetenstücke ab. Staub lag in der Luft. Die seitlichen Holzwände waren teilweise beschädigt.

Dieses Haus war einsturzgefährdet, dachte Rebeka. Aber dennoch ... hier war etwas. Etwas Wichtiges.

»Glaubt Ihr denn, es ist hier?«

Rebeka blieb stehen und drehte sich zu der Frau in Weiß um, die ihr folgte. In der Hand hielt die Frau eine Taschenlampe. Der helle Lichtkegel vertrieb die Schatten.

»Einen Moment, ich muss mich konzentrieren.«

»Natürlich. Ganz wie Ihr wollt.«

»Ssssh! Genau ... hier.« Sie bog nach rechts ab und näherte sich einer Tür, deren Angeln kaputt waren. Die obere rechte Seite der Tür hing ein Stück nach vorn, während das eingerastete Schloss verhinderte, dass sie ganz aufkippte. Dahinter schien es weiterzugehen ...

»Oh, ist das nicht -«

Rebeka legte einen Finger an die Lippen. Die Frau in Weiß nickte.

Vorsichtig näherte sich Rebeka der Tür und öffnete sie. Es quietschte.

Gut so, dachte Rebeka. Sie winkte der Frau in Weiß zu und deutete nach vorne. Die Frau folgte und leuchtete mit der Lampe auf eine Abfolge an hölzernen Stufen, die in einen Keller hinunterführten. Auch hier waren die Wände durchlöchert. Es lag Staub in der Luft.

Die Stufen selbst waren nicht neu. An manchen Stellen waren kleine Scharten auszumachen.

Rebeka deutete hinunter. »Geh vor!«

»Was?« Die Frau wandte ihr den verhüllten Kopf zu.

»Na los! Wir haben nicht viel Zeit!.«

Die Frau nickte. Dann hob sie den rechten Fuß und setzte ihn auf die oberste Stufe.

Sie hielt … Nur das Holz knarrte ein bisschen.

»Gut. Jetzt weiter.«

Stufe um Stufe bewegten sie sich hinunter.

Immer tiefer, bis die Frau in Weiß den unteren Bereich erreichte, der rechts zu einer weißen Stahltür führte.

»Sehr gut.« Rebeka trat auf die letzte Stufe. »Das hätte auch ganz ...«

Der Boden unter der Frau in Weiß brach ein.

2.

Das Splittern von brechendem Holz war zu hören.

»WAAAA!« Schreiend klammerte sich die Frau an den Rand des Abgrunds, der sich unter ihr aufgetan hatte. Scharfe Kanten ragten ihr gefährlich entgegen. »Hilfe, bitte! I-ich … kann nicht mehr lange …«

Rebeka seufzte und ging in die Knie. Sie ergriff einen Arm der Frau und begann zu ziehen. Glücklicherweise war die Frau nicht zu schwer.

Langsam rutschte die Frau ein Stück aus dem Loch, noch weiter, bis sie draußen war.

»Danke«, flüsterte die Frau in Weiß. »Wirklich.«

»Passt schon.« Neugierig beugte sich Rebeka über das Loch. Dort, tief unten, in einem Graben, der so breit war, dass das Haus eigentlich absinken müsste, waren die sich windenden Flammen eines gewaltigen Feuers zu sehen. Es war groß, grell und es brodelte.

Immer wieder fielen Gegenstände von oben in das Feuer. Sie stammten wohl von dem Haus. Schränke, Armaturen, Betten, Toiletten … Die Taschenlampe, die die Frau in Weiß hatte fallen lassen …

Am Rand des Abgrundes bewegten sich tanzende Schatten.

Wie kleine Teufel, dachte sie. Aber sie mussten weiter. Noch waren sie nicht am Ziel.

»Komm.« Rebeka wandte sich zu der weißen Stahltür. »Wir haben noch Arbeit vor uns.«

Die Frau in Weiß erhob sich auf die Beine und klopfte sich etwas Schmutz von dem weißen Überwurf.

Rebeka öffnete die Tür und schritt auf einen heller beleuchteten Kellergang.

»Schließ die Tür!«, rief sie nach hinten.

Die Frau in Weiß umfasste die Klinke und schloss sie. Als die Tür zufiel, wurde es schlagartig ruhiger.

Rebeka sah sich um. Auf diesem Gang gab es mehrere Türen, die in andere Räume führten. Bis auf sie schien niemand in der Nähe zu sein, aber … das stimmte nicht. Sie spürte es. Hier musste es doch irgendwo sein …

»Ob wir da auch mal reinfallen?«, fragte die Frau in Weiß.

»Wo rein?«

»In das Feuer … Was ist das genau?«

»Irgendwann fallen wir alle, aber nicht jetzt. Zuerst … müssen wir *es* finden.«

»Und wenn wir es haben? Was dann?« Sie gingen geradeaus. Das Licht der flackernden Deckenleuchten enthüllte die ramponierten Fassungen der Türen zu beiden Seiten. Viele waren durchlöchert. Ständig waren diese kleinen weißen Staubpunkte in der Luft zu sehen.

»Was wohl? Ich töte es, und zwar ein für alle Mal.«

»Ja, aber … ist das wirklich richtig? Ich meine, das habt Ihr früher nicht so gemacht.«

»Was?« Sie drehte sich zu der Frau. »Ist das nicht genau das, was du immer wolltest? Dass ich nicht mehr weglaufe …«

»Aber nicht so … Der Tod kann sehr unschöne Seiten haben. Ihr solltet aufpassen, dass er nicht auf Euch zurückfällt.«

Rebeka legte die Stirn in Falten. »Danke für deinen Rat. Aber das hier ist nicht dein Kampf.«

Die Frau nickte. »Wie Ihr meint.«

»Gut. Also … Was haben wir hier?« Sie blieb stehen und schloss die Augen. Lauschte.

Da waren Geräusche … Ein Krächzen, das leise Atmen eines Säuglings, der Schrei einer Frau, das Knattern laufender Waschmaschinen …

Moment.

Sie riss die Augen auf. »Ich glaube, ich habe es.«

»Wo?«

Rebeka hob einen Finger. »Ich kann es hören. In der Nähe. Es ist … Hier irgendwo.« Sie ging an den Türen vorbei, bis …

Hier.

Vor einer Tür blieb sie stehen. »Hier muss es sein.« Vorsichtig legte sie ihre Hand auf die Klinke. Dann drückte sie die Tür auf.

Langsam glitt sie zurück und entließ das Knattern laufender Waschmaschinen nach draußen.

Rebeka trat ein.

Der Boden des Raumes, die Decke, die Wände bestanden aus solidem Kalksandstein. Zu beiden Seiten waren Waschmaschinen aufgestellt, die jeweils drei Reihen übereinander bildeten. Licht spendeten flackernde Deckenlampen.

Vor den Maschinen blieb Rebeka stehen. Sie fischte ein Messer aus ihrer Hosentasche.

»Siehst du es?« Rebeka beugte sich zu der Frau in Weiß.

Die Frau nickte. »Ja, da hinten.«

»Genau. Und es weint.«

»Es wartet.«

»Ja … es wartet auf sein Ende. Komm … bringen wir es hinter uns!«

Sie gingen zwischen den installierten Waschmaschinen entlang. Das Knattern war heftig.

Dort hinten war es, dachte Rebeka. Durch das Glas einer Waschmaschine war rotes Wasser zu sehen. Blut. Und darin drehte sich das Gesicht eines Menschen. Den Mund hatte er zum Schrei verzerrt, aber es war kaum etwas zu hören.

Mein Gott … Wer waren diese Leute?, dachte sie. Ihr Blick streifte die anderen Maschinen. Alle waren mit Menschen gefüllt. Männer, Frauen. Sie klopften gegen die geschlossenen Türen, kratzten mit ihren Nägeln über das Glas. Sie hielten ihre Augen aufgerissen. Sie schrien …

3.

An der gegenüberliegenden Wand blieb Rebeka stehen und ging in die Knie.

»Hallo … wie geht es uns denn heute?« Sie berührte das kleine Etwas auf dem Boden. Dafür, dass es einmal so groß, mächtig und angsteinflößend gewesen war, hatte es ziemlich abgenommen. Jetzt lag es auf diesem halbgrünen Steinboden, umgeben von dem Knattern der Waschmaschinen.

»Ist es das?«, fragte die Frau in Weiß.

»Ja«, sagte Rebeka. »Und es ist kleiner, als ich dachte.«

»Es hat nachgelassen.«

Rebeka nickte. Was war nur aus ihm geworden? Dem Monster mit dem Gesicht auf der Zunge.

Aus dem gewaltigen Koloss, der sie über Wochen verfolgt hatte, war dieses kleine, kümmerliche Ding geworden. Es hatte immer noch Hörner, aber sie waren stumpf und eingefallen. Die Haut war nicht mehr blutrot, sondern grau und auch die Beine stellten nur noch kleine, ungefährliche Äste dar.

Zusammengekauert lag es da, das einst gewaltige Maul leicht geöffnet. Die Zunge hing heraus und darauf war das zweite Gesicht erkennbar. Jetzt war es noch kleiner geworden. Die Augen wirkten schmal, fast unsichtbar. Es sagte etwas, nur … es war nicht zu verstehen.

»Was habt Ihr vor?«, fragte die Frau in Weiß.

Rebeka hob das Messer. »Wir beenden es.« Sie ließ die Klinge herunterfahren.

»Wartet!«

Rebeka hielt inne. »Warum?«

»Ich weiß nicht, ob das eine gute Idee ist. Ich meine, es ist hier, es ist erledigt. Ihr habt es besiegt. Warum noch töten?«

Rebeka dachte nach. »Weil … es das verdient hat!« Sie hob das Messer erneut. Eine verhüllte Hand schoss vor und legte sich um ihren Arm.

Rebeka wandte ihr den Kopf zu. »Lass mich! Was fällt dir ein?«

»Das seid nicht Ihr, vertraut mir. Ihr müsst nicht wie er sein, um zu gewinnen. Bitte …«

Rebeka sah sie durchdringend an. »Es hat einen Namen! Das Wesen …« Sie ließ den Arm sinken.

»Welchen?«

»Du kennst ihn.«

»Sagt es. Bitte.«

Rebeka räusperte sich. »Ralf! Das ist der Name. Der Name des Monsters ist Ralf.«

»Tatsächlich.« Die Frau in Weiß musterte das Wesen.

Rebeka hob das Messer und ließ es niederfahren. »Neeeein!«, rief die Frau in Weiß. Sie packte sie am Arm. Wütend sprang Rebeka hoch und riss sich los. »Duuu Hure!« Sie schwang das Messer nach rechts. ZACK. Blut fegte durch die Luft und traf die seitliche Wand.

Schwerfällig landete die Frau in Weiß auf dem Boden und hielt sich den Hals. Das austretende Blut färbte ihre weißen Sachen rot.

Sie war tot.

»Mistkuh!« Rebeka saugte die staubige Luft ein. »Das ist deine Schuld, kapierst du das? Ich hatte dir gesagt, dass du mich in Ruhe lassen sollst!«

Ihr Blick fiel auf das kümmerliche Wesen. Erneut ging sie in die Knie. »Ganz ruhig, Ralf. Ich werde es schnell machen. So schnell, dass du nichts davon merkst.« Schrie er etwa? Das Gesicht auf der Zunge bewegte sich …

»Vertrau mir, Ralf. Alles ist gut und wenn du aufwachst, wirst du friedlich ...«

Sie schob ihm in das Messer in die Brust. »Brennen!«

Ralf gab ein hörbares »Fiiiiiiiiiiiieb!« von sich. Dann erschlaffte der kleine Körper. Auch die Waschmaschinen hörten auf zu laufen. Eine tiefe Ruhe legte sich über den Raum.

Rebeka stand auf und sah sich um.

Die Arbeit ist erledigt ... Sie war frei.

4.

Rebeka öffnete die Augen. Zügig schlug sie die Decke zurück und stand auf.

Marko schlief noch. Leise schnarchend lag er da, die Decke bis zum Hals gezogen.

Es war alles so anders, seitdem er gekommen war … Sie. Ihre Träume. Auch dieser Ort.

Dass Marko dieses Haus gefunden hatte, war reiner Zufall gewesen. Offenbar hatte er sie über ihr Handysignal verfolgt, auf das er irgendwie mithilfe seines Computers Zugriff gehabt hatte. Damit hatte er ihren letzten Standort überprüft und war anschließend zu dem Punkt gefahren, wo das Netz zum letzten Mal aktiv gewesen war. Dort hatte er dann angefangen zu suchen, bis er irgendwann dieses Haus entdeckt hatte und damit auch sie …

Was für ein Glück. Sie lächelte.

Nach seiner Ankunft hatten sie noch lange geredet. Sie hatte ihm erklärt, was er wissen musste … Über den Unhold, Ralf, was Ralf getan hatte, was der Schwarzling bedeutete … Am Anfang hatte er das nicht richtig glauben wollen, aber schließlich hatte er doch nachgegeben.

Danach hatten sie Sex gehabt. Schönen, langen Sex. Und danach waren sie nebeneinander eingeschlafen.

Leise zog sie sich um. Es war früh am Morgen und die ersten Strahlen der Sonne schienen durch das hintere Fenster herein. Trotzdem fühlte sie sich fit und ausgeschlafen. So … lebendig.

Vermutlich lag das auch an ihren Träumen, die eine gute Wendung genommen hatten.

Das Monster war tot. Die schlimmen Tage und Wochen, in denen sie nicht gut geschlafen hatte, waren Vergangenheit. Die blühende Zukunft lag vor ihnen

… und heute würde Ralf sagen, wo sich die Lampe befand, dachte sie. Eine andere Wahl hatte er nicht.

Und sobald die Lampe da wäre, würden sie Ralf ins Erdgeschoss locken und die Lampe deaktivieren. Der Unhold würde dann in das Haus kommen und sich Ralf vornehmen, während sie zu dritt durch eines der Fenster fliehen würden. Ja … Marko, Lucy und sie.

Und was Kasimir anging … Sie zuckte die Achseln. Vermutlich nichts, da er ohnehin die ganze Zeit schlief.

Lucy würde aber mitkommen. Das hatte sie Marko gestern noch gesagt und er hatte zugestimmt. Nach dem grässlichen Tod ihrer Eltern würde sie jemanden brauchen, der sich um sie kümmerte. Jemanden mit Verstand.

Sie schloss die Zimmertür auf und trat hinaus. Gleich gegenüber sah sie Ralfs Tür, die geschlossen war. Rechts lag das große Fenster. Der Unhold war gerade nicht zu sehen, genau wie Lucys Eltern und Markos Auto. Bereits in der Nacht war ihr das aufgefallen. Scheinbar hatte der Unhold diese Dinge wieder entfernt, als wären Lucys Eltern niemals da gewesen.

Rebeka seufzte. Jetzt würde Lucy ihre Eltern nicht einmal mehr bestatten können.

Die Ärmste.

Was sie wohl gerade machte?

Sie wandte sich ab und blickte in den Gang, der zu Lucys Zimmertür führte. Die hintere Tür stand offen und …

Was? Aber … Wohin war Lucy denn gegangen?

Plötzlich hörte sie etwas.

Moment.

Es kam von unten. Es klang wie ein Flüstern.

Schnell eilte sie die Treppe hinunter in das Wohnzimmer. Lucy fuhr zu ihr herum, als sie hereinkam.
Noch immer trug sie ihre gelbe Jacke von gestern und
die blaue Jeans.

Kasimir saß auf seinem Stuhl und rührte sich nicht.
Die Augen hatte er geschlossen.

Er schlief.

»Lucy!« Rebeka trat zu ihr.

»Tante Rebeka.« Sie wirkte ertappt.

»W-was … was tust du hier?«

»E-er … er hat geredet«, sagte Lucy leise. »Er spricht
mit mir.«

»Was?« Sie musterte ihn. Kasimir schlief. »Er schläft,
Lucy. Bereits seit einem Tag.«

Lucy schüttelte den Kopf. »Nein, ich habe mit ihm
geredet. Er sagte, dass ich ihn losbinden soll, damit er
euch beide umbringen kann.«

5.

Rebeka fühlte eine Gänsehaut über ihren Rücken laufen. »D-das ... Das kann nicht sein.«

»Doch. Das sagte er. Er will euch die Herzen rausschneiden und sie essen.«

Rebeka stand wieder auf. Ob sich Lucy das eingebildet hatte? Aber hatte Ralf nicht auch etwas Seltsames über Kasimir erzählt?

»Komm, Lucy, am besten wir gehen. Ich gebe dir etwas Milch.«

Sie führte Lucy in die Küche. Lucy setzte sich an den Tisch und Rebeka füllte ihr ein Glas mit Milch aus dem Kühlschrank. Dann setzte sie sich zu ihr.

»Wie geht es dir, Lucy?«, fragte Rebeka. Das Mädchen griff nach dem Glas und nahm einen kräftigen Schluck. »Vielleicht brauchst du ja jetzt jemanden, der dir zuhört?«

Lucy sah sie an. »I-ich weiß nicht. Manchmal denke ich, dass Mama und Papa noch bei mir sind, und dann möchte ich sie suchen, aber ... sie sind nicht da.«

Die Ärmste, dachte Rebeka. Sie streichelte Lucys Schulter. Sie hatte so viel durchgemacht.

»Kann ich noch etwas haben?«, fragte Lucy und wischte sich mit dem Handrücken über den Mund.

Rebeka nickte. »Ja, klar.« Sie griff die Packung Milch von der Anrichte und schenkte ihr nochmal ein.

»Danke.« Lucy trank ihr Glas aus und stellte es dann wieder auf den Tisch. »Ich bin jetzt müde, Tante Rebeka, und gehe wieder schlafen.« Gähnend schälte sie sich von ihrem Stuhl.

»Warte, Lucy. Bitte.«

Das Mädchen drehte sich zu ihr. Wie sie aussah ... So mitgenommen, mit den wilden Haaren und bleichen Wangen.

»Lucy, mein Schatz … Komm mal bitte zu mir.« Rebeka streckte eine Hand aus. Lucy kam zu ihr und nahm sie.

»Ich möchte, dass du weißt, dass ich immer für dich da bin, okay?«, begann Rebeka. »Und wenn du willst, aber auch nur dann, dann wirst du eine Entscheidung treffen können und du wirst sagen, wo du in Zukunft leben möchtest.«

Lucy blinzelte.

»Weißt du, es wird eine Zeit kommen, da wirst du dich für ein neues Haus entscheiden müssen. Und solltest du bei mir leben wollen, dann kannst du das gerne tun. Ich liebe dich, verstehst du?«

Lucy nickte. »Ich bin jetzt müde, Tante Rebeka. Wirklich …« Sie ließ ihre Hand los, wandte sich ab und ging davon. Ohne sich umzudrehen, verschwand sie auf den Stufen.

Hoffentlich war das eine gute Entscheidung gewesen, dachte Rebeka … In der nächsten Zeit würde viel passieren und sobald Ralf wach wäre, würde es losgehen …

Gott … Diesen letzten Kampf musste Lucy noch überstehen. Sie musste einfach …

Zu viele unschuldige Menschen waren bereits gestorben.

48. Ralf Ritter

1.

Leise öffnete Ralf seine Zimmertür und spähte hinaus. Wenn er richtig lag, musste jetzt fast Mittag sein und er hatte seit Markos Ankunft gestern Abend diesen Raum nicht mehr verlassen.

Vor dem großen Fenster war niemand zu sehen. Aber von unten waren Stimmen zu hören. Vermutlich Rebeka und Marko.

Eilig schritt er nach links, zu Lucys Zimmer. Klopfte. Nichts.

Er klopfte erneut, aber wieder war nichts zu hören.

Was sie wohl machte?

»Lucy?«, flüsterte er. Sein Blick ging nach rechts, den Gang entlang.

Er klopfte erneut.

Unvermittelt ging die Tür auf. Kurz darauf sprang Lucy zurück auf ihr Bett. Eine Welle stickiger Luft kam ihm entgegen, als er eintrat. Hinter sich machte er die Tür zu. Dann lächelte er Lucy entgegen.

»Hallo, Lucy. Na, wie geht es uns heute?« Er setzte sich zu ihr auf das Bett.

Sie ließ die Schultern hängen. »Nicht gut. Warum trägst du immer noch den Verband?«

»Ich muss. Damit ich heilen kann, dein Onkel ist sehr verletzt, weißt du.« Er seufzte. »Dieser Kerl da draußen ... du weißt schon. Der hat mich auch angegriffen. Er ist ein ganz böser Mann ... Und er verletzt die Menschen, die ihm zu nahekommen.«

Lucy starrte geradeaus. »Ich weiß.«

»Hör mal, ich kann mir nur vorstellen, wie es dir gerade geht, aber ich möchte, dass du weißt, dass ich dich immer liebhabe.«

Sie sah ihn an, lächelte. »Ja.«

»Mir ist klar, dass wir in der Vergangenheit nicht viel Zeit miteinander verbracht haben. Ich musste viel arbeiten und … Ach egal. Es hat nicht immer hinge-hauen und das tut mir leid.«

Sie nickte. »Schon okay.«

»Ja … so okay ist das dann doch nicht. Denn ich bin dein Onkel und ich möchte, dass es dir gut geht. Denn am Ende haben wir nur noch uns. Wir sind jetzt eine Familie und wenn das hier alles endet ...« Sie sah ihn an, »dann … Nun, dann möchte ich, dass du bei mir wohnst. Verstehst du?«

Sie lächelte. »Das verstehe ich.«

»Natürlich darfst du das entscheiden, aber … Ich denke, dass am Ende nicht mehr viele Möglichkeiten bleiben werde. Und bei mir wird es dir gut gehen. Es wird dir an nichts mangeln und ich werde mich um dich kümmern. Verstanden?«

Sie nickte.

»Sehr gut.« Er tätschelte ihr Bein. Dann stand er auf. »Lucy, es wird demnächst eine Menge passieren. Ge-nau in diesem Haus.« Er zeigte um sich. »Also nicht in diesem Raum, aber … da draußen. Und was immer du hörst, komm am besten nicht raus, okay? Erst, wenn ich es dir sage.«

Sie nickte. »Ja. Ich möchte sowieso nicht rausgehen.«

Ralf nickte. »Gut, gut. Dann ist das geklärt. Warte am besten hier im Zimmer.« Er ging zur Tür, öffnete sie und sah hinaus, bevor er das Zimmer verließ. Drau-ßen drehte er sich nochmal um. »Du weißt, dass ich dich liebhabe, nicht wahr?«

Sie nicke.

Ralf zwinkerte ihr zu. Dann schloss er die Tür.

Gut. Jetzt musste er Rebeka nur noch den Schwarzling abnehmen, und dann könnte er das alles hier beenden …

Schnell schlich er zu seinem Zimmer zurück. Trat durch die Tür …

Nein.

Im Türrahmen blieb er stehen.

2.

»D-du ... was soll das denn?«

Rebeka fuhr zu ihm herum. »Du!« Sie nahm das Messer von der Wand, mit dem sie nach der Lampe gesucht hatte.

Diese Kuh!

»Ralf«, sagte sie. »Wo ist die Lampe?«

So, so ... Ralf schloss die Tür hinter sich. Glücklicherweise war Marko nicht bei ihr.

»Du bist eine Diebin, Rebeka. Eine ganz schön hinterhältige Diebin sogar!« Schnell sprang er nach links, zu dem kleinen Nachttisch neben dem Bett, auf dem sein Messer lag. Er griff es und schwang es durch die Luft.

»Gib ihn mir!«, schrie er. »Na los. Gib ihn mir zurück!«

49. Rebeka Ritter

1.

»Gib ihn mir!«, schrie er. »Na los. Gib ihn mir zurück!«

Was faselte er da?

Plötzlich sprang Ralf auf sie zu. Seine Klinge zielte auf sie. Rebeka reckte ihr Messer und die Klingen trafen sich. *Bliiiing.*

»Die Lampe, Ralf! Zeig mir, wo die Lampe ist!«

»Eher sterbe ich!« Er ließ das Messer von oben auf sie niederfahren. Rebeka wich aus und stieß ihr Messer vorwärts. Kapp verfehlte sie Ralfs Schulter.

Verdammt.

Ralf murrte. Er sprang zur Seite und griff erneut an. Rebeka wich nach links aus.

»Hör auf und sag mir, wo die Lampe ist! Ich kann das alles beenden, Ralf!«

Ralf schwang das Messer. Rebeka wich zurück. Knapp glitt die Schneide an ihr vorbei.

Ralf lächelte.

Er stieß nach und traf sie an der rechten Hand.

»Aaaah.« Flammender Schmerz schoss durch ihre Haut. Sie ließ das Messer fallen. *Nein!* Dann sah sie Ralfs Faust auf sich zukommen. *Baark.* Er traf sie im Gesicht.

Rebeka sah Sterne. Der Atem fegte ihr aus der Lunge. Keuchend landete sie auf dem Boden. Ralf setzte sich auf sie drauf. »Du miese Hure. Jetzt pass mal auf!« Er tastete an ihrer Hose entlang, bis er ihre Hosentasche fand.

»Nein!« Sie schlug Ralf gegen die Nase. Kreischend flog sein Kopf nach hinten.

Rebeka boxte ihm in den Bauch, sodass ihm die Luft ausging und seine Wangen rot anliefen, als würde er jeden Moment platzen.

Dann stieß sie ihn von sich und rappelte sich auf. »So … Jetzt pass *du* mal auf.« In der Nähe lag ihr Messer. Schnell griff sie danach und hob es auf. Dann streckte sie ihm die Klinge entgegen.

»Raaahalf«, summte sie. »Ich will diese Lampe haben!« Vor ihm blieb sie stehen. Plötzlich löste Ralf seine verkrampfte Haltung und trat ihr gegen das rechte Bein. Rebeka verlor den Halt und fiel zu Boden. Das Messer landete klirrend neben ihr.

»BRRA«, rief sie mit verschwommener Sicht. »Hiiiillfffee!«

»Halts Maul. Schlampe!« Ralf landete mit ausgestreckten Armen auf ihr. Sie spürte, wie sich ein Gewicht um ihren Hals legte. *Neeeein! Nein, bitte nicht!*

Angestrengt schlug sie nach Ralf, aber bekam keine Luft mehr.

»Du dreckiges Hurenweibsbild. Ich mache dich feeeeertig!«, rief er aus.

Rebeka sah Schatten aufziehen. War das das Ende?, dachte sie.

Sie hatte verloren. Sie war …

Nein.

Moment.

Nicht so schnell …!

Sie drückte ein Bein hoch und hakte es unter Ralfs Kehle ein. »Was?« Dann spannte sie ihr Bein an und stieß Ralf von sich. Er landete stöhnend auf dem Boden.

Schnell rappelte sie sich hoch. Hätte sie doch nur die Pistole mitgenommen! *So ein Mist!*

Erneut hob sie ihr Messer auf und drehte sich zu Ralf. Er stand ebenfalls auf, sein Messer auf sie gerichtet.

»So«, brachte sie keuchend hervor. »Also ... Ich warte, Ralf. Und mach jetzt keine Spielchen! Wo ist die Lampe?«

Er senkte den Kopf, als würde er resignieren. Leider waren seine Augen durch die Verbände schlecht zu sehen. »Ralf, sag es endlich!«

Warum antwortete er nicht? Wütend trat sie einen Papierstapel beiseite. Die einzelnen Blätter verteilten sich raschelnd in der Gegend.

Komm schon ... Sag es. Sie ist doch hier. Ganz in der Nähe. In dieser Wand. Sag es einfach!

»Ralf!« Er tat es nicht. »Ralf! Jetzt mach schon!« Sie streckte ihm ihr Messer entgegen.

Plötzlich hob er den Kopf. Dann gab er einen lauten Schrei von sich. Stürmte auf sie zu.

Scheiße!

»Neeeeein. Du! Mist -« Rebeka wich zurück und verlor den Halt. Schreiend kippte sie nach hinten und landete auf dem Rücken. Die Luft fegte ihr aus der Lunge. Ein Schmerzimpuls explodierte in ihrem Nacken.

Lächelnd trat Ralf neben sie und hob ihr Messer auf. »Glaubst du wirklich, ich wüsste nicht, was du vorhast.« Er fing an zu lachen.

Mühsam drehte sie sich auf die Seite.

»HA! Ich wusste, dass du so reagieren wirst. Und damit, liebe Rebeka, endet es ... Gib mir den Schwarzling oder ich bringe dich um und hol ihn mir ... wie du willst.«

Was? Woher kannte er diesen Namen?

Gott ... Wie sie ihn hasste. Diesen kleinen Gnom, mit dem perfiden Grinsen auf den Lippen.

Was war nur aus ihm geworden!

»Jetzt mach schon!«

Sie hatte keine Wahl. Sie musste es tun.

»Los doch! Dämliche KUH! Ich möchte nicht warten! Am liebsten würde ich dir in dein Hirn schneiden!«

»Jaaa! Moment.« War das ihr Ende? Erledigt war sie auf jeden Fall. Langsam schob sie ihre Hand in die Hosentasche und holte die Brosche heraus, den sogenannten Schwarzling.

Verflucht, dachte sie. Wenn sie dieses Objekt verlor, war alles zu Ende.

»Schneller!« Ralf bewegte sein Messer.

Unvermittelt sprang die hintere Tür auf und Marko kam herein.

2.

Mein Gott ... Erschrocken zuckte Rebeka zusammen. Ralf fuhr herum. Mit einem Satz sprang Marko vor, packte Ralf am Hals. Dann holte er mit seiner Faust aus.

»Warte, Marko. NEEEEIN!«

Er schlug zu. Fest, gnadenlos. Auf Ralfs Stirn.

Scheiße ... Als Marko ihn losließ, sackte Ralf auf den Boden. Es klirrte, als beide Messer neben ihm landeten.

Ralf bewegte sich nicht mehr.

Rebeka klappte der Mund auf. Das konnte doch nicht ... Verdammt.

»Rebeka!« Marko kam zu ihr, berührte sie am Arm. »Bitte, geht es dir gut?«

»Ja, ja ...« Sie schob ihn ein Stück von sich. »Das hättest du nicht tun sollen.«

»Was?« Er sah verwirrt drein. »Er hatte dich in seiner Gewalt. Ich habe einfach nur reagiert.«

Rebeka kroch zu Ralf und fühlte seinen Puls. Er lebte noch. Vermutlich war er nur ohnmächtig.

»Außerdem ... das war doch überfällig, oder nicht?«, fügte Marko hinzu.

»Jetzt kann er uns aber nicht mehr sagen, wo sich die Lampe befindet.«

Marko seufzte. »Dann ... vielleicht gibt es ja einen anderen Weg? Was ist denn, wenn ich die Wand kaputt mache -«

»Nein!« Rebeka hob eine Hand. »Außerdem fehlt uns das Werkzeug dafür. Das ist alles draußen im Schuppen. Nein, ich weiß etwas Besseres.« Sie stand auf. Ihre Sicht verschwamm.

»Scheiße ... ich hätte früher kommen müssen.« Marko stützte sie.

»Nein, nein, alles gut. Pass auf … Wir bringen ihn jetzt nach unten zu Kasimir und fesseln ihn dort an einen Stuhl.«

»Und dann?«

»Dann warten wir, bis er wieder aufwacht. Und dann bringen wir ihn zum Reden.«

Marko nickte. Rebeka senkte eine Augenbraue. Ob er ihr wirklich zustimmte? Oder nur einen Gefallen tat … Besonderes wohl fühlte er sich offenbar nicht dabei.

»Okay.«

Sie berührte seine Wange. »Es geht nicht anders, Marko. Danach können wir von hier weg. Versprochen.«

»Ja.« Er nickte. »Ich vertraue dir, Rebeka.

Sie lächelte. »Gut. Dann hilf mir jetzt.«

50. Ralf Ritter

1.

Ralf öffnete die Augen.

Rechts befand sich ein Durchgang. An den Wänden waren Schränke verteilt. Mondlicht drang durch die seitlichen Fenster herein.

Er war im Wohnzimmer. Aber warum?

Ralf blinzelte. Seine Stirn tat weh und sein Hintern schmerzte. Stöhnend streckte er die Arme … Nein. Es ging nicht. Wie …

Er sah hinunter. Er saß auf einem Stuhl und seine Arme und Beine waren gefesselt.

Nein! Ralf schloss die Augen. Nicht schon wieder.

Er rüttelte an den Seilen, aber sie hielten. Vermutlich hatte sie Marko festgebunden.

So ein DRECK!

Und wo waren die beiden jetzt abgeblieben? Rebeka? Marko?

Er sah sich um. Nach vorn, zu dem Durchgang, aber dort war niemand. Links, zu den Fenster, aber dort auch nicht.

Rechts … »Aaa!« Ralf zitterte. Kasimir hockte neben ihm, die Augen geöffnet, den Mund zu einem Grinsen verzogen. Seine Augen leuchteten rötlich.

Was … Was sollte das?

Hatte Rebeka ihn etwa direkt neben den irren Makler gebunden? Dieses Miststück.

Glücklicherweise war Kasimir immer noch gefesselt. Gar nicht auszudenken, wenn er sich befreit hätte.

»Braaaraaa«, gab Kasimir hervor. Wieder sprach er wirr.

Ralf senkte den Kopf. Das schien ein Albtraum zu sein. Er gefesselt, Kasimir neben ihm und Rebeka

kurz vor ihrem Sieg, denn jetzt hatte sie fast alles …
außer der Lampe. Und sobald sie hier unten wäre,
würde sie ihn zwingen, ihr das geheime Fach zu verraten.

Und er … Er hatte gar nichts.

»Verdammt!«

»Braaraa.«

Ralf sah ihn an. Kasimir grinste. »Lass mich in Ruhe.«

»Lass mich in Ruhe!«, wiederholte Kasimir.

Ralf schürzte die Lippen. Hatte Kasimir ihn gerade
nachgeahmt?

»Du … kannst also noch normal sprechen?«

»Ich kann normal sprechen, ich kann normal sprechen.« Er hörte sich wie ein Papagei an.

Ralf seufzte. »Na toll … Ich sitze neben einem Irren.«

»Irre, irre, irre.«

»Ich brauche Hilfe, verdammt!« Ralf legte den Kopf
zurück.

»Ich helfe.«

Was? Er sah ihn an. Kasimirs Augen strahlten. »Helfen.«

»Du … willst helfen?«

Kasimir nickte.

War das ein Scherz? Kasimir sah alles andere als ver-
trauenswürdig aus. Im Gegenteil, er war schuld am
Tod seines Bruders, wofür er eigentlich sterben müsste.

»Wie helfen?«

»Helfen. Helfen!«

Neeeein, dachte Ralf. Wie wollte der denn helfen? Er
plapperte bloß alles nach.

Außerdem… brauchte er ihn vielleicht gar nicht.

Ralf lehnte sich vor, sodass er mit den Füßen auf dem
Boden aufkam, und sprang dann ein Stück geradeaus.

Dann setzte er sich wieder.

Leeeise. Wer konnte schon sagen, was Marko und Rebeka gerade taten. Und wenn sie ihn hörten, hätte er ein Problem.

Erneut lehnte er sich vor und bewegte sich ein Stück weiter. Dann nochmal. Wieder. Als er zurücksah, lächelte ihm Kasimir entgegen. Seine roten Augen glühten.

Irre.

Ralf bewegte sich aus dem Wohnzimmer, bis er die Küche erreichte. Dort beförderte er sich langsam zu den geschlossenen Schubladen. Er schwitzte und sein Atem ging schnell. In seinem rechten Bein spürte er einen Krampf.

Angestrengt öffnete er die Schublade mit seinem Kinn und fischte ein Messer mit den Zähnen heraus. Das Messer ließ er neben sich auf den Boden fallen.

Bliiiing.

Er zögerte. Lauschte. War da was?

Nein. Nichts.

Also gut. Dumm nur, dass diese Durchgänge keine Türen hatten.

Er lehnte sich nach links und stieß mit der seitlichen Lehne des Stuhls gegen die Küchenanrichte. Danach rückte er weiter nach unten, noch ein Stück ... Der Stuhl schlitterte an der Anrichte hinunter. *Baaarsch.* Und er landete auf dem Boden.

Ralf ächzte. Schmerzen fuhren ihm über das Gesicht, genau wie durch seine Schultern. Erneut lauschte er, aber es war nichts zu hören.

Scheinbar schliefen die beiden tief und fest.

Mühsam schob er sich mithilfe eines Fußes vorwärts, bis er das Messer mit den Händen erreichte. Er nahm

es und drehte es herum. Dann begann er zu schneiden.

Lange dauerte es nicht und die Seile an seinen Händen lösten sich. Erleichtert zog Ralf sie ab. Gott sei
Dank.

Schnell machte er sich an seinen Beinen zu schaffen
und war wenig später frei.

Zufrieden stand er auf. Jetzt würden die beiden etwas
erleben.

Er rannte aus der Küche und verharrte. Sein Blick fiel
in das Wohnzimmer, zu Kasimir, der lächelnd dasaß.

2.

Hm ... Vielleicht ...

Er verließ die Treppe und kam auf ihn zu. Mit etwas Abstand zu dem Makler blieb er stehen. »Was hast du vorhin gesagt? Dass du helfen kannst?«

»Helfen«, wiederholte Kasimir.

Ralf tippte sich die Messerspitze gegen das verbundene Kinn. Kasimir hatte zwar seinen Bruder ermordet, aber ...

»Hör zu ...«, begann Ralf. »Ich möchte dir einen Handel vorschlagen, eine Art Abmachung, wenn du willst. Ich binde dich los und dafür tötest du Marko und Rebeka für mich? Wie wäre das?« Er war groß, er war stark und eigentlich perfekt für diese Arbeit geeignet. Außerdem lief starkes Blut durch seine Adern.

Kasimir blinzelte. Dann nichts mehr. Grinsend bewegte er den Kopf nach rechts, dann links. Dann streckte er das Kinn vor.

»Was? Was heißt das?«

Der Makler streckte das Kinn vor.

»Mich? Meinst du mich?«

Kasimir nickte.

»Was ich? Marko ist größer als ich -«

Kasimir schüttelte den Kopf.

»Was? Wirst du es machen?«

Kasimir nickte. Dann streckte er wieder das Kinn vor.

Ah, dachte Ralf. »Du willst mich auch umbringen?«

Kasimir nickte.

Das war ... nicht gut. Jedoch ... vielleicht war das auch kein Problem. Er musste es nur richtig angehen und dann, sobald Kasimir beschäftigt wäre ...

Es wären zwei Fliegen mit einer Klappe.

»Okay. Du bringst uns alle um ... Aber zuerst fängst du mit Marko und Rebeka an, einverstanden?«

Kasimir nickte.

»Verstehst du mich wirklich?«, hakte Ralf nach. »Du wirst mir nichts tun, solange Marko noch am Leben ist, ist das klar?«

Kasimir nickte.

Okay … Mehr würde er aus dem Makler wohl nicht rauskriegen.

Es gab zwar keinen Grund, ihm zu vertrauen, aber manchmal musste man ein Risiko eingehen, um zu gewinnen.

Mit dem Messer löste er die Fesseln an Kasimirs Beinen, dann an den Händen und am Hals. Wie tote Schlangen fielen sie von dem Makler ab.

Schließlich war er frei.

Kasimir stand auf. Er war groß, ja, sicherlich auch stark. Wenn er wollte, würde er es ohne Probleme mit Marko aufnehmen können.

Ralf trat zurück. Dabei stieß er mit dem Fuß gegen seinen Koffer. Moment. Er hatte eine Idee.

Er bückte sich und fischte die Holzkiste heraus. Darin befand sich der Château d'Yquem. Die Weinflasche.

»Äh, Kasimir?«

Der Makler sah ihn an. »Wie wäre es, wenn wir auf unsere Vereinbarung anstoßen? Bei uns Anwälten ist das …« Kasimir kam auf ihn zu und nahm ihm die Flasche aus der Hand.

Warte … Neeeein.

Der Makler starrte ihn an. Dann brach er mit der anderen Hand den Flaschenhals ab. *Braasch*. Scherben und Wein verteilten sich zwischen ihnen.

»Hey, warte, der ist …« Kasimir hob die offene Flasche an und kippte sich den Wein in den Mund. Er schluckte, während ihm die rote Flüssigkeit über die

Wangen und das Kinn auf seinen Pullover tropfte. Dann reichte er ihm die leeren Glasreste zurück.

Ralf nahm sie entgegen. Von ihr perlten rote Tropfen ab.

»O-kay ...«

Kasimir grinste, drehte sich um und steuerte den Ausgang an.

Ralf stellte die Reste auf den Boden. Ein Schlückchen wäre jetzt nicht schlecht gewesen, aber Marko war wichtiger.

Er folgte Kasimir die Treppe hinauf, bis vor Rebekas Zimmer. Zuerst testete der Makler die Klinke, aber natürlich war die Tür abgeschlossen.

Aufgeregt rieb sich Ralf die Hände. Jetzt ging es los ...

Kasimir trat zurück und rannte mit Anlauf gegen die Tür. WWAAARAASSSCH. Sie platzte aus den Angeln und er war im Zimmer.

3.

Eine Sekunde verging. Dann brachen Schreie los.

Oh ja, dachte Ralf. Zufrieden lehnte er sich außen gegen den Türrahmen. Endlich mal ein Plan, der funktionierte …

Erneut waren Schreie zu hören, von ihr, von ihm. Dann Schläge. Möbel, die verrückt wurden, und dann wieder Schreie.

Schließlich blickte Ralf in den Raum. Rebeka hockte panisch auf ihrem Bett, die Arme gegen die Wand gestützt. Kasimir stand davor und hielt Marko am Kragen gepackt.

Marko gab keinen Ton von sich und sein Gesicht …

Meine Güte … Der sah ja gar nicht mehr gut aus.

4.

Mit der Rechten schlug ihm der Makler immer wieder gegen den Kopf. Einmal, zweimal. Nochmal. Mit jedem Schlag vertiefte sich die Delle in Markos Gesicht, bis wieder etwas brach.

Sein rechtes Auge war gar nicht mehr zu sehen.

Noch einmal schlug Kasimir zu und warf Marko dann von sich. Der Soldat flog nach hinten und landete zwischen zwei Stühlen. Er rührte sich nicht mehr.

Dann drehte sich der Makler zu Rebeka. Auch er sah fürchterlich aus. Seine Zähne fehlten und die Lippe war an der Nase vorbei bis zum rechten Auge aufgerissen.

Anscheinend hatte Marko ganze Arbeit geleistet. Langsam schritt Kasimir am Bett vorbei und näherte sich Rebeka. Sie schrie und krabbelte davon, aber Kasimir schnappte sie an einem Bein und zog sie zu sich.

Ihre Schreie gellten durch das Zimmer …

Jetzt, Ralf. *Jetzt.*

Er kam vor. Entschlossen hob er das Messer über den Kopf …

Plötzlich begann Kasimir krampfhaft zu zucken. Er ließ Rebeka wieder los und sackte auf die Knie.

Da stimmte etwas nicht … Ralf hielt inne. Was war da los?

Kasimirs Arme zitterten. Dann röchelte er und streckte die Hände nach ihm aus.

Schreiend wich Ralf zurück, sodass Kasimir vor ihm auf den Boden fiel. Eine rote Flüssigkeit tropfte ihm aus dem Mund. War das Blut?

Nein …

Der Rücken des Maklers krümmte sich. Dann gab er ein Jaulen von sich und brach eine Welle roten Schleimes aus.

Das war Wein.

Rote Tropfen spritzten in alle Richtungen, trafen die weiße Decke und die Wand. Hustend fasste sich der Makler an den Hals. Von dort tastete er sein Kinn entlang nach oben, höher, bis er mit den Fingern seine eingerissenen Lippen berührte.

Krächzend schob er sich die Hand in den Mund, tiefer, immer tiefer die Kehle hinunter.

Ralf hielt den Atem an. Kasimir bog den Kopf nach hinten, sodass sein Hals deutlich erkennbar war. Die blau angelaufene Haut war von pumpenden Adern durchzogen. Sie dehnten sich, bis … *Nein* … Kasimirs Hand zeichnete sich unter seiner Haut ab.

Kasimir würgte. Dann kippte er nach hinten und blieb reglos liegen. Das rote Leuchten in seinen Augen erlosch.

Er war tot.

Ralf hörte seinen Puls rasen.

Das da war kein Blut auf dem Boden … Sondern Wein. Sehr viel Wein sogar.

Mein Gott, dachte Ralf. Offenbar … dieser Mistkerl … hatte Gustav tatsächlich Gift in diesen Wein gemischt und ihn dann an ihn weitervererbt, damit er … damit …

Dieses Schwein.

Deshalb hatte er also die teure Weinflasche gekauft, als Rache dafür, dass er ihn damals aus seiner Kanzlei geworfen hatte. Und Hans hatte ihn immer noch verteidigt, weil er keine Ahnung gehabt hatte.

Ralf stöhnte. Da hatte also doch mehr in diesem dämlichen Hund gesteckt, als er vermutet hatte. Eine Form

krimineller Energie, die man eigentlich nur irgendwelchen professionellen Verbrechern andenken würde …

Und am Ende hatten er und sein Notar auch noch
unter einer Decke gesteckt. Natürlich. Wie sollte es
sonst sein …?

Rebeka wimmerte. Sie hockte am Bettrand und sah zu
Kasimir hinunter. Ihre Augen füllten sich mit Tränen.

Langsam kam er zu ihr.

Rebekas Mundwinkel zitterten.

Als er neben ihr stand, hob sie den Kopf. Sah ihn an.

»Ralf … I-ich -«

Er schlug ihr ins Gesicht. *BUFF.* Rebeka flog zurück
und landete auf der Matratze.

Dann wurde es ruhig.

51. Rebeka Ritter

1.

Etwas traf sie an der rechten Wange. Es brannte, zog sich schmerzhaft Richtung Stirn.

Hilfe, dachte sie. Verdammt. Was passierte hier? *Maaaaaarko?*

Sie öffnete die Augen.

Da war Ralfs Zimmer, sein Bett, die hintere offene Tür, die Lampe … Diese Scheißlampe …

Dann Ralf. Er stand vor ihr, mit großen, wachsamen Augen.

Anscheinend hatte er sie an einen Stuhl gefesselt. Sie spürte es an den Händen, den Beinen, den Füßen. Seile. Verdammte, feste Seile.

In der rechten Hand hielt Ralf die Lampe und in der linken die Pistole, die sie unter ihrem Bett versteckt hatte.

Dieser elende Verbrecher … Rebeka ließ den Kopf hängen.

»Hallo, Rebeka«, sagte Ralf.

Rebeka beschloss, nichts zu sagen. Durch den Verband um Ralfs Kopf waren neue Blutflecken zu sehen. Wie lange trug er diesen Verband eigentlich schon? Einen Tag? Vielleicht zwei?

»Nanu, auf einmal hast du ja gar nicht mehr viel zu sagen. Ich dachte, dass du es beenden willst?«

»Hör auf, Ralf, du warst noch nie gut in sowas. Los … Nimm dir, was du haben willst, und lass mich in Ruhe.«

»Wer hätte das gedacht. Nach so langer Zeit bist du endlich bereit, einzugestehen, dass du verloren hast. Ich bin ja sooo stolz auf dich.«

Nicht an Marko denken. Nein, nicht. Nicht jetzt. Oh Gott ...

Sie schluckte.

Ralf kehrte ihr den Rücken zu, während er zu der hinteren Tür trat. Rebeka rüttelte leise an den Fesseln. Mit den Fingern ertastete sie einen Knoten. Besonders fest war er nicht.

An der Tür blieb Ralf stehen. »Hallo?«, rief er hinaus. »Ist jemand namens Marko hier? Halloooo? Es wäre wirklich toll, wenn er erscheinen könnte. Wir warten nämlich alle auf ihn ...« Er lauschte. »Ich waaaarte? Marko, willst du etwa nicht deine Frau retten? Die, die du in meinem Schlafzimmer gefickt hast? Haallo?« Grinsend drehte er sich zu ihr. »Ach, keiner da. Ich fürchte, dass dich wohl niemand retten wird.«

»Du mieses Stück Dreck!«, sagte Rebeka.

Er kam auf sie zu, die Lampe in der Hand. »Duuuu ... Du hättest die erste Nacht in diesem Haus überhaupt nicht überstehen sollen, mein Schatz! Dass du hier sitzt und redest, hast du allein mir zu verdanken. Jaaa ... ich gebe es zu. Ich habe in jener Nacht versagt, als dich Albträume gequält haben. Schon damals hätte ich dir ein Messer in den Körper rammen können.« Er begann zu lachen, bevor sein Gesicht wieder ernst wurde. »Aber jetzt wirst du sterben, Rebeka, und nicht wirklich durch mich. Es gibt jemand Besseren, der das für mich erledigen wird. Und ich glaube, du weißt, wen ich meine.« Seine Lippen formten ein diabolisches Lächeln.

Oh, mein Gott ... Rebeka spürte die Kälte, die der Schock zu ihren Füßen sandte. Wie zum Teufel war er nur hinter das Geheimnis der Lampe und des Schwarzlings gekommen? War er etwa ... Nein. Das war doch unmöglich. Nicht so ...

Ralf legte den Kopf in den Nacken. »Ich muss nur noch für eine Kleinigkeit sorgen, Rebeka. Es ist ...« Er schob die Pistole in seine Hosentasche. »Es ist so einfach ... Und es gibt absolut nichts, das du dagegen tun kannst.«

Er streckte eine Hand aus. Zielte auf ihre rechte Hosentasche.

»Es ist die andere«, rief Rebeka schnell.

Er hielt inne, sah sie verwirrt an. »Was?«

»Die Brosche ist in der anderen Hosentasche. In der linken.« Sie sah hin. »Da.«

Ralf schien nicht überzeugt zu sein. Dennoch schob er seine Hand in die andere Hosentasche. Rebeka seufzte. Sie spürte seine Finger.

»So warm«, sagte er.

Rebeka verdrehte die Augen. Ralf zog die Hand wieder zurück. Da hielt er ihn ... Den Schwarzling.

»Sag mir, Rebeka«, begann Ralf. »Gefällt dir das?« Er sah sie abwartend an. »Ist das geil, wenn ich dich berühre? Vielleicht sollte ich dich nochmal ficken, bevor ich es beende? Was meinst du? Nur du und ich, mit offener Tür, in diesem Horrorhaus ... Das wäre doch ein geiler Abschluss, findest du nicht?«

Rebeka zischte: »Wenn du mich anfasst, bringe ich dich um!«

Er lachte. »Sag bloß ... Und wenn ich Marko wäre, was dann? Würde ich dich dann ficken dürfen?«

»Marko hatte mehr Anstand als du. Er war ein Mann und jetzt sieh dich an ... Du bist gar nichts.«

Ralf nickte. Seine Augen strahlten. »Ich bin kein Mann, ja? Ist das so? Nun ... So wie ich das sehe, ist dein Freund tot und du ... wirst ihm folgen, meine Liebe. MEINE DAMEN UND HERREN!«, schrie er laut. Rebeka drehte den Kopf zur Seite. Fassungslos sah sie, wie Ralf mit erhobenen Armen durch den Raum schritt, als würde er eine Zirkusvorstellung ankündigen. »Heute haben wir uns hier versammelt, um einen großartigen Tag zu seinem Ende zu führen. Der Moment ist endlich gekommen, denn heute ...« Er kam einen Schritt auf sie zu. »Werden wir Zeugen sein, wie Rebeka Ritter, die diesen Nachnamen in keinster Weise verdient hat, sterben wird. Ein für alle Mal.« Er lächelte breit. »Danke schön, vielen Dank, nicht der Rede wert ... Ich bitte Sie. Danke!«

Grinsend steckte er den Schwarzling in seine Hosentasche und nahm die Lampe hoch. Besonders groß war sie ja nicht, dachte Rebeka. Eher klein und handlich. Hinter dem oval geformten Glas befand sich ein brennender Docht, der eine kleine Flamme bildete.

Und das war jetzt also die mächtige Lampe? ... Für sowas hatte sie ihr Leben riskiert?

Erneut rüttelte sie an den Fesseln. Der Knoten an ihren Händen schien jetzt etwas lockerer zu sein. Etwas ...

Schneller, Rebeka. Schneller. Sonst hast du ein Problem.

»Seht her, ihr guten Leute, was uns der Herr auf die Erde gebracht hat.«

Er redete Unsinn ...

»Also ... Wenn ich es richtig verstanden habe, dann wird gleich etwas passieren, was dir sicherlich nicht gefallen wird.« Er lächelte hinterhältig.

Stirb doch an deinem Grinsen.

Ralf hob die Augenbrauen. »Es ist aus. Bling, und so schnell.« Mit einer Drehung des kleinen Griffs schaltete er die Flamme im Inneren der Lampe ab.

2.

Rebeka hielt den Atem an. Auf einmal fühlte sie den Schweiß aus jeder Pore brechen und ihr Herz schlug schneller.

Neeeein, dachte sie. Nein, nein, nein …

Sie wollte nicht sterben. Nicht jetzt.

WAAAAARAASCH … ein gellender Laut hallte durch das Haus.

Erschrocken zuckte Rebeka zusammen.

Das war der Unhold … Er war in das Haus eingedrungen und war auf direktem Weg zu ihnen.

52. Ralf Ritter

1.

Ralf ließ die Lampe sinken. Dann hörte er Geräusche von unten … BUM.

Mein Gott ... Ralf trat einen Schritt zurück. *Ich habe den Schwarzling,* dachte er. *Ich bin gesichert.* Aber war er das wirklich? Was wäre denn, wenn der Unhold auch ihn angriff, obwohl er den Schwarzling trug?

Scheiße, scheiße, scheiße.

BUM. BUM. BUM.

Das waren Schritte … Eindeutig. Er sah zu Rebeka. Sie wand sich hin und her. Ihr Gesicht war rot angelaufen und natürlich versuchte sie, sich von den Fesseln zu befreien, aber das würde ihr nicht gelingen.

BUM. BUM.

Es kam näher, immer näher. Ein Schatten ragte in den Raum und dann …

BUM.

Er war da.

Ralf hielt die Luft an. Sein Puls hallte in den Ohren wider.

Da war er …

Ein Kältestrom schoss seinen Rücken hinunter.

Im Zimmer blieb der Unhold stehen. Wie immer trug er diesen langen, blauen Mantel mit dem hohen Kragen, und aus dem Rohr in seinem Kopf drang der schwarze Rauch. Das Metallgitter um seinen Kopf schützte ihn vor Angriffen. Die grässlichen Drahtaugen drehten sich.

Vergiss deinen Plan nicht, Ralf. Du musst hier raus und Lucy mitnehmen. Das ist der Weg.

Genau …

Seine Beine rührten sich nicht mehr. Er war wie fest-gefroren.

LAAAUF!

Plötzlich steuerte der Unhold auf Rebeka zu. Sie schrie.

Ralf atmete aus. Anscheinend wirkte der Schwarzling …

Er wandte den Blick ab und rannte Richtung Tür. Dort spähte er hinaus. Jetzt müsste er nur noch Lucy holen und …

Seine Beine verdrehten sich. Er schrie und verlor den Halt.

Neeeeein.

Ächzend flog er auf den Boden.

RAAAAAASCH.

Die Lampe zersprang in tausend Einzelteile. Splitter schossen durch die Luft, verteilten sich auf dem Gang. Würgend riss Ralf die Augen auf. Stechender Schmerz raste durch seinen Bauch.

Neeeein, dachte er. Neeeein. Das konnte doch nicht …

Moment. Von hinten erklangen ein Stuhlrücken und Rebekas gepresste Schreie.

Vor ihm lag der Schwarzling.

Er musste ihm aus der Tasche gefallen sein.

Scheeeeeeiße!

Ralf spürte Hitze in sich explodieren. Mühsam streck-te er die rechte Hand aus. Dann hörte er Schritte hin-ter sich. Bum. Bum. Bum.

Er fuhr herum. Der Unhold kam auf ihn zu. Rebeka stand weiter hinten und hatte sich von den Fesseln befreit. Nur noch ihre Füße waren festgebunden.

Was? Das …

Ralf öffnete den Mund. »Aaaaaah!« Erneut streckte er die Hand nach dem Schwarzling aus … Dann packte

ihn der Unhold an einem Bein und zog. »SCHEEIßE!«
Der Schwarzling rückte in die Ferne …

2.

Ralf strampelte. Die Pistole … Wo war die Pistole? Verzweifelt schlug er um sich und sah die Pistole hinten auf dem Boden liegen. Offenbar hatte er sie dort verloren.

Verdammt.

Der Unhold formte eine Faust und schlug zu.

Ralf drückte sein Becken zur Seite. RAAASCH. Ein großes Loch entstand in dem Holzboden neben ihm, als die Faust einschlug.

Ein Schatten von links. Ralf wandte den Kopf.

Rebeka … Sie versuchte, den Ausgang zu erreichen. »Oh neeeein! Das wagst du nicht!« Ralf griff zu, bekam sie zu fassen. Schreiend flog sie auf den Boden.

»Du bleibst hier!« Er holte mit dem rechten Bein aus und trat zu. Einmal, zweimal, nochmal. Mit dem Fuß traf er den Unhold an der Schulter, am Arm, an einer Hand. Der Griff um sein Bein lockerte sich. Ralf kroch zur Seite und richtete sich an der hölzernen Wand auf. Rebeka krallte sich an ihn ran. »Nein. Ralf! Neeeeein.« Er packte sie an den Haaren und zog, aber sie löste sich nicht von ihm.

»Lass mich looos!«, rief er.

»Niemals!« Sie richtete sich auf und packte seine Haare. *Aaa*. Diese Schmerzen.

Von vorn kam der Unhold auf sie zu. Bum. Bum. Bum. Schritt für Schritt.

»Scheiße!« Rebeka sah zur Seite. Panisch drückte Ralf sich an die Wand.

»Was jetzt?«, schrie Rebeka.

Ralf zischte. Entschieden schob er sie weg und duckte sich, als der Unhold erneut zuschlug. RAAAASCH. Es krachte, als seine Faust in der Wand versank. Holzsplitter flogen durch die Luft.

Jetzt gab es nur noch einen Weg, dachte Ralf.
Hastig rannte er vorwärts und durch das Loch auf die
dunklen Stufen hinunter.

3.

Blind lief er hinab. Mal nach links, dann rechts.

Nicht stolpern. Nicht stolpern.

Weiter lief er, bis er die Höhle erreichte. Hier gab es wieder Licht. Die Tische waren noch da.

»Raaaaaalf.«

Rebeka. Sie kam ebenfalls herunter. Er eilte weiter und erreichte den Grund der Höhle. Rüdiger lag noch in der Felsennische. Seine Augen starrten ihn an.

Eilig bewegte er sich zu den Tischen und wühlte durch die Objekte.

Hier musste es doch irgendwo etwas geben … Etwas Hilfreiches, um diesen Unhold zu besiegen.

Neben ihm fielen Glasteile auf den Boden. Es schepperte und klirrte, sobald etwas vom Tisch fiel.

»Ralf.«

Nein, das war egal. Sie war nicht wichtig. Wenn er jetzt nachgab, dann wären sie beide tot. »Scheiße. So ein dreckiger MIST!«

»Ralf!«

Er hielt inne, drehte sich herum. Rebeka stand am Fuß der Treppe. Sie blutete an der Stirn und war außer Atem. Wie sie ihn ansah, so … War sie resigniert? Hatte sie eingesehen, dass sie verloren hatte? »Rebeka.«

Sie hob die Arme in die Luft, als würde sie eine Show abziehen. »MEINE DAMEN UND HERREN!«, rief sie laut. »Willkommen am Ende der Vorstellung. Ich hoffe, dass es Ihnen gefallen hat.«

1.

Sie verließ die Treppe nach links. Ralf ging rechts entlang.

Hier waren sie also. Zwei Gestrandete, die es trotz aller Mühe nicht geschafft hatten, von der Insel des Todes herunterzukommen.

Hier waren ihre Strategien aufgebraucht. Der Unhold würde nicht mehr lange brauchen, bis er bei ihnen war, und damit wäre auch ein Fluchtweg nach oben abgeschnitten.

Sie waren verloren.

»Diese Brosche«, begann Rebeka. »Dieser Schwarzling. Wie hast du von seiner Wirkung erfahren?«

Ralf lächelte. Sein Verband war jetzt blutgetränkt. »Ich habe es von ihr erfahren ... Du kennst sie.« Er zeigte auf sie. »Unsere alte Freundin ... Die Nonne.«

Rebeka schloss die Augen. Ein Feuer loderte in ihrer Brust. »W-wer?«

»Sie, Rebeka. Sie. Sie hat mir alles gesagt. Zumindest alles, was ich wissen musste, und sie hat mir auch Dinge über dich erzählt.«

»Was?« Es schnürte ihr den Hals zu.

»Oh ja. Dass ich mich vor dir hüten soll. Dass du auf der Suche nach der Lampe bist. Und natürlich, wofür die Lampe da ist. Anscheinend ist sie kein großer Fan von dir.« Er lachte. »Und dass, obwohl ich ihren Sohn erschossen habe, ist das nicht lustig?«

»Ralf ... ich glaube, wir haben ein Problem.«

»Ach was! Haben wir das?« Er blieb stehen, drehte sich zu einem der Tisch. Überall lag Glas herum.

Ihre Gedanken rasten. Die Nonne hatte ihm davon erzählt ... Aber warum? ... das konnte doch nicht sein

…

»Ralf … Ich fürchte …« Ein lauter Schrei hallte von den Wänden wider.

Das war der Unhold … er kam näher.

Schritte.

Rebeka blickte zu der Treppe. Noch war der Unhold nicht zu sehen …

Ein Schatten.

Sie sah zurück. Ralf rannte auf sie zu.

Er schwang etwas Silbernes.

2.

»Neeeein!« Rebeka spürte einen heftigen Schmerz in ihrer Schulter. Keuchend taumelte sie zurück, während Ralf unschuldig die Hände hochnahm. »Es tut mir leid, Rebeka.«

Seine Worte verloren sich in der Luft.

Jetzt war sie wahrhaft allein, dachte Rebeka. Als sie ihre Hand ansah, war da Blut, viel Blut. Es kam aus der Stelle, in die Ralf die Glasscherbe gestochen hatte, mitten in ihre rechte Schulter.

»Waa … Waaas hast du …«

Sie packte das Glas und zog es heraus. Es tat weh. Ihre Sicht verschwamm. Von der Seite konnte sie Schritte hören. Laute Schritte. Bum. Bum. Bum.

Langsam drehte sie den Kopf. Der Unhold kam die Treppe herunter. Seine Drahtaugen drehten sich.

Sollte sie hier sterben? Tatsächlich?

Sie könnte wieder mit Marko vereint sein. Nur sie zwei, auf einer Wolke im Himmel, friedlich gleitend. Für immer ohne Stress und Probleme, aber …

Diese Schmerzen, sie …

Sie griff in ihre rechte Hosentasche und holte sie heraus. Die Phiole.

Von rechts näherte sich der Unhold.

Japsend trat sie vor. Ihre Sicht verschwamm erneut. *Nicht aufhalten lassen! Weiter.*

Weiter rückte sie in Ralfs Nähe.

Er sah sie an. Dann den Unhold. Dann sie. In seinem Blick lag Furcht.

»Rebeka … Was?«

»Stirb, DU BASTARD!« Sie packte ihn am Kragen und presste ihm die Phiole in den Mund. Zwischen seinen Zähnen zersprang sie. BLINK. Gelber Saft verteilte sich über seine Lippen.

Ralf hielt den Atem an. Seine Pupillen wurden groß. Schnell wich sie aus, weg von Ralf, weg von dem Unhold.

Der Unhold steuerte Ralf an.

Ralf stand nur da. Seine Haut färbte sich dunkelblau.

Weg hier!

Sie rannte los, zu der Treppe. Hinter ihr erklang ein Dröhnen, ein Grollen.

Eilig erreichte sie die Treppe. Hoffentlich traf sie der Unhold nicht mit einem seiner Pfeile, bitte nicht …

Auf einer Stufe blieb sie stehen. Sah zurück.

Der Unhold drehte sich zu ihr um und hob seine Hand …

Neeeeeein. Sie atmete ein, aus …

Dann ein Knurren.

Rebeka hielt den Atem an. Ralf griff den Unhold an und er …

Neeein … Hastig lief sie weiter.

OH MEIN GOTT.

54. Ralf Ritter

1.

Verdammt! Sie lief weg, aber ... das durfte sie nicht.

Irgendetwas klebte da an seinen Lippen. Es schmeckte metallisch, so ... ungewöhnlich.

Plötzlich verschwamm seine Sicht. Von vorn kam der Unhold auf ihn zu.

Dann ...

KLICK-KLACK. KLANG-KLING.

Was war das? Furchtsam sah er an sich herunter. Auf einmal war der Boden so weit weg und er ... so weit oben. Er schwebte – nein. Das war kein Schweben. Es war eine Erhebung. Er war gewachsen. Seine Kleider rissen ein, das Hemd, die Hose.

Seine blau verfärbten Finger wuchsen. Wo eigentlich seine Haut sein sollte, bohrte sich Metall durch das Fleisch. Lange Metallstangen, biegsam, schmerzhaft. Was hatte sie ihm angetan?

Aus den Augenwinkeln sah er Rebeka die Treppe hochrennen. Plötzlich blieb sie stehen und sah zu ihm zurück. Der Unhold drehte sich um, winkelte seinen Arm an.

»Sie gehört mir!« Ralf streckte seine von Metall durchbohrten Hände aus. Packte den Unhold.

»Du lässt sie in raaaaaaaaaaaaaaaaaraaararaaaraaaaaaar ...«

55. Rebeka Ritter

1.

Oben stürzte sie durch das Loch hinaus und steuerte die Tür an. Auf dem Gang blieb sie stehen. Auf dem Boden, zwischen den Glasscherben der Lampe, entdeckte sie den Schwarzling. Schnell nahm sie ihn hoch und steckte ihn ein. Dann rannte sie zu Lucys Zimmertür. »Lucy!«

Die Tür ging auf, bevor sie die Klinke betätigen konnte. Lucy steckte ihren Kopf heraus. »Tante Rebeka?«

»Komm. Wir müssen gehen. Sofort!«

»Okay.« Rebeka nahm sie an der Hand und eilte mit ihr hinunter. Vor der geborstenen Haustür blieben sie stehen. »Warte hier.«

»Was hast du vor?«, fragte Lucy.

»Das wirst du sehen. Ich bin sofort wieder da.« Sie hechtete durch die Küche in die Vorratskammer und nahm eine Flasche Grillanzünder mit. Streichhölzer fand sie in einer der Schubladen. Dann eilte sie aus der Küche und die Treppe nach oben.

»Was tust du, Tante Rebeka? Komm zurück!«, rief Lucy.

»Einen Moment!« Im oberen Stock blieb sie stehen. Sie schwankte. Die Schmerzen in ihrer Schulter brachten sie noch um den Verstand.

Eilig stürmte sie in Ralfs Zimmer und verspritzte den Anzünder auf die herumliegenden Papiere. Anschließend entfachte sie ein Streichholz und warf es von sich. Ein lautes RAAAAASCH erklang. Feuer fing an zu lodern. Grauer Qualm stieg auf.

Keuchend rannte sie hinaus und in ihr Zimmer. Im Türrahmen blieb sie stehen. Ein paar Meter entfernt sah sie Markos Beine zwischen den umgeworfenen

Stühlen.

»E-es tut mir so leid, Marko. Sooo leid.« Sie verteilte den Anzünder über das Bett, auf den Boden, und spritzte ihn gegen die Wände. Dann warf sie die Flasche weg und nahm ein Streichholz aus der Packung.

Sie seufzte. *Leb wohl …*

Sie entfachte es und warf es von sich …

RAAAAASCH. Das Feuer brannte auf und fraß sich in Windeseile durch die weißen Bettlaken.

Hustend wirbelte sie die Schwaden aus ihrem Gesicht und lief die Treppe hinunter ins Erdgeschoss. Lucy stand vor den Türresten. Aufgeregt sprang sie auf und ab. »Tante Rebekaaaa!«

»Ich komme!« Rebeka eilte auf sie zu und ließ Lucy als Erste in die Nacht hinaus.

Hinter ihnen war ein lautes Krachen zu hören.

Gemeinsam rannten sie von dem Haus weg und blieben in ausreichender Distanz auf der Wiese stehen. Dann drehten sie sich um.

Erschöpft sank Rebeka mit den Knien ins Gras.

Gerade fing das Erdgeschoss Feuer. Etwas explodierte, als die Flammen sich ihren Weg durch die Fenster bahnten. Die gleißend hellen Lichtpunkte waren jetzt überall.

Brenn einfach!, dachte Rebeka und hustete.

Lucy lehnte sich gegen sie.

Es war vorbei, dachte Rebeka. Endlich war alles vorbei.

Sie spürte Tränen an ihren Wangen.

Marko …

Ein Donner brach los, als der erste Stock zusammenbrach. Es krachte heftig, dann versank die gesamte Konstruktion in einem kraterartigen Loch im Boden, das sich unterhalb des Hauses auftat.

»Mein Gott ...« Kurz darauf war nichts mehr zu sehen. Nur noch das Knistern des Feuers lag in der Luft.

Von oben beschien der Mond die Gegend.

Rebeka keuchte.

»Tante Rebeka?« Lucy berührte sie an der Schulter. »Was hast du?«

»Nichts, meine Kleine.« Rebeka fuhr sich über ihre Wunde an der Schulter. Als sie die Hand ansah, waren ihre Finger voller Blut. »Das geht schon wieder weg ...« Sie hörte ihren Atem rasseln.

Jemand räusperte sich.

Rebeka zuckte zusammen und wandte sich um. Die Nonne stand mit etwas Abstand hinter ihnen.

Was zum ...? Rebeka spürte, wie ein kalter Angstpfeil durch ihr Herz raste.

Die alte Frau hob die bleichen Hände und schob ihre Kapuze zurück. Darunter erschien ein faltiges Gesicht, das von wenigen dünnen Haarsträhnen umgeben war. Ihre hohe Stirn, die hängenden Wangen wirkten eingefallen. Die Nase hing lang und schief herab und die spröden Lippen offenbarten wenige, spitze Zähne. Nur ihre Augen, diese klaren blauen Augen, offenbarten etwas von der Vitalität, die sie vermutlich einmal in ihrer Jugend besessen hatte.

»W-was geht hier vor?«, frage Rebeka entsetzt. Das konnte nichts Gutes bedeuten.

»Sie muss wissen, dass eine Entscheidung getroffen wurde«, sagte die alte Frau. »Und sie muss erfüllt werden.« Fordernd streckte sie die rechte Hand aus. Zeigte auf Lucy. Im Lichtschein des Mondes wirkte ihre Haut noch blasser.

»Lucy? Was ... was soll das?« Das Mädchen löste sich von ihr und ging über das Gras zu der alten Frau hinüber. Bei ihr blieb sie stehen. Sanft legte ihr die alte Frau eine Hand auf die linke Schulter.

»Nein. Lucy, warte. W-was ist hier los, ich verstehe das nicht?!«

Doch, du verstehst es! Es liegt auf der Hand!

»Tut mir leid, Tante Rebeka. Aber ich werde bleiben. Ich habe es versprochen«, sagte Lucy.

»Was? Das … Nein, du kannst nicht bleiben, das sind fremde Menschen! Du gehörst hier nicht hin.« Erneut verschwamm ihre Sicht. »Komm mit mir. Lucy … bitte.«

»Sie muss wissen, dass das Kind dort ist, wo es hingehören möchte«, sagte die Nonne. »Sie muss erfahren, dass wir alles gesehen haben. Alles. Noch in der Nacht sind wir gekommen und haben das Kind gefragt, ob es bei uns bleiben möchten, und es hat sich entschieden. Und damit …« Sie streckte einen Finger aus, »wird sein Wunsch erfüllt.«

Moment, dachte Rebeka. Was?

»I-ich dachte, dass du mir helfen wolltest? Ich dachte, Ralf sollte bestraft werden?«

»Sie muss verstehen, dass sie beide verurteilt sind. Immer schon. Für den Tod meines Jungen wird auch sie bezahlen! Und sie wird diesen Ort niemals verlassen.« Sie strich Lucy über die blonden Haare. »Sie wird hier sterben!«

Rebeka stand auf … Nein. Das … das konnte nicht sein. Sie war betrogen worden. Von Anfang an. Diese schreckliche Nonne hatte Ralf und sie gegeneinander ausgespielt.

Es knackte hinter ihr. Was war das?

Sie wandte den Kopf zurück.

BRAAAAAK.

ZIIIING

»Aaaaaaaaaaaaaaaaaaaaaaaaaaaaaaaaaaaaaaaaaaaa!«

2.

Krampfhaft hielt sie die Luft an, als ein Schwall Blut in ihr Gesicht spritzte. Das ... Das ... Es schmerzte gar nicht. Da war nur ein großes Loch, das sie vollständig durchdrang.

Zitternd hob sie den Kopf. Er stand vor ihr. Ein abscheuliches Wesen von übernatürlicher Größe.

»H-hallo, Ralf.«

Unvermittelt setzte eine rigorose Kälte ein.

Ralf sah schrecklich aus. Sein linkes Bein fehlte und dort, wo es sein sollte, prangte ein blutiger Stumpf, aus dem sich stahlähnliche Schnüre herauswanden. Sein rechtes Bein stand schief und unter der blauen Haut waren Ansätze von Metall zu erkennen, die von Blut überdeckt waren.

Aus den Ellenbogen beider Arme waren lange Stahlbalken gewachsen, die ihn stützten. Hände hatte er keine und dort, wo seine Finger sein sollten, waren freie Stellen oder spitze Stahlstacheln, die in den Himmel zeigten. Sein Oberkörper war eine Mischung aus Haut, Knochen und diesen Metallelementen, die alles zusammenhielten. Aber am schlimmsten war sein Gesicht. Es war auf grausame Weise geteilt. Rechts schienen sich noch menschliche Elemente zu finden - ein Auge, Reste des Verbandes, etwas von der Nase, aber links war alles aufgerissen und mit Schnüren und Drähten versehen. Seine Drahtaugen drehten sich.

Irgendwo hinten, an seinem Rücken, trat dunkler Rauch in die Höhe.

»Aaaah ... Aaaaaah ...« Sie versuchte zu schlucken.

Langsam wandte sie den Kopf zurück.

Lucy hob die Hand. Zwischen den Fingern hielt sie den Schwarzling.

Ihren Schwarzling. Die Brosche, die sie eigentlich hätte beschützen sollen.

Lucy hatte sie gestohlen … Die ganze Zeit hatte die Nonne darauf hingearbeitet, sie … Sie …

Rebeka keuchte. Dann sah sie Schatten aufziehen. Klumpige Wolken am Himmel …

56. Ralf Ritter

1.
»Raaaaraaaarrrraaaaaaaaaaraa. Raarraraaaara. Arra-
rraaaraaaa. Raaarrraaaaa. Raaaaaaaaaara.«

Über den Autor:

Alexander Hogrefe, geboren 1995, studierte Politik-
wissenschaften. Er verdankt seine erratische Fantasie
dem leidenschaftlichen Interesse am Übernatürlichen.
Bereits in jungen Jahren las er schaurige Geschichten.
Mit 15 begann er zu schreiben. Seine Bücher behan-
deln besonders das Zusammentreffen unheimlicher
Ereignisse mit gewöhnlichen Menschen und dessen
Folgen. Weitere Bücher sind in Planung.